圖解系列

圖解 俗文學

曾永義教授 推荐

洪逸柔／著

閱讀文字

觀看圖表

理解內容

圖解讓
俗文學
更簡單

與俗文學的親密接觸

　　說到中國文學，我們可能會聯想到李白、韓愈或蘇軾等名家名作，因其作品經人們傳誦千古而不衰，堪稱中國經典文學的代表。但相對於文人創作的「雅文學」，流傳於民間、非成於一時一人之手的「俗文學」，則更貼近一般人們的生活。「俗文學」又可稱為「民間文學」、「通俗文學」或「大眾文學」，泛指流傳於民間社會的各類口傳文學或書面文獻；老百姓透過詩歌、說唱、戲曲、神話、傳說、各類故事等不同體裁，或抒發情緒，或發揮想像，或自娛娛人，或記錄對於歷史、文化的理解。一般未受教育的民眾，創作上不追求華麗的辭藻或曲折的寄託，亦對朝廷較無顧忌，表現的往往是最直接、最真率的情感與思想；其語言風格質樸熱情而淺顯易懂，具有濃厚的生活氣息，反映的是廣大群眾的真實生活與共同心聲。這些由百姓「滿心而發，肆口而成」的作品，經由人們代代相傳，形成民族共同的文化記憶。口耳相傳的過程中，作品也會滲入不同時代與地域元素，而出現多種異文；因此由俗文學中不僅能看出一個民族世代相承的傳統價值，更能從中感受到民間豐沛的想像力與創造力。

　　俗文學不僅在古代社會蓬勃發展，現代生活中亦隨處可見：每個人一定都聽過后羿射日與嫦娥奔月的神話；鬼話中的七爺、八爺與城隍爺都是臺灣民間的重要信仰；〈望春風〉、〈雨夜花〉等歌謠人人朗朗上口；對聯、諺語仍流行於現代的節慶民俗與口頭用語中；《白蛇傳》至今猶是電視、電影

與戲劇改編的重要題材；西施、楊貴妃、關公、包公等人物的民間形象更較其歷史事蹟廣為人知……。生活中習以為常的觀念與信仰，其實都是人們與俗文學的親密接觸；直到今天，我們還一起參與著俗文學的嬗變過程。這些為人熟知的故事與文化背後，都有其產生背景與發展脈絡。且讓我們從生活出發，沿著文化與歷史的軌跡，上溯俗文學流傳變遷的源頭，感受橫亙古今的民族情感與民間想像。

　　正因俗文學系統龐雜、形式多變，學界對其名義、分類等議題仍有諸多爭議。本書試圖化繁為簡，以曾永義教授《俗文學概論》的綱目為基本架構，參酌譚達先、梅新林、徐華龍、高國藩等諸家研究成果，將全書分為十二章，包括神話、仙話、鬼話、傳說、民族故事、民間故事、小說、民間說唱、民間戲曲、民間歌謠與短語綴屬。每章各就其文類之定義、特質、源流、發展、類型與代表作品分節說明，各節並搭配與主題相關的圖解，將較複雜的議題，或較有趣的實例以生動明瞭的圖表解析，使讀者一目了然。如在「神話與仙話」的單元中，先以文字敘述比較神話與仙話的各項差異，再以圖解對照西王母從神話到仙話的演變；「孟姜女故事」的單元中，則以文字說明不同時代下孟姜女故事從雛形到成熟的發展過程，再以樹狀圖搭配漫畫呈現孟姜女故事發展出的種種異文。期能將複雜的學術理論化為提綱挈領的架構、簡單明瞭的文字敘述，以及清晰活潑的圖解，帶領讀者一窺俗文學精彩有趣的世界。

第7章　民間故事

第8章　小　說

第9章　民間說唱

第10章　民間戲曲

第11章　民間歌謠

第12章　短語綴屬

第1章
總　論

UNIT **1-1** 俗文學的特性

圖解俗文學

「俗文學」的概念是相對於「雅文學」而言，過去又有人稱之為「民間文學」、「通俗文學」或「大眾文學」，有別於正統、官方、作家文學。其特性有如下五點：

大眾集體創作，反映民族特性

俗文學起源於民間，多半為民眾所創作與愛好，其中包含不得志的知識分子，更多的是目不識丁的民間百姓。作品在民間流傳、增刪，非出自一人一時一地，且通常是口語傳播，或以模仿民間口語的文字形式流傳，表達的是老百姓對於美好生活的集體嚮往，蘊含了共同的民族意識、思想與情感。其創作動機往往出自最真實的情感，沒有任何政治或個人目的，較之作家文學更加真摯、質樸，也更能反映民族特性。

內容包羅萬象，富含生活氣息

俗文學的作家囊括了社會各階層的民眾，反映的生活樣貌也千變萬化。其內容常常是隨性而發，隨口而成，無所限制亦無所顧忌。雖未必有高明的寫作技巧或深沉的情志懷抱，卻更貼近生活，並充滿奔放的想像力與活躍的生命力。因此歷代正統文學趨於僵化後，文人往往由俗文學中汲取養分，發展成新一代的代表性文學。唐詩、宋詞、元曲、明清傳奇皆然。

語言淺顯易懂，富有地方特色

俗文學流行於廣大群眾之中，所用的語言必須是相對於文言的白話文，才能使教育程度參差不齊的老百姓皆感淺顯易懂。如《詩經・國風》、漢代民間樂府、六朝吳歌西曲、唐代俗講、宋代說話、元明詞話、明清鼓詞、彈詞等，皆是用當時的口語來創作。不同地區的民間文學更常以地方性的語言流傳，如地方戲曲、少數民族歌謠等。

具有不斷創新的變異性

相較於一人寫定、傳抄而形成經典的文人文學，俗文學在代代相傳的過程中，隨著民間的愛好與藝人的創造，並與不同俗文學間因主題相通而彼此感染、融合，具有更多的變異性。因此同一主題的故事，在不同時代、不同地域，往往會出現許多分歧的版本；不同源頭的情節片段，亦能匯合成一集大成的故事而為眾所知，都是這種變異性的體現。

具有代代相承的傳統性

俗文學的部分元素會隨時代與民眾好惡有所變異，故具有變異性；而在時代淘選下流傳下來的俗文學，同時也具有代代相承的不變因素，亦即俗文學中的傳統。包括了思想內涵、藝術形式、表現手法等方面：中國儒釋道的傳統思想內涵，如善惡有報、忠孝節義等價值觀；形成固定套式的傳統藝術形式，如話本有篇首、入話、得勝頭迴、正話的結構；小戲有獨角戲、二小戲、三小戲等；文學技巧上的傳統表現手法，如歌謠的賦比興、民間故事的「三段式」敘事等。凡此都形成了俗文學中深厚的傳統內蘊。

俗文學之概念與範疇

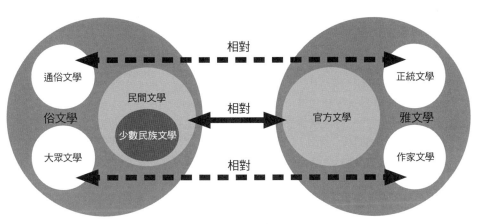

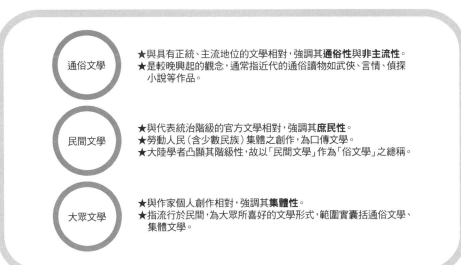

通俗文學	★與具有正統、主流地位的文學相對，強調其**通俗性**與**非主流性**。 ★是較晚興起的觀念，通常指近代的通俗讀物如武俠、言情、偵探 　小說等作品。
民間文學	★與代表統治階級的官方文學相對，強調其**庶民性**。 ★勞動人民（含少數民族）集體之創作，為口傳文學。 ★大陸學者凸顯其階級性，故以「民間文學」作為「俗文學」之總稱。
大眾文學	★與作家個人創作相對，強調其**集體性**。 ★指流行於民間，為大眾所喜好的文學形式，範圍實囊括通俗文學、 　集體文學。

皆屬

俗文學

UNIT 1-2
俗文學的分類

俗文學歷史悠長、形式龐雜，歷來學者所依據的分類方式與範圍界定各有不同。大致可分為幾種分類基準：

按文學體裁分類

以俗文學的體裁為分類基準，為目前最普遍的分類方式。大致將俗文學分為「故事」（包含神話、小說、民間故事、寓言、傳說等）、「歌謠」（包含民謠、俗曲、敘事詩、兒歌等）、「說唱」（包括變文、諸宮調、寶卷、彈詞、鼓詞、平話、相聲等）、「戲劇」（包括大戲、小戲、地方戲、雜劇、院本、戲文等）、片段材料（包含謎語、諺語、歇後語、對聯、笑話、遊戲文字等）幾種。如匡扶《民間文學概論》分為「韻文」、「散文」、「曲藝」、「斷片」四類；王文寶《中國俗文學發展史》分為「詩歌類」、「說唱文學類」、「戲曲文學類」、「小說類」、「其他類」五類。但諸家分類下所囊括的範圍卻有不小的出入。

按內容題材分類

根據俗文學所表達的內容主題來分類。此種分類方式多半會與文學體裁的分類方式結合，如高國藩《中國民間文學》的分類下有「民間神話」、「民間童話」、「民間笑話」、「世俗故事」、「動物故事」、「植物故事」、「短篇民歌」、「長篇民歌」、「民間戲劇」、「古代講唱」、「民間曲藝」、「謎語」、「諺語」等，神話、童話、笑話、動物故事、植物故事、世俗故事等分類是依據內容題材，但故事、講唱、民歌、戲劇等則是依據文學體裁。

按時代分類

依據俗文學的發展演變時期作為分類基準，此類著作通常帶有「史論」的意義。如門巋《中國俗文學史》分為「上古神話及先秦時期的民謠寓言」、「秦漢時期的民謠民歌及故事傳說」、「三國南北朝時期的民歌民謠及故事傳說」、「隋唐五代時期的民間詩詞及說唱文學」、「宋遼金元時期的民謠說唱文學及散曲」、「明清時期的謎語歌謠笑話及說唱文學」、「少數民族的詩歌神話及故事」七類，除了末項，前六類即是按照時代進程排列。烏丙安《民間文學概論》則在「神話」、「民間傳說」、「民間故事」、「民間詩歌」、「民間說唱」、「民間小戲」、「諺語」等分類外，又有「新傳說」、「新故事」、「新革命歌謠」、「新說唱」、「新諺語」、「新民間小戲」等分類，「新」標示為中共建國後產生的作品，即以古代或當代為劃分依據。

按表現方式分類

依據俗文學流傳於世的表現方式為分類依據，如婁子匡、朱介凡《五十年來的中國俗文學》分為「講說的」（如神話、傳說、寓言、故事等）、「講唱之間的」（如歌謠、諺語、謎語等）、「歌唱的」（如俗曲、說書、鼓詞、彈詞等）、「閱讀的」（如通俗小說）、「演唱的」（如地方戲曲）五類。

俗文學之範圍與分類方式

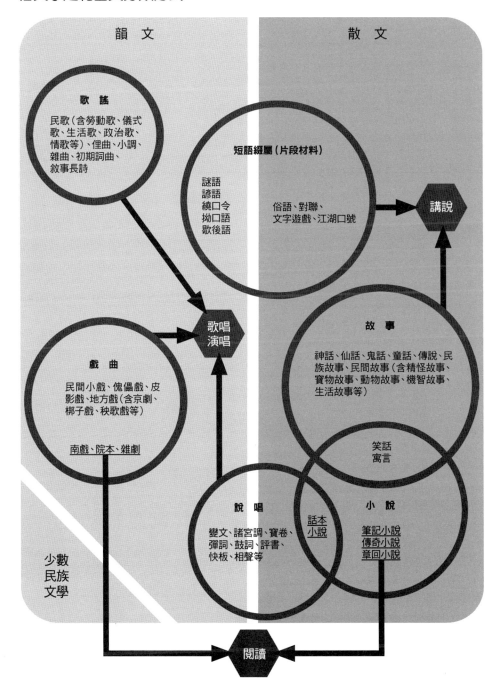

韻文　　　　　　　　散文

歌謠
民歌（含勞動歌、儀式歌、生活歌、政治歌、情歌等）、俚曲、小調、雜曲、初期詞曲、敘事長詩

短語綴屬（片段材料）
謎語
諺語
繞口令
拗口語
歇後語

俗語、對聯、文字遊戲、江湖口號

講說

歌唱演唱

戲曲
民間小戲、傀儡戲、皮影戲、地方戲（含京劇、梆子戲、秧歌戲等）

南戲、院本、雜劇

故事
神話、仙話、鬼話、童話、傳說、民族故事、民間故事（含精怪故事、寶物故事、動物故事、機智故事、生活故事等）

笑話
寓言

說唱
變文、諸宮調、寶卷、彈詞、鼓詞、評書、快板、相聲等

話本小說

小說
筆記小說
傳奇小說
章回小說

少數民族文學

閱讀

UNIT 1-3
俗文學的價值

俗文學的價值，可分為以下五項：

文學價值

曾永義指出：「俗文學實為傳統文學之母」，中國韻文學之祖《詩經》中的「十五國風」，就是俗文學中的民間歌謠。具有高度文學價值的元雜劇、明清傳奇，也是在民間說唱、南曲戲文的基礎上發展而來。民間故事、話本，也常是詩歌、戲曲文學的濫觴。俗文學發展成熟後，得到文人的青睞而進入雅文學的殿堂；雅文學日益僵化後，清新活潑的俗文學又從民間取而代之，中國文學的發展正是如此雅俗交替地推移著。因此俗文學的發展，可以說對雅文學起著孕育、刺激與淘汰的作用。

娛樂價值

俗文學不同於雅文學作為「經國之大業，不朽之盛事」，多起於民間「自娛娛人」的消遣活動，提供百姓在茶餘飯後欣賞娛樂。例如有首山歌是這麼唱的：「山歌本是古人留，留在世上解憂愁。三天不把山歌唱，三歲孩兒白了頭。」可見對百姓來說，山歌具有重要的「解憂愁」功能。《東京夢華錄》也記載宋代汴京瓦肆任小三表演的杖頭傀儡，「每日五更頭回小雜劇，差晚看不及矣。」可見傀儡戲在民間受歡迎的情況。

教育價值

俗文學以其傳奇性、趣味性和世俗性來強化娛樂功能，雖不似正統詩文具有載道或教化目的，卻也能寓教於樂，

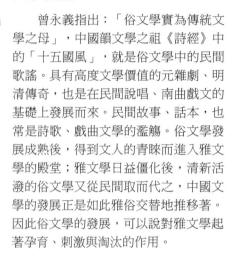

對民間百姓更有潛移默化的教育意義。如〈愚公移山〉、〈塞翁失馬〉等寓言往往在簡短的故事中寄寓大道理。話本中更有濃厚的因果報應教化意味，如〈蔣興哥重會珍珠衫〉以說書人口吻道出：「看官，則今日聽我說《珍珠衫》這套詞話，可見果報不爽，好教少年子弟做個榜樣。」教育目的十分顯著。

實用價值

俗文學的產生，與民眾的工作或生活脫離不了關係。如勞動號子、拉縴歌、船歌、山歌等，即是在工人、船夫或農民勞動時，群體齊力呼喝之歌，或鼓舞精神之曲。更多的工作或生活經驗從諺語中流傳下來，如「七月蕎麥八月花，九月蕎麥收到家。鋤頭自帶三分水，多鋤抗旱苗自肥。」即說明了農家應注意的時序作物與耕作要領。另廣受民間歡迎的俗文學也有興論的作用，如《癸辛雜識》記載南宋時有惡僧祖傑橫行鄉里，百姓撰為戲文，終於引起官府注意，將祖傑逮捕入獄。

研究價值

俗文學可提供許多學門研究材料。例如俗諺、俚語可以了解民間百姓的生活經驗與語言變化；俗曲可由文學、風俗、語言、音樂四方面進行研究；民間歌謠、說唱或小戲能提供豐富的社會學史料；神話或傳說則能了解一個民族的早期歷史或思想。

民眾生活與俗文學的關係

工作時

★唱採茶歌來提振精神。
★借諺語傳承工作經驗。

休閒時

★聽說書、看小戲為娛樂。
★話本、戲劇中寄寓教化之意。
★透過大眾娛樂製造輿論。

生活中

★民間故事口耳相傳。
★對聯點綴年節習俗。
★酒令、文字遊戲活絡宴會氣氛。
★謎語、俗語、笑話累積豐富的生活機趣。

研究者

★觀察古代民間風俗。
★了解古代社會產業。
★探索歷代文學之淵源。
★分析古代語音、音樂、思想、信仰、歷史、
　文化的直接材料。

UNIT 1-4
俗文學的蒐集整理

圖解俗文學

俗文學在傳統中國文學領域裡，原被認為不登大雅之堂，至近年方引起學術界重視。但仍有許多學者，默默進行著俗文學蒐集與整理的工作，使今日的研究者有豐富的資料可供探討。據曾永義《俗文學概論》所述，俗文學至今有三大寶庫，蘊藏著大量已被蒐集整理的資料。以下略作介紹：

敦煌俗文學資料

統稱《敦煌石室遺書》，敦煌石室包括甘肅敦煌境內的莫高窟、西千佛洞、榆林窟與水陝口小千佛洞西窟等。清光緒廿六年，道士王圓籙在石洞的複壁中發現藏經室，其中有東晉至北宋年間的手抄敦煌寫本、經卷與文書四、五萬卷，並有許多纖繡、繪畫、絹幡、銅像等。引來英人斯坦因、法人伯希和等探險家前來盜取，俄、日、美相繼而至，使敦煌寫本四萬多卷流落國外。但也因此引起各國學者注意，而於二十世紀初興起研究敦煌學的潮流。據高國藩《敦煌民間文學》中的分類，《敦煌石室遺書》大致可分為四類形式：一為散文類，包含短篇民間傳說、民間話本；二為講唱類，包含變文、講經文、民間故事賦以及民間詞文；三為韻文類，包含曲子詞、小調、四言歌謠、五言白話詩、唐人詩與民間驅儺所唱的六言歌謠；四為語言類，如民間諺語、謎語等。是俗文學開始興盛的時代中珍貴的第一手文獻資料。

中研院所藏俗文學資料

民國六年至廿一年間，劉半農徵集歌謠、傳說、故事、俗曲、諺語、歇後語、切口語、叫賣聲等資料，後遇中日戰爭，資料輾轉遷移至臺灣，藏於中央研究院歷史語言研究所傅斯年圖書館。這批資料時代橫跨乾隆年間到抗日戰爭前，地域則遍布河北、江蘇、廣東、四川、福建、山東、河南、湖北、雲南、安徽、江西、浙江、甘肅、臺灣等地，共收俗曲六千多種。民國六十二年，在史語所所長屈萬里的授意下，臺灣大學教授曾永義帶領著幾位青年學人，對這批資料作系統的分類整理，並增加了抗戰前後作品與臺灣歌謠。將中研院藏俗文學資料共分為戲劇、說唱、雜曲、雜耍、徒歌與雜著六大類，每類以下分子目，共計一萬四千餘子目，由新文豐公司陸續出版為《俗文學叢刊》，目前已出版五百冊，可說是目前世界上收藏中國俗文學資料最豐富的地方。

大陸刊行的四大集成

中國文化部與中國音樂家學會於六〇年代初開始規劃《中國民間歌曲集成》一書，對各地民歌進行廣泛而深入的普查和採集。文革期間蒐集工作一度中斷，至 1979 年恢復，由四十萬首民歌中精選出三萬多首編輯成書，為中國第一部全面而系統的民間歌曲文獻。1983 年中國民間文藝協會受此影響，亦由文化部、國家民委和民研會聯合編纂《中國歌謠集成》、《中國民間故事集成》與《中國諺語集成》三套書，以地域為分類依據，並蒐羅 1990 年後的資料，成為俗文學研究的珍貴資產。

俗文學的蒐集方式

擬定對象

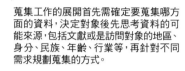
蒐集工作的展開首先需確定要蒐集哪方面的資料,決定對象後先思考資料的可能來源,包括文獻或是訪問對象的地區、身分、民族、年齡、行業等,再針對不同需求規劃蒐集的方式。

全面蒐集

蒐集的方法有許多種,如果是文獻,需大量檢索與廣泛徵稿;如果是田野調查,可以從訪談對象的家常生活中引導採集,或邀請受訪者進行正式訪問,或舉辦聯歡活動與參加當地慶典,令民眾較集中地分享文化記憶,藉此採集資料。

忠實記錄

進行訪談或採集資料時,除了現場速記,也可輔以錄影、錄音。記錄須力求客觀而真實,避免加入自己的意見或任意刪改。並需記下作品的來源、內容、形式、語言、流行地區等,以及受訪時的情形與受訪者的詳細資料,使採集到的作品能確實反映民間文學的真實情況。

慎重整理

採集到的資料,需慎重區分「整理」、「改寫」、「改編」、「重述」或「創作」的處理方式。整理的工夫需確保資料的原始面目,作品的內容、語言、主題思想等方面不容許按自己的意識改變,才能呈現民間文學最真實的樣貌。

第2章
神　話

UNIT **2-1**
神話的定義與特質

圖解俗文學

廣義的神話是指一切以神靈為中心的故事，狹義的神話則專指「遠古神話」；其定義眾說紛紜，大抵指的是起源於上古社會，先民用以理解或解釋自然現象的故事。此類故事以生活經驗為基礎，融合了大量的奇幻想像，透過口語集體創作與流傳，可視為人類社會最早的藝術創作。其起源雖早，但「神話」一詞則至晚清，才由日本轉譯希臘語 Mythos 一詞而來，於二、三〇年代在西方神話學的影響下，逐漸奠下中國神話學的基礎。中國各民族都有自己的神話，列舉漢族神話的藝術特徵如下：

形象、情節原始而質樸

中國遠古神話的人物形象，多具有質樸而粗獷的特質。主角本身或有獸形或半獸形的外觀，如人頭蛇身的女媧、牛首人身的炎帝、豹尾虎齒而善嘯的西王母等，這些人物身邊也多有具人性的鳥獸相隨，如《山海經》載黃帝與炎帝戰於阪泉之野，「帥熊羆狼豹為先驅，雕鶡鷹鳶為旗幟」；《拾遺記》載禹治水時鑿山至龍門，遇豕獸啣珠以照明、青犬行吠以開路，而後豕犬變為人形，又有蛇身之神伏羲贈圖，使其平定水土。可看出先民所建構的世界，具有人神、人獸雜處的原始特性。

強烈的地域特色

中國幅員廣闊，各處地理環境不同，居民的生活習性、語言民情也會有所差異，故而產生的神話自有濃厚的地方色彩。故中原氏族多以龜、蛇等爬蟲動物為圖騰，西北氏族多以虎、豹、野獸為圖騰，東方氏族多以鳥、日、月為圖騰。而相似母題的神話，也會因地域或民族的不同，呈現出不同的樣貌。如牛郎織女的故事，流傳到苗族，則出現牛郎與織女對唱情歌、牛郎吹蘆笙引出織女等情節，都與苗族文化有關。

宗族化傾向

中國神話的內容體現著以「人」為中心的人本思想，不僅上至神靈、下至走獸都具有人的形象或個性，更於其中建立了一套套氏族系譜。如《山海經·大荒北經》載：「黃帝生苗龍，苗龍生融吾，融吾生弄明，弄明生白犬，白犬有牝牡，是為犬戎。」將歷史與神話人物納入同一族譜。此乃源自漢族農業社會的氏族血親制度，使宗族系譜續上神靈世系，祖先崇拜接上神靈崇拜，進而使人神關係演變為人祖關係。

濃厚的浪漫色彩

神話是先民面對無法解釋或解決的自然現象或生活困境時，所衍生的奇幻想像。這些先民對自然現象與生產活動的藝術化想像，包含了征服自然的願望、對英雄的期待、生命不死的觀念，和強烈的抒情特徵，富含濃厚的浪漫色彩，從中也可看出先民樂觀積極的性格。神話濃厚的浪漫風格，為後世的文學提供了豐富的素材，如莊子寓言、曹植〈洛神賦〉、唐傳奇〈柳毅傳〉、清章回小說《鏡花緣》、《紅樓夢》等，皆運用了豐富的神話元素。

《山海經》中的神話世界

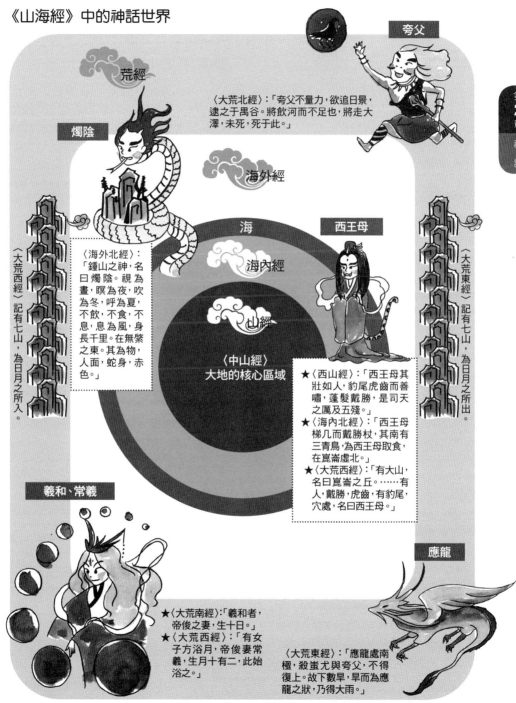

荒經

海外經

海

海內經

山經

〈中山經〉
大地的核心區域

夸父

〈大荒北經〉:「夸父不量力,欲追日景,逮之于禺谷。將飲河而不足也,將走大澤,未死,死于此。」

燭陰

〈海外北經〉:「鍾山之神,名曰燭陰。視為晝,瞑為夜,吹為冬,呼為夏,不飲,不食,不息,息為風,身長千里。在無綮之東。其為物,人面,蛇身,赤色。」

西王母

★〈西山經〉:「西王母其壯如人,豹尾虎齒而善嘯,蓬髮戴勝,是司天之厲及五殘。」
★〈海內北經〉:「西王母梯几而戴勝杖,其南有三青鳥,為西王母取食,在崑崙虛北。」
★〈大荒西經〉:「有大山,名曰崑崙之丘。……有人,戴勝,虎齒,有豹尾,穴處,名曰西王母。」

羲和、常羲

★〈大荒南經〉:「羲和者,帝俊之妻,生十日。」
★〈大荒西經〉:「有女子方浴月,帝俊妻常羲,生月十有二,此始浴之。」

應龍

〈大荒東經〉:「應龍處南極,殺蚩尤與夸父,不得復上。故下數旱,旱而為應龍之狀,乃得大雨。」

〈大荒西經〉記有七山,為日月之所入。

〈大荒東經〉記有七山,為日月之所出。

UNIT 2-2
神話的起源與發展

圖解俗文學

神話的起源

中國神話萌芽的上限，最早可以追溯到舊石器時代。原始初民對於自然現象的理解與想像，與現實生活的反映與投射，促使了最初神話的起源。十九世紀末英國人類學者泰勒提出「萬物有靈論」，認為先民想像自然萬物的運行，如雷電、風雨、星辰等，皆是由人格化的神靈所控制，由此形成神話的雛形；中國神話學者袁珂則認為先民將生活中最密切的事物，輸入了人的意識，故原始狩獵時代最早產生的必然為動物神話。當社會日益發展，先民也將征服自然的願望與生活經歷投射於神話之中，故而產生了英雄神話、文化神話、戰爭神話與創世神話等等。

神話宗教化

神話與宗教可謂同出一源，在先民以「神靈」的觀念認知萬物變化，並進而出現崇拜心態時，即產生了原始宗教。神話藉由想像征服自然，原始宗教則透過巫術控制自然。正因神話中含有宗教的因素，易為後起宗教所利用，借用原始神靈以宣揚宗教理念。如戰國以來求仙風氣盛行，神話中許多長生不死、升天飛行的記載，都被仙話改造運用，從不惜為理想犧牲的積極意識，轉為尋求長生不老的利己主義。漢代道教成立後更對仙話發展推波助瀾，許多神話人物成為道教的膜拜對象，如西王母、黃帝、蓬萊大人等，皆被賦予長生與通天的仙性，而模糊了原本在神話中的面貌。

神話歷史化

中國傳統社會起自資源貧乏的黃河流域，先民勤於生產，造就了「重實際而黜玄想」的民族特性；儒家成為思想主流後，孔子主張的「子不語怪力亂神」，更使中國神話中奇詭、荒誕的想像力遭到扼殺。如《呂氏春秋》所記載的：「故黃帝立（位）四面」，孔子將之解釋為「黃帝取合己者四人，使治四方」，使神話中長著四張臉的黃帝，被合理化為古帝王統一四方天下的手段。而自殷周封建王朝成立以來，諸侯爭勝、朝代迭興的中國歷史滋養出濃厚的史官文化，更將古神話中的部落首領或天神功績，轉化為民族歷史的源頭。如黃帝、堯、舜、禹等充滿神性的人物形象，成為上古史中的三皇五帝。將民族道統上溯信史時代以前，一方面滿足統治者塑造典範的政治需求，一方面託古實現「平天下」的理想，卻使神話的真實面目逐漸消亡。

神話的零散與消亡

現存的中國神話十分零星片段，鮮有完整的情節，且分散在經史子集各典籍中，不似希臘神話完整而系統化。此歸因於神話的記錄者為巫師、歷史家、哲學家或詩人，其記載神話往往擷取片段闡述己意，不僅不完整，且滲入了記載者的主觀意識，使神話往宗教化、歷史化、寓言化的方向發展。支離破碎的神話不利於保存弘揚，漢代以後神話的文獻紀錄也逐漸消失，而轉為文學、仙話、宗教、民俗等等，以另種型態浸潤中國文化。

黃帝神話變遷

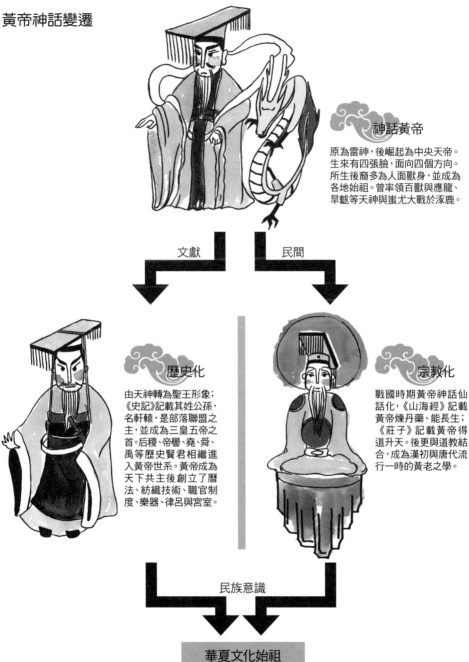

神話黃帝

原為雷神，後崛起為中央天帝。生來有四張臉，面向四個方向。所生後裔多為人面獸身，並成為各地始祖。曾率領百獸與應龍、旱魃等天神與蚩尤大戰於涿鹿。

文獻　民間

歷史化

由天神轉為聖王形象；《史記》記載其姓公孫，名軒轅，是部落聯盟之主，並成為三皇五帝之首。后稷、帝嚳、堯、舜、禹等歷史賢君相繼進入黃帝世系。黃帝成為天下共主後創立了曆法、紡織技術、職官制度、樂器、律呂與宮室。

宗教化

戰國時期黃帝神話仙話化，《山海經》記載黃帝煉丹藥、能長生；《莊子》記載黃帝得道升天。後更與道教結合，成為漢初與唐代流行一時的黃老之學。

民族意識

華夏文化始祖

清末民初面對排滿情結與外敵侵擾，學者在復興民族精神的訴求下，提出黃帝作為中華民族共同始祖，以建立國族認同。

UNIT 2-3
神話的分類

圖解俗文學

中國神話學興起以來，研究者各自根據不同的標準，對神話進行分類。每套分類方式固有其爭議或者重疊之處，但可概見中國神話的整體面貌。較常見的分類方式有以下幾種：

按民族或地域分類

中國各民族都有屬於自己的神話系統，並反映出濃厚的歷史與地域性。如茅盾曾據方位把中國神話細分為北、中、南三個部分；王孝廉的分類中也有「四季與五方神話」、「西北大荒中的諸神」等項目。若按民族分類，則有漢族神話、藏族神話、維吾爾族神話、苗族神話、滿族神話、瑤族神話、納西族神話等。

按神話母題分類

斯蒂‧湯普森在《民間文學母題索引》中把神話中一再出現的主題分為十三類，每類之下又依據內容上的共通性再細分，從神話的類屬到神話內部構造特徵的逐層細化，直到化為最小的情節單元，此即神話母題分類法。這套分類法為眾多神話學者所採用，如陳建憲將神話分為盤古神話及「宇宙卵」母題、女媧神話及「泥土造人」母題、崑崙神話中的「世界之臍」母題、洪水神話與「世界末日」母題、人類再造神話及「兄妹婚」母題、夷羿神話及「射日」母題、農業神話及「棄子」母題、黃帝神話與「叛神」母題、治水神話及「英雄戰水怪」母題、冥界神話及「彼岸追尋」母題十類。

按故事情節分類

按照神話所述的情節分類，是神話學界最通用的方式。如劉城淮、段寶林、王孝廉、陶陽、鍾秀等學者，大抵都將神話粗分為自然神話、社會神話等大類，以下再據情節細分為創世神話、天體神話、動植物神話、族源神話、洪水神話、治水神話、英雄神話、部落戰爭神話、文化神話等類型，亦即本書以下單元所採取的分類方式。

按內容屬性分類

有些研究者按照神話內容的特殊性質來分類，如袁珂將神話分為：原始的神話、傳說、歷史化的神話、仙話、怪異神話、帶有童話意味的民間故事、源自佛經的神話、關於節日、法術、寶物、風習和地方風物的神話，和少數民族的神話九類，是以神話的來源或演變方向為依據；黃惠焜將神話分為原生神話與次生神話，前者包含自然神話與蒙昧神話，後者包含英雄神話與父權神話，分類標準乃據神話的發展階段；鄭德坤將神話分為哲學的、科學的、宗教的、歷史的與社會的神話五類，則是以神話所表達的思想意識為依據。

按人物系統分類

以神話人物為核心，集結其相關故事為一系統，如高國藩將神話分為十大系統：盤古神話、女媧神話、炎帝神話、黃帝神話、后羿神話、牛郎織女神話、帝嚳神話、舜神話、大禹治水神話，與遠國異人神話。

后羿神話歸類

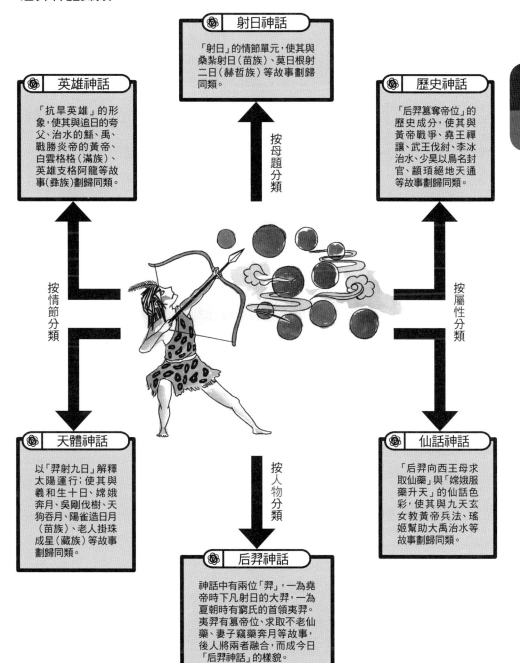

射日神話

「射日」的情節單元，使其與桑紮射日（苗族）、莫日根射二日（赫哲族）等故事劃歸同類。

英雄神話

「抗旱英雄」的形象，使其與追日的夸父、治水的鯀、禹、戰勝炎帝的黃帝、白雲格格（滿族）、英雄支格阿龍等故事（彝族）劃歸同類。

歷史神話

「后羿篡奪帝位」的歷史成分，使其與黃帝戰爭、堯王禪讓、武王伐紂、李冰治水、少昊以鳥名封官、顓頊絕地天通等故事劃歸同類。

按母題分類

按情節分類

按屬性分類

天體神話

以「羿射九日」解釋太陽運行；使其與羲和生十日、嫦娥奔月、吳剛伐樹、天狗吞月、陽雀造日月（苗族）、老人掛珠成星（藏族）等故事劃歸同類。

按人物分類

仙話神話

「后羿向西王母求取仙藥」與「嫦娥服藥升天」的仙話色彩，使其與九天玄女教黃帝兵法、瑤姬幫助大禹治水等故事劃歸同類。

后羿神話

神話中有兩位「羿」，一為堯帝時下凡射日的大羿，一為夏朝時有窮氏的首領夷羿。夷羿有篡帝位、求取不老仙藥、妻子竊藥奔月等故事，後人將兩者融合，而成今日「后羿神話」的樣貌。

UNIT 2-4 創世神話

圖解俗文學

盤古開天闢地

關於盤古的神話，最早見於三國時《三五歷紀》、《五運歷年紀》的記載。相傳最早的世界如一混沌的雞卵，無天地日月，而盤古首先在其中誕生。當盤古形軀日漸增大，他挺直了身體、伸長了四肢，天地便被一分為二，清明者上浮為天，陰濁者下沉為地。盤古一天長高一丈，天就日高一丈，地也日厚一丈。十萬八千年後，天地間便相差了九萬里。盤古死後，他的氣息化成風雲，聲音化為雷霆，筋脈成為大地的紋理，肌肉成為肥沃的土壤，鬚髮成了天上的星辰，皮毛變成大地的草木，齒骨化為礦石，血液骨髓滾為珠玉，汗水揮灑而成雨澤，遂成了我們現在的世界。

除了漢族以外，苗族、瑤族、畬族、黎族等少數民族中也廣泛流傳著開天闢地的神話。或者有些民族，創世者不叫盤古，卻同樣有著自混沌中開闢出一番天地，或將天地間距撐開的神話，如哈尼族的金魚娘、布依族的力嘎、黎族的大力神等。

女媧造人補天

女媧的神話最早見於《楚辭‧天問》，而在《風俗通》中才較詳細地記載著女媧造人的細節：相傳天地最初尚無生靈，女媧捏塑泥土而成萬物；她創造了雞、狗、豬、牛等牲畜後，才以自己的形象創造了人類。剛開始她逐一捏塑，後因過於費工，便以繩索往泥中甩去，飛濺的泥團便化成了各式各樣不同的人種。

《淮南子‧覽冥訓》又記載著女媧補天的故事。在「四極廢，九州裂，天不兼覆，地不周載，火爁炎而不滅，水浩洋而不息，猛獸食顓民，鷙鳥攫老弱」的遠古時代，女媧以大鰲的腳撐住天頂，將五色石煉為岩漿以補天的缺口，將蘆草燒為灰燼鋪地填水，才使人間恢復平靜。另有一說是因水神共工與火神祝融打架，才將支撐天頂的不周山撞斷，使天傾塌而撞出一個缺口，女媧遂補天以救生民。蒙古族也有麥德爾神女開天闢地，滿族的故事中則有海倫格格煉石補天的相似情節，都反映了上古時代母系社會的特徵。

伏羲兄妹生育後代

西南方的女媧神話系統中，女媧除了是造人、補天的創世女神，相傳還是伏羲的妹妹，而伏羲兄妹正是繁殖人類的始祖。在漢代石刻與文獻中的伏羲兄妹，是人首蛇身的形象，屬於龍圖騰的龍族，並兩尾相交，象徵男女交合。

相傳遠古時代，雷公因為人為因素被困在人間，得到伏羲兄妹的救援而脫困，臨走前給兄妹一枚金牙齒囑咐其種下，不久牙齒便長成了一只大葫蘆瓜。雷公回到天上後，為報復使他受困的人類，便下起傾盆大雨，淹沒了整個世界。伏羲兄妹將葫蘆瓜掏空，躲進瓜裡，在水上漂浮，因此逃過一劫。當水退去後，人間只剩下了兄妹倆。兩人便成親以繁衍後代，也就成了人類的始祖。漢族、毛南族、黎族、侗族、仡佬族等都有類此兄妹成親的神話。

中原女媧神話

女媧補天

★水神共工與火神祝融因爭戰導致天塌，於是女媧煉五色石補天。

★另有一說共工、祝融是女媧的兩兄長，或說女媧平息共工、祝融兩氏族首領戰爭。

★女媧具有補天、征服氏族的能力，為中國女神崇拜的代表。

女媧造人

★《淮南子》記載女媧在眾神的協助下，經歷七十次的嘗試，方創製出人類。

★北宋才出現女媧以泥土造人的記載，並建立了婚姻制度，創造農牧業與樂器。

★女媧逐漸形成中國神話中人類始祖的形象。

女媧誕生

人首蛇身之女媧誕生於承匡之山。一開始僅為上古氏族首領之身分。

兄妹成親

★父系氏族制度成熟後，創世之神分出陰陽之別，於是南方苗族的洪水神話中出現伏羲與女媧兄妹成親、繁衍後代的故事。

★石刻、壁畫、絹畫上的伏羲與女媧都是人首蛇身，雙尾交纏。象徵其為夫婦之始，並創建文明。

女媧祠堂

早在漢代已有祭祀女媧的記載，到了唐代，肅宗更將之視為婚姻之神。今山西還有女媧的陵墓，登封、涉縣、西華等地也有女媧廟。

女媧之死

《山海經》載女媧死後，腸子化為十個神人，督導日月運行。

女媧建都

明《開闢演義》記女媧在伏羲氏駕崩後被推為女皇，建都於中皇之山。

019

UNIT 2-5
族源神話

盤瓠

盤瓠為中國南方少數民族傳說中的神犬，自三國時期即有記載，今見最早文獻則見於東晉郭璞所注《山海經注》與干寶《搜神記》。相傳帝嚳（高辛氏）的皇妃從耳中掏出一大如蠶繭之物，裡面有隻小金蟲。皇妃將金蟲養在剖開的葫蘆中，金蟲竟長成五彩毛色的狗，帝嚳便賜名為「盤瓠」。當時外族犬戎作亂，帝嚳下令將公主下嫁給能取得番王首級之人。盤瓠便趁番王酒醉，咬下他的頭歸來。帝嚳卻不願將女兒嫁給一隻狗。這時盤瓠開口說人話，要求將牠放進金鐘內，七天七夜便能成為人身。帝嚳照做，公主卻憂心盤瓠餓死，在第六天揭開了金鐘。盤瓠只化成狗頭人身，只得以此形與公主成婚。婚後夫妻深居山中，生下六子六女，相互嫁娶繁衍後代，成了少數民族苗族、瑤族的祖先。這些民族中都流傳著關於盤瓠的神話。

玄鳥生商

商原本是黃河下游的古老部落，為高辛氏後裔。《詩經》、《楚辭》、《呂氏春秋》、《太平御覽》與《史記》中都記載著其始祖「契」的誕生：有戎氏之女簡狄為帝嚳次妃，一日她與姊妹在玄丘水中沐浴，見玄鳥（燕子）墮下一卵，吞食後受孕而生契。契長大後，因幫助大禹治水有功，被舜帝命為司徒，掌管教化，封於商地，賜姓子氏。商族原為母系社會，自契始過渡為父系社會，契即為商族首位男性首領。而商族的鳥圖騰崇拜，正可與此一玄鳥生商的族源神話相互印證。

姜嫄履跡

周始祖后稷，原名棄，《詩經》、《史記》記載其母姜嫄為有邰氏之女，帝嚳之元妃。姜嫄一日在郊野中見巨人的腳印，一踩忽感身體震動，自此受孕。產下一子後自覺不祥，把嬰兒丟棄在陌巷中，牛馬經過都避開不踏；想丟棄在山林，卻因人多無從留置；丟棄在寒冰上，卻見飛鳥以翅膀覆蓋嬰兒，為他保暖。姜嫄方感覺到后稷的神異，決定帶回撫養。因曾三度拋棄，便將子命名為「棄」。棄精於農作，為堯舜時的農官，善於觀測天象以掌握農時。周族亦從棄開始轉為父系社會。由商、周始祖的族源神話俱為母親受到感應懷孕、只知母而不知父的神話情節，可以看出母系社會的反映。

三仙女

《清太祖實錄》中記載了滿族的族源神話「三仙女」，與漢族的「玄鳥生商」有異曲同工之妙：有三個仙女恩古倫、正古倫、佛庫倫在長白山下的布爾湖里池洗浴，一神鵲啣來朱果，置於佛庫倫衣服上，佛庫倫不忍丟棄，含果披衣，竟誤吞果實，便有了身孕，無法飛升歸天。於是佛庫倫留在人間，產下一子，取名愛新覺羅‧布庫里雍順。愛新覺羅出生便能說話，長大後母親囑咐他乘舟順流而下，平定亂事，言畢便凌空而去。當時有三姓氏族互相仇殺爭雄，見來自長白山的愛新覺羅體貌奇異，又聽聞其為天女之子，便尊其為王，國號滿洲。

帝嚳的神話體系

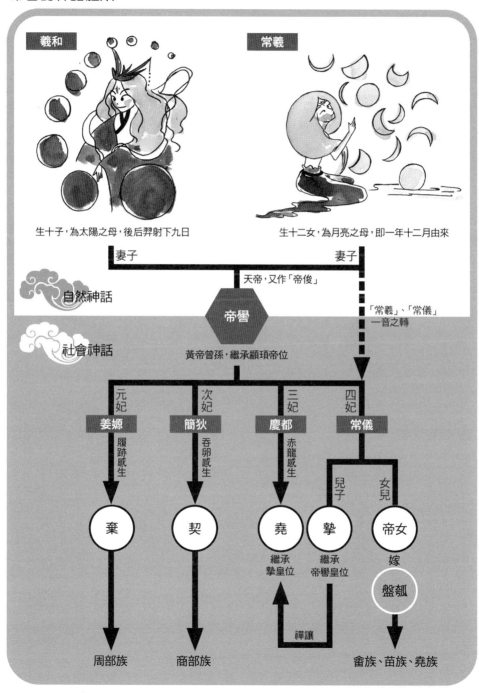

義和

常羲

生十子，為太陽之母，後后羿射下九日

生十二女，為月亮之母，即一年十二月由來

妻子   妻子

天帝，又作「帝俊」

自然神話

帝嚳

「常羲」、「常儀」
一音之轉

社會神話

黃帝曾孫，繼承顓頊帝位

元妃	次妃	三妃	四妃
姜嫄	簡狄	慶都	常儀
履跡感生	吞卵感生	赤龍感生	

兒子　女兒

棄　契　堯　摯　帝女

繼承
摯皇位

繼承
帝嚳皇位

嫁

盤瓠

禪讓

周部族　商部族　畬族、苗族、瑤族

UNIT 2-6 帝王神話

圖解俗文學

上古時期，傳說有「三皇五帝」，是中國在信史出現以前的聖王代表，具有濃厚的神話色彩。但具體是哪幾位人物尚有爭議，「三皇」有伏羲、神農、燧人、祝融、共工等說法；「五帝」則有黃帝、顓頊、伏羲、太昊、嚳、堯、舜等說法。

祝融戰共工

祝融是遠古時代的火神，本名重黎，是顓頊帝之孫、帝嚳（一說為黃帝）時的火正官，鎮守南嶽衡山，居住在崑崙山上的光明宮。相傳祝融教會了人民保留火種、以火烹食，而被人民尊為「赤帝」，水神共工不甘被冷落，便引五湖四海之水沖向崑崙山，祝融駕火龍出攻，大勝共工，共工羞憤難當，一頭撞在不周山上。不周山是頂天支柱，山一倒天便傾斜了半邊，天河的水灌向人間，造成了人間一場大災害，也才有了女媧補天的故事。

黃帝與炎帝

黃帝與炎帝分別為遼河流域有熊國，與黃河流域神農部落首領。兩國因部落發展長期征戰，炎帝勢衰，而黃帝則得到諸侯歸附，遂率領以熊、羆、貔、貅、貙、虎為圖騰的各方諸侯，在阪泉之野與炎帝展開三次激戰，終於使神農氏歸順。此為見於記載的中國歷史上第一場大規模戰爭，史稱「阪泉之戰」。而炎黃部族結盟，也使後代將之共同奉為中華文明之祖先，而有「炎黃子孫」之稱。

黃帝大戰蚩尤

蚩尤為上古時代九黎部落之首領，曾為炎帝之臣子（一說為炎帝後代），後為炎帝復仇而興兵（一說背叛炎帝作亂），黃帝打敗炎帝後又在涿鹿之野與蚩尤展開一場大戰。蚩尤聯合巨人夸父與三苗部族，率領七十二（或說八十一）氏族，精勇剽悍。《山海經》載黃帝命應龍蓄水淹之，蚩尤則請來風伯雨師破了應龍水陣；黃帝再請旱神女魃止住暴雨。《太平預覽》載蚩尤興起大霧，將黃帝軍隊困於泰山三日，黃帝造指南車，終於率兵辨明方向，衝出重圍。《史記》則載天帝遣九天玄女下凡傳授黃帝兵信神符，助黃帝擒殺蚩尤，統一天下。此後黃帝統領的華夏集團定居中原，日益強大，為華夏民族的發展奠下基礎。

堯王禪讓虞舜

虞舜，顓頊後代，二十歲便以孝聞名。其盲父、繼母與同父異母之弟象常想害他性命，命其修補糧倉，再縱火焚倉；命其下井淘土，再落石填井；舜皆得神力護持而未死，反而更孝順恭謹。當時帝堯年邁，子皆不才，四嶽諸侯薦舉舜，堯便將二女娥皇、女英嫁給他，再命九子與舜相處，以觀察其內外才能德行長達三年。見其仁愛孝悌，再用「五典」、「百官」考核舜的能力，而舜皆精通。再令舜入山林，遇暴風雷雨，舜都能鎮定自持不迷失，堯才決定託付天下。八年後帝堯駕崩，舜即位，是中國禪讓政治之始。

黃帝統一天下之役

《史記‧五帝本紀》：「炎帝欲侵陵諸侯，諸侯咸歸軒轅。軒轅……教熊羆貔貅貙虎，以與炎帝戰於阪泉之野。三戰，然後得其志。」

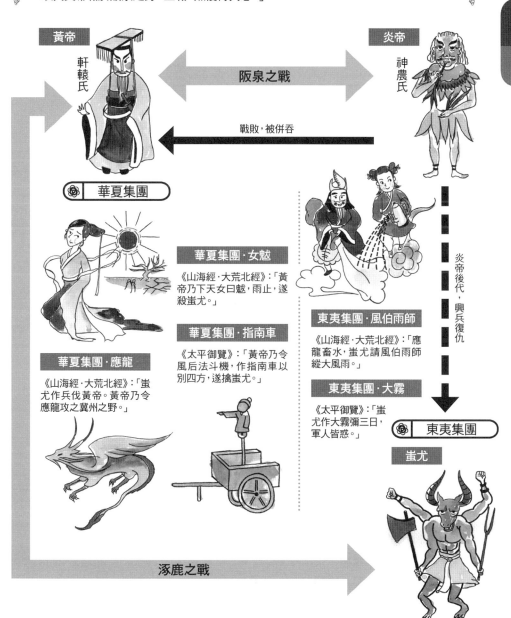

黃帝
軒轅氏

阪泉之戰

炎帝
神農氏

戰敗，被併吞

華夏集團

炎帝後代，興兵復仇

華夏集團‧女魃

《山海經‧大荒北經》：「黃帝乃下天女曰魃，雨止，遂殺蚩尤。」

華夏集團‧指南車

《太平御覽》：「黃帝乃令風后法斗機，作指南車以別四方，遂擒蚩尤。」

東夷集團‧風伯雨師

《山海經‧大荒北經》：「應龍畜水，蚩尤請風伯雨師縱大風雨。」

東夷集團‧大霧

《太平御覽》：「蚩尤作大霧彌三日，軍人皆惑。」

華夏集團‧應龍

《山海經‧大荒北經》：「蚩尤作兵伐黃帝。黃帝乃令應龍攻之冀州之野。」

東夷集團

蚩尤

涿鹿之戰

UNIT 2-7
治水神話

世界各地都有洪水神話，是人類歷史中的集體記憶。中國的洪水神話大略可分為兩個系統，一是伏羲、女媧兄妹在洪水中倖存，成親而為人類再生始祖的故事，已在「創世神話」單元中敘及；二是鯀禹治水的神話，本單元即舉數例以見之。

圖解俗文學

鯀竊息壤

堯在位時，黃河氾濫，民不聊生。時鯀封為崇伯，堯便在四嶽諸侯的推薦下，命他治理水患。鯀是顓頊帝的後代，為人血性衝動，卻心繫百姓生死，便不顧天規，竊來天帝宮中可以讓土地無限再生的「息壤」，灑向人間，形成一堵堵堤防擋住洪水。天帝震怒，命火神祝融在羽山上殺死鯀（一說是天帝收回息壤，洪水復發，帝堯大怒而處死鯀）。鯀的屍身不爛，三年後有人以刀劃開其腹，禹自其中誕生，鯀則化為黃龍躍入淵中。

大禹治水

禹長成後，受舜帝任命，繼承父志繼續治水，同時記取教訓，改堵截法為疏濬法，行萬里以考察地形，鑿通山壁河渠，十三年後終於完成治水大業。

相傳大禹治水時，有神獸應龍、玄龜相助；伏羲贈禹一支可以量度大地的玉簡，黃河水神河伯也繪了一幅黃河水情圖來獻。另外禹也收服了許多作亂人間的怪物，如青軀白首、形若猿猴的淮河水怪無支祁，被禹鎮鎖在水井裡；又有蛇身九首，青面人臉、所經之處都陷為沼澤的怪物相柳，也被大禹所殺，其

血腥臭，流經之處寸草不生。大禹更攻打發動水患的共工，將之流放幽州。

禹娶塗山女

禹年過三十未娶，自認欲娶必有徵兆。一日見一九尾白狐，認為白色為己服色，而九尾則為王者之徵。因有塗山歌謠云：「綏綏白狐，九尾龐龐。我家嘉夷，來賓為王」，便娶塗山女子女嬌為妻。

禹與女嬌成親後四日，便離家治水，八年不曾返家，甚至三過家門而不入。為了鑿山開道，禹化為一頭黑熊，為避免妻子送飯時撞見，便吩咐女嬌聽到鼓聲再送飯來。一日大禹鑿下的石塊不慎誤擊鼓面，妻子聞聲趕至，只見黑熊，嚇得拔腿就跑。逃到嵩山下，懷胎九月的女嬌竟變作一塊望夫石。大禹趕到，抱著大石喊：「還我孩子來！」石頭忽然裂開，嬰孩呱呱落地。禹便將孩子命名為「啟」，而石頭從此被稱為「啟母石」。

夏王朝的建立

禹因治水有功，舜便將帝位禪讓給他。禹即位後改國號「夏」，召集諸侯會盟，分封諸侯。又收取天下的銅，鑄為九鼎，以作為天下共主的象徵。大禹是中國歷史由部落聯盟邁向封建王朝的關鍵人物，其也曾循傳統禪讓制，推舉頗有威望的部落首領皋陶繼承帝位，然皋陶早逝；又命東夷首領益為繼承人，然諸侯多不擁戴，反而擁戴禹的兒子啟。最後遂由啟即位，自此開啟了中國的世襲王朝。

鯀禹治水大 PK

鯀		禹
堯（一說舜）	在位帝王	舜
九年	治水時間	十三年
障水法	治水方法	疏導法
天宮竊息壤	使用神器	伏羲贈玉簡，河伯獻河圖
赴天宮途中靈魚相助渡河大鵬相助飛越火焰山	神獸相助	治水過程中應龍以尾掃地、指引方向，玄龜投息石、築河堤
天帝、祝融	挑戰對象	無支祁、共工、相柳
失敗，羽山遭殛	治水結果	成功，繼承帝位
屍身孕育，剖腹生禹	繁衍後代	妻化石，石裂生啟

UNIT 2-8
英雄神話

圖解俗文學

　　英雄神話反映了先民征服自然、反抗自然的不屈精神，於是塑造一英雄形象，寄託掌控命運的自我意志。這些人物通常帶有明知不可而為之的傻勁，縱使失敗，其堅定而樂觀的精神也為人傳頌，表現出強烈的理想與浪漫主義。前述「帝王神話」、「治水神話」都屬英雄神話的範疇，本單元再於此之外介紹幾個著名且帶有悲劇性的英雄神話：

夸父追日

　　巨人夸父住在成都山上，他的兩耳、兩臂都纏著黃蛇，見到太陽東昇西落，便立志要追到太陽。於是他邁開大步，日落之際追至禺谷，忽覺口渴，喝光了兩條大河的水仍不夠，又往北方大湖奔去，卻沒能撐到湖邊，便渴極而死。夸父死後，手中拄著的桃木杖化為一座桃林，為路過的人遮蔭解渴。後人便用「夸父追日」形容一個人不自量力，或是有宏大的志向。也有學者指出夸父追日的故事，表現的是上古東夷部落的太陽崇拜。

刑天舞干戚

　　刑天為一巨人，是炎帝之臣子，阪泉之戰敗後與炎帝居於南方。在黃帝打敗蚩尤後，不服黃帝統治而向其挑戰，終被黃帝斬斷頭顱，葬在常羊山。然沒了頭的刑天並未因此屈服，乃將兩個乳頭當作眼睛，將肚臍當作嘴，仍舊手舉斧盾，向天空不斷舞動劈砍，在後世被視為勇猛將士或悲劇英雄。陶淵明在〈讀山海經〉詩中便詠其：「刑天舞干戚，猛志固常在。」

精衛填海

　　炎帝有個小女兒名叫女娃，一日女娃至東海遊玩，遇上暴風雨，座船在海上翻覆，遂溺死於海裡。女娃死後變成一隻鳥兒，白嘴紅爪，花紋斑斕，叫聲宛如「精衛」，人們便稱其「精衛鳥」。精衛鳥每日飛到西山，叼來山上的樹枝、石頭，投入東海之中，想要填平害她喪命的大海。陶淵明〈讀山海經〉：「精衛銜微木，將以填滄海。」後人也以此形容意志堅決，為達目的不畏艱難的毅力。

后羿射日

　　堯帝時天上出現十個太陽，使得河井乾枯，農作焦萎，怪禽猛獸全都出來人間作亂。天帝帝俊賜給善射的天神「大羿」一柄神弓，命他下凡解除人間憂患（一說羿是堯所派來除害的射官）。羿誅殺了猰貐、鑿齒、九嬰、封豨、大風、修蛇等惡獸，又一口氣射下九日。被射下的太陽是一隻隻三腳烏，都是天帝之子。大羿因此得罪了天帝，無法再回歸天界，卻得到人民的崇拜與愛戴。歷史上也有個夏朝的皇帝名「后羿」（又名「夷羿」），也以善射聞名。其原為有窮氏部落首領，奪取了太康的政權，後更篡位為帝。但仍是個罔顧民生的昏君，最後被自己的親信寒浞所殺。後人將此二人相混，遂以「后羿」代「大羿」，而有了英雄后羿射日之後墮落為人間暴君的神話面貌。羿妻嫦娥、后羿向西王母求藥、逢蒙殺羿等傳說，更分不清神話與歷史的界線。

嫦娥奔月神話演變

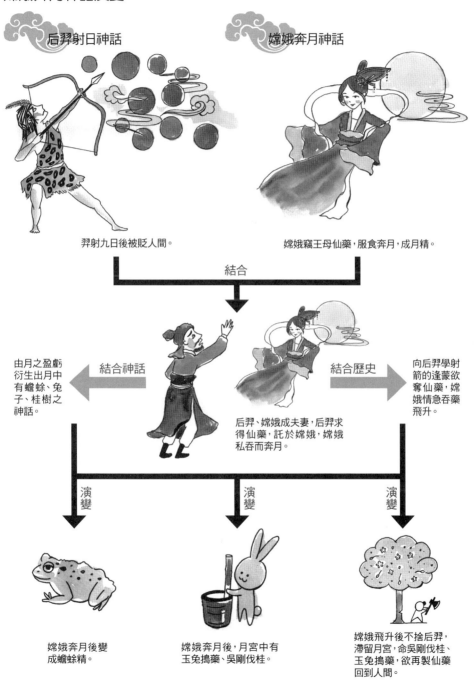

后羿射日神話

嫦娥奔月神話

羿射九日後被貶人間。

嫦娥竊王母仙藥，服食奔月，成月精。

結合

由月之盈虧衍生出月中有蟾蜍、兔子、桂樹之神話。

結合神話

后羿、嫦娥成夫妻，后羿求得仙藥，託於嫦娥，嫦娥私吞而奔月。

結合歷史

向后羿學射箭的逢蒙欲奪仙藥，嫦娥情急吞藥飛升。

演變

演變

演變

嫦娥奔月後變成蟾蜍精。

嫦娥奔月後，月宮中有玉兔搗藥、吳剛伐桂。

嫦娥飛升後不捨后羿，滯留月宮，命吳剛伐桂、玉兔搗藥，欲再製仙藥回到人間。

UNIT 2-9
文化神話

文化神話可歸屬於創世神話的範疇，描述天地生成之後，先民由原始的生存型態，逐漸建立秩序規則而走向文明社會。以漢人的觀點而言，中華文化的建立，乃起源於以下幾位關鍵性的人物，後人將之列為「三皇」，象徵遠古時代文明社會的開端。

有巢氏構木為巢

上古時代人少而獸多，先民住在洞穴裡，往往不敵猛獸侵襲。南方出現一位聖人，教人民用樹枝和藤條在樹上築巢，白天可以摘食果實，夜晚又可遠離猛獸，使人民的生活從穴居進入巢居的時代。人們感念聖人的才德，推舉其為部落首領，因其教民築巢為室，因此稱他為「有巢氏」，又稱「巢皇」。

燧人氏鑽木取火

原始先民慣於生食，茹毛飲血，腥臊難除，有害健康。商丘有一聖人，見鳥兒以嘴啄木，擦出火花，乃嘗試取樹枝鑽木，幾番嘗試後燃起火光。（一說是以石擊獸時與山石相碰，產生火花，乃發明擊石取火），於是教人民用火烹煮食物、鑄金作刃，從此人們便進入了熟食的時代。人民也因此推舉聖人為王，稱他為「燧人氏」，又稱「燧皇」。

伏羲氏創制八卦、結繩捕魚

伏羲氏有人文始祖之稱，其觀察天地陰陽變化之理，創制八卦，用以推衍萬事萬物之關係；又觀察蜘蛛結網的原理，發明了結網捕魚之法，同時教民馴養牲畜，提高人類的生產能力；並訂立男聘女嫁的婚俗禮節，改變原始社會的群婚狀態；還發明琴瑟、陶塤，訂定律呂，以音樂教化人心。其地位為三皇之首，是中國古籍記載中最早的聖王。

倉頡造字

倉頡為黃帝時的史官，相傳有四隻眼睛，觀察大自然中星辰、山川、龜文、鳥羽之曲直，從中以象形的方式創造出一套能記錄語言的文字。當倉頡造字成功，天忽然降下五穀，夜裡又傳來鬼哭泣的聲音。這些異象都說明了文字會給人們的生活帶來巨大的衝擊。

嫘祖養蠶

從前人們所穿的衣服多用獸皮或樹皮績麻製成，質料粗糙且數量有限。黃帝統一天下後，正妃嫘祖在桑間發現桑蠶吐絲，於是教民種桑養蠶。又發明抽絲、織絹之術，使蠶絲能織成衣裳，後人尊稱她為「先蠶聖母」。

神農嘗百草

神農氏相傳是醫藥與農業的發明者。當時人們靠打獵為生，生命備受威脅。神農氏見鳥兒銜穀，便砍下樹木，製成耕地的犁與掘土的農具，教民開墾農地、播種五穀，使人們進入自耕自足的農業生活。神農氏又精通藥理，為試其毒性與療效，親嘗百種草藥，曾一天發現了七十種藥物。後試到含有劇毒的斷腸草，中毒身亡。

上古文明演進史

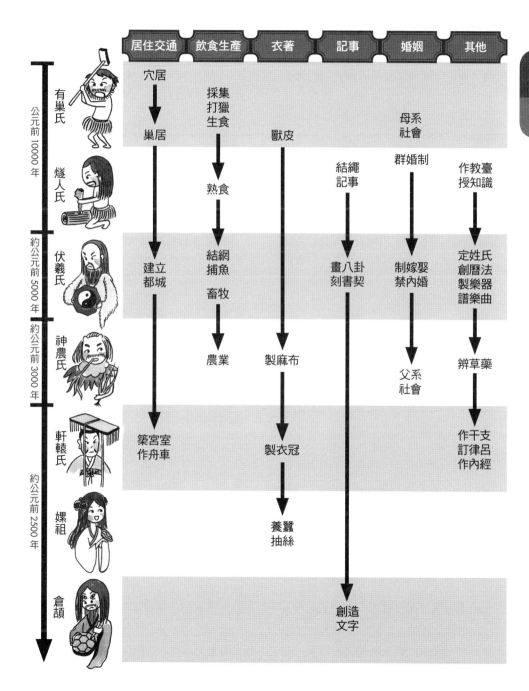

	居住交通	飲食生產	衣著	記事	婚姻	其他
有巢氏	穴居 → 巢居	採集打獵生食	獸皮		母系社會	
燧人氏		熟食		結繩記事	群婚制	作教臺授知識
伏羲氏	建立都城	結網捕魚 畜牧		畫八卦刻書契	制嫁娶禁內婚	定姓氏創曆法製樂器譜樂曲
神農氏		農業	製麻布		父系社會	辨草藥
軒轅氏	築宮室作舟車		製衣冠			作干支訂律呂作內經
嫘祖			養蠶抽絲			
倉頡				創造文字		

公元前 10000 年
約公元前 5000 年
約公元前 3000 年
約公元前 2500 年

UNIT 2-10
神話的價值

　　神話反映了各民族最原始的社會與意識形態，儘管現存神話零星而片段，卻可由部分情節或人物精神中，看到哲學、歷史、宗教、倫理、自然科學等方面的萌芽，不僅對社會型態、思想文化的溯源具有很高的價值，同時也成為歷代的文學藝術的養分。

哲學價值

　　神話反映了原始先民對世界的認識，如自開天闢地的神話中，可以考察人類最初的宇宙觀；由《山海經》中，則可窺見上古時代人們的世界觀；而神話中對神、人、獸等對象的描述，更可窺見初民對萬事萬物的感知、體驗、理解、想像與思維模式。

歷史價值

　　神話保留了文字出現以前，中國歷史起源與演變的痕跡。如女媧補天、造人的神話，可以看出母系社會的影子；黃帝、炎帝、蚩尤的戰爭，可看出國家制度未形成前，部落之間相互攻伐的社會型態；堯、舜、禹等帝王神話也可知中國在世襲制出現之前曾存在過禪讓政治，以及國君選擇繼位人選的考核制度。

宗教價值

　　神話中反覆出現的意象或母題，往往反映了一個民族的宗教崇拜。如后羿射日、夸父追日的神話，起於先民對於太陽的想像，以及對於能駕馭太陽之英雄的崇拜，實際上便是由太陽崇拜的觀念而來。又如延續人類香火的伏羲、女媧，從其人首蛇身的造型，便可看出中國遠古的蛇崇拜。

倫理價值

　　中國神話中的人物往往具有堅強、樂觀、進取和永不放棄的精神，如女媧補天、精衛填海、大禹治水等，都反映了不畏自然力量的韌性，以及悲憫蒼生的情懷。這些神話人物的美好品德和偉大精神，便成了人們心目中所崇拜、追求的英雄形象。

自然科學價值

　　神話中有許多先民對自然現象的觀察，如閃電娘娘與雷公的神話、日蝕和月蝕原因的解釋，都可見上古人類已注意到這些天象變化。而神話中也不乏科學方法的運用，如黃帝利用磁性原理發明指南車、神農氏以木製成耒與耜，使耕種更加省力、燧人氏鑽木或擊石取火，乃是借摩擦生熱之力等，對後代的科學發展皆有所啟發。

藝術文化價值

　　神話是歷代文學中不可或缺的典故，如李白〈上雲樂〉詩中寫道：「陽烏未出谷，顧兔半藏身。女媧戲黃土，團作愚下人。」即用了三腳烏、月中兔，和女媧造人三個神話典故。李商隱亦作〈嫦娥〉：「嫦娥應悔偷靈藥，碧海青天夜夜心。」將嫦娥作為寄託抒情的對象。洪昇的劇作《長生殿》中，令牛郎、織女、嫦娥等神話人物穿梭在唐明皇與楊貴妃的愛情之間，中國的文學、戲劇，乃至於繪畫、雕塑，都因為神話而有了更豐富深刻的文化面貌。

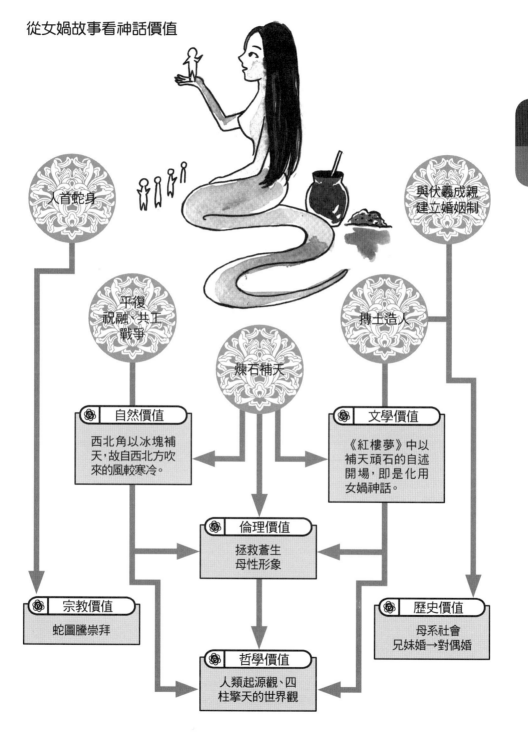

從女媧故事看神話價值

人首蛇身

平復
祝融、共工
戰爭

煉石補天

摶土造人

與伏羲成親
建立婚姻制

◎ 自然價值
西北角以冰塊補天，故自西北方吹來的風較寒冷。

◎ 文學價值
《紅樓夢》中以補天頑石的自述開場，即是化用女媧神話。

◎ 倫理價值
拯救蒼生
母性形象

◎ 宗教價值
蛇圖騰崇拜

◎ 歷史價值
母系社會
兄妹婚→對偶婚

◎ 哲學價值
人類起源觀、四柱擎天的世界觀

第3章
仙　話

UNIT 3-1
仙話的產生

圖解俗文學

仙話產生於戰國時期，是以敘述神仙活動與追求長生不死之術為主要內容的民間文學作品。其最初脫胎於神話母體，而逐漸成為獨立的文學型態，也間接造成神話的消亡。仙話的產生有如下原因：

生命意識的覺醒

中國神話中人物的神性有逐漸英雄化、世俗化乃至於人性化的趨向，反映出人類的自我生命意識逐漸覺醒。伴隨而來的，是對於死亡的恐懼與塵世束縛的無奈，於是中國先哲紛紛自現世中尋求解脫的方法。儒家透過社會價值的實現，來超越個體生命的限制；道家則主張與天地萬物合而為一，泯滅物我、生死的界線，方能突破時間與空間的限制，尋求精神上的超脫。神仙思想即是在此一悲劇意識的自覺下，對於自我生命延長與自由的追求。因此仙話中的描述對象不同於神話人物具有天生的神力，而是透過後天修煉以突破生命限制；既具有神的超凡魅力，又充滿人世的世俗慾望，展現出對自我命運的主宰意志。

神仙方士的崛起

春秋晚期，神仙思想萌芽，至戰國中期，結合原始巫術、醫藥學、氣功等，建立起一套神仙方術系統。又與黃老學結合而衍為黃老道家，使神仙方術走向理論化、體系化與宗教化。隨著神仙方士的崛起，原本以「通神」為社會定位、因文明演進而由宮廷流落至民間的巫、醫之流，紛紛以神仙之說為宗旨，吸收道家、陰陽家的理論，形成一個特殊階層：具有煉丹製藥、修煉法術之專業技能，並以長生不死、飛升成仙為旗幟的「神仙方士集團」，在秦始皇統一天下後獲得帝王重用，影響力益發廣泛，組織體系也愈趨嚴謹。至漢武帝時更受統治者倡導扶持，求仙之風熾盛一時。而仙話的編造正是方士用以推廣仙道與擴大影響力的最佳方式，其長期的養身實踐也為神仙故事提供了一定的現實依據和創作泉源，因此神仙方士的崛起為仙話創作的繁榮發展發揮了重要的作用。

神話仙話化

中國神話中具有濃厚的世俗精神與仙話因子，因此成為早期仙話創作的文學淵源。戰國時日益興盛的崑崙神話與蓬萊神話，即為仙話最初的兩大系統。「長生不死」與「自由飛行」是神話轉化為仙話的關鍵性元素，如《山海經》中，已有許多不死國、不死民、不死藥，以及神人上下飛天、騎乘龍馬飛升，或是人民皆身生鳥羽的羽民國等記載，雖無嚴格意義的求仙活動，這些元素卻能被仙話加以利用、改造，使神話人物在形象與性格上都更加人性化，並轉為求仙長生的主題。如《山海經》中載東海之外有「蓬萊山」，山上有「大人國」，其人「有大青蛇，黃頭，食塵」，仍是部落氏族的原始樣貌；後漸演變為海上有蓬萊、方丈、瀛洲三神山，其上有仙人、宮殿與不死藥，歷代帝王甚至派人入海求仙，將原始神話渲染上神仙道術的色彩。

蓬萊仙話發源與演變

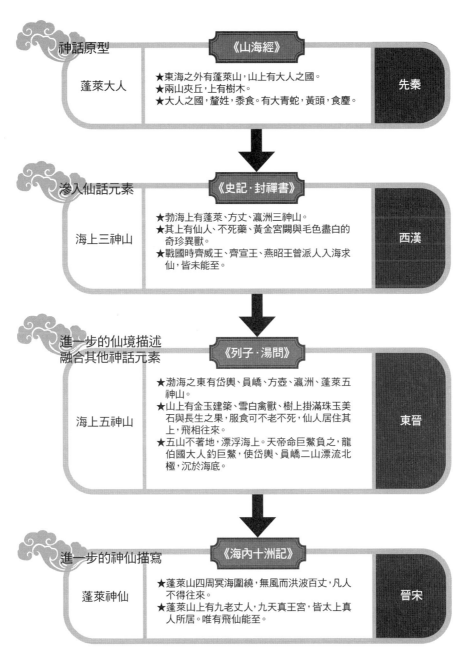

神話原型

蓬萊大人

《山海經》

★東海之外有蓬萊山，山上有大人之國。
★兩山夾丘，上有樹木。
★大人之國，釐姓，黍食。有大青蛇，黃頭，食塵。

先秦

渗入仙話元素

海上三神山

《史記・封禪書》

★勃海上有蓬萊、方丈、瀛洲三神山。
★其上有仙人、不死藥、黃金宮闕與毛色盡白的奇珍異獸。
★戰國時齊威王、齊宣王、燕昭王曾派人入海求仙，皆未能至。

西漢

進一步的仙境描述
融合其他神話元素

海上五神山

《列子・湯問》

★渤海之東有岱輿、員嶠、方壺、瀛洲、蓬萊五神山。
★山上有金玉建築、雪白禽獸、樹上掛滿珠玉美石與長生之果，服食可不老不死，仙人居住其上，飛相往來。
★五山不著地，漂浮海上。天帝命巨鰲負之，龍伯國大人釣巨鰲，使岱輿、員嶠二山漂流北極，沉於海底。

東晉

進一步的神仙描寫

蓬萊神仙

《海內十洲記》

★蓬萊山四周冥海圍繞，無風而洪波百丈，凡人不得往來。
★蓬萊山上有九老丈人，九天真王宮，皆太上真人所居。唯有飛仙能至。

晉宋

※《列子》與《海內十洲記》分別偽託為先秦列子與西漢東方朔所作，實際撰著年代則是東晉與晉宋年間。

UNIT 3-2 神話與仙話

　　仙話晚出於神話，兩者同樣是文學與宗教的結合、想像與虛構的產物，並都具有超現實的法術變化、長生飛升等元素，但並不能僅將仙話歸於神話，或視作神話的末流。事實上，仙話自神話脫胎而出後幾經發展，隨著神仙思想更臻成熟，無論在創作意識、描寫對象、生死觀念或反映內容上，都已不同於神話。其差異大致有以下五點：

從靈魂不滅到肉體不死

　　神話是萬物有靈、靈魂不滅觀念的具體呈現，因此神靈的形體可能衰亡，但生命卻會轉化為另一種型態，使精神永恆不滅。如盤古死後，全身化作大地的日月山河雷霆雨露；夸父死後，木杖化為桃林。女娃溺海化為精衛，鯀遭誅後孕育並生出大禹。而仙話則追求肉體的長生，使現世的生命得到延續。

從天生神力到修煉成仙

　　神之為神，其身分與能力皆為本來固有，無法透過人為的努力取得。神話的世界縱然人神雜處，卻明顯的區隔人與神之間的差別。仙則是由人經過後天的修煉後升格而成，因此較之於神，具有更多人性與慾望，也與世俗有更多的接觸。

從抗爭精神到利己主義

　　原始初民在自然中求生存，必須克服許多艱險困境，因此在他們用以理解、想像自然現象的神話中，便蘊含了不屈不撓、樂觀進取的抗爭精神。這份精神反映的是先民的求生韌性與集體願望，因此神話英雄的行為無不圍繞著民眾的生存而展開。仙話則出現於文明發展、社會制度逐漸完備的戰國中期，求生已不是人類最迫切面對的問題，個人意識與私慾隨著時代進步日益高漲，於是追求自我生命的提升成了仙話中的主題思想。較之神話反映的集體意識，仙話則蘊含了較強烈的利己主義。

從以神為主到以人為主

　　神話是先民對生活周遭事物的觀察，因此最早的神話中，神多為自然物的形象，後才漸漸演化為半人半獸，乃至於與人相同的神的形象。因此神話的發展是以神為主體，由神界走向人間。仙話的主角則多為凡人，經過長期修煉而成仙人。動、植物或無生物接受日月精華與長期修煉也能成精、成人而成仙，但中間必經擬人化的過程。因此仙話乃以人為主要描述中心，由人間走向仙界。

從民間性到階級性

　　神話形成的時代，社會未分階層，所有神的形象都是無意識的創作，反映了初民的集體願望。仙話的形成則有賴於仙仙方士集團的崛起，此一集團憑藉帝王的勢力而壯大，仙話的編造也多為統治階層服務，極盡吹捧丹藥的神奇或方士的仙性，盼能藉此獲取寵信與功名。因此仙話之仙，常與王者交往，或助帝王建立功業、得到長生。另也有一部分仙話出自民間，多見於幻想性的民間故事中。

西王母神話與仙話

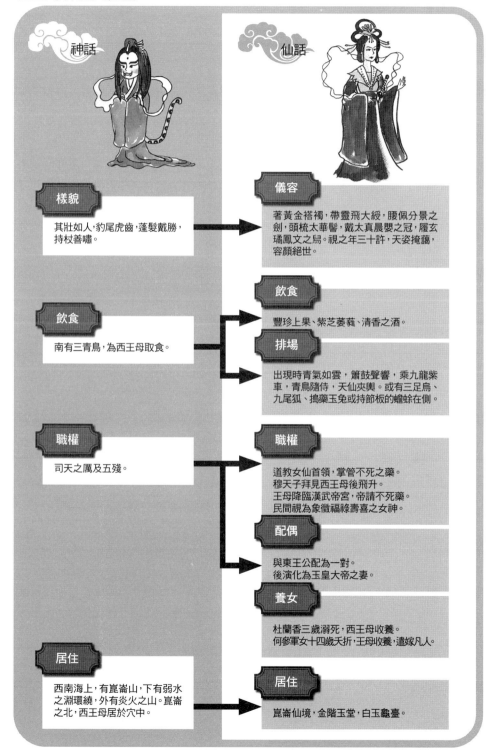

神話

樣貌

其壯如人，豹尾虎齒，蓬髮戴勝，持杖善嘯。

飲食

南有三青鳥，為西王母取食。

職權

司天之厲及五殘。

居住

西南海上，有崑崙山，下有弱水之淵環繞，外有炎火之山。崑崙之北，西王母居於穴中。

仙話

儀容

著黃金褡襧，帶靈飛大綬，腰佩分景之劍，頭梳太華髻，戴太真晨嬰之冠，履玄璃鳳文之舄。視之年三十許，天姿掩藹，容顏絕世。

飲食

豐珍上果、紫芝萎蕤、清香之酒。

排場

出現時青氣如雲，簫鼓聲響，乘九龍紫車，青鳥隨侍，天仙夾輿。或有三足烏、九尾狐、搗藥玉兔或持節板的蟾蜍在側。

職權

道教女仙首領，掌管不死之藥。
穆天子拜見西王母後飛升。
王母降臨漢武帝宮，帝請不死藥。
民間視為象徵福祿壽喜之女神。

配偶

與東王公配為一對。
後演化為玉皇大帝之妻。

養女

杜蘭香三歲溺死，西王母收養。
何參軍女十四歲夭折，王母收養，遣嫁凡人。

居住

崑崙仙境，金階玉堂，白玉龜臺。

UNIT 3-3
仙話的發展

圖解俗文學

　　仙話脫胎於神話，隨著神仙思想日益發達，而漸走向成熟、豐富，終成獨立創作的文類。根據梅新林《仙話：神人之間的魔幻世界》的說法，仙話發展大致可分為五個階段：

秦漢成熟期

　　秦、漢帝王尊崇仙術，對仙話起了推波助瀾的作用，而至東漢出現較為純粹、典型的仙話創作。其敘事方式一為繼承史傳體裁，重在神仙人物、事蹟的鋪敘，如西漢劉向《列仙傳》；二為模仿《山海經》記地、記物的「瑣語體」，重在神仙境界與靈藥的描寫，如東漢郭憲《洞冥記》。至東漢末，二體趨於合流，如託名班固的《漢武故事》圍繞著「武帝求仙」為中心線索，結合歷史與幻想元素，已具有本質為敘事的典型仙話特徵，標誌著仙話的獨立與成熟。

六朝繁榮期

　　六朝受社會動亂、道教盛行與人文覺醒的影響，仙話的作家與作品質量都大幅增加，表現人世慾望或描寫人仙之戀的題材日益增多，原先虛無縹緲的神祕氣氛隨之淡化，有明顯文士化、人情化的趨向，風格由粗獷鋪張轉為精美雅雋。體裁方面，汲取史傳、瑣語二體長處，並融合詩文創作經驗，創造出「雜記體」，成為仙話創作的主流。其優點為可長可短，靈活自由，易於保存流傳。如干寶《搜神記》、張華《博物志》等皆為代表。

隋唐裂變期

　　隋唐時期仙話創作達到新的高峰，不僅數量更多，題材內容與藝術形式也更多樣化。文體方面融合史傳與雜記體，形成新的「傳奇體」，篇幅明顯增長，藝術手法也更臻豐富圓熟。內容方面由對仙界的企慕與追求，轉向世間的俗慾與享樂，如張鷟《遊仙窟》描寫凡間男子與仙女的豔遇，故事重心已不在成仙而轉向性愛。安史之亂後，更在世俗慾望的描寫中蒙上一層空幻、傷感的悲劇色彩。由成仙走向還俗的情節裂變，模糊了仙話中追求成仙的本質思想，使仙話由盛轉衰。

宋元續盛期

　　北宋在統治者的大力提倡下，展開大規模蒐集、整理仙話的工作，官修的《太平廣記》即為代表。南宋以降，受到市民意識興起影響，仙話在世俗化之外進一步市民化，出現「話本體」仙話，思想和手法更加通俗與生活化，使裂變期的矛盾持續擴大；同時因全真教崛起，使仙話的宗教性更濃厚，而逐漸流失生動感人的藝術魅力。

明清衰落期

　　明清仙話走向儒釋道三教合流，仙界體系日趨龐雜，原本各自獨立的故事也有群體化、綜合化、體系化的趨勢。「雜記體」在此時期的發展頗為可觀，以《聊齋志異》為代表。又在話本體的固有基礎上加工潤色，而出現長篇鉅製的「章回體」仙話。但雜化的結果，使仙話喪失了獨立價值，而無法避免地走向衰落。

裂變期中的傳奇體仙話：沈既濟〈枕中記〉

邯鄲盧生仕途不遂，在鄉務農，於客店中遇道士呂翁。

店中正炊黃粱，盧生忽感困倦，以呂翁所贈青瓷枕小寐，恍惚如入枕中，走著竟歸至家中。

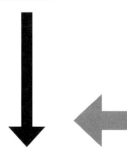

盧生自客店醒來，黃粱未熟。呂翁點破人生榮辱盡如此夢，盧生悟道出家。

數月後，盧生娶崔氏女。崔氏貌美且家富，使盧生一夕發達。隔年盧生中進士，一路任官升遷。

盧生任文官、武將，屢建功業，官至戶部尚書兼御史，邊關立石碑歌頌其功，榮寵至極。

功高遭忌，奸臣讒害而被貶，後又遭誣為亂黨而下獄，後悔不該求官，憤欲自刎，家人攔阻。後得赦免流放。

皇帝查明盧生冤情，召回朝中任中書令，封為燕國公，一路升至宰相，賜佳麗良田，子孫皆封蔭。八十歲死於任上。

UNIT 3-4
仙話的仙界體系

圖解俗文學

顧頡剛提出仙話發源於西域的崑崙山神話與東海的蓬萊神話兩大系統。梅新林則認為戰國中期二者合流，形成統一的仙鄉體系，再從兩大仙境向上、向下延伸出天上仙宮、海上仙島、凡間仙窟三層次的三維空間結構，神仙譜系便於其中漸發展完成。

天上仙宮

崑崙山上有高入天際的桐柱，作為崑崙與天界的溝通。天上仙宮是整個仙界的組織機構，黃老學盛行時，黃帝一度由人皇晉升為仙界的最高主宰，後被老子仙化之後的太上老君所取代。至晉葛洪作《原始上真眾仙記》，又以創世神盤古為道教最高神祇元始天王，其下設上、中、下三宮，並按道教「道生陰陽，陰陽生五行，五行生萬物」的原理，將海上仙島與凡間的三皇五帝皆納入天庭神仙的體系。太上老君降為中宮主宰，黃帝則恢復五帝之一的人皇地位。此為中國仙話對神仙譜系的首次整理和總結，也使神仙譜系由原始的自然發展進入有意識的總體構造。中晚唐又發展出「三清四御」之說，三清為道教三尊地位最高的天神，四御則為輔佐三清之神。原為四御之首的玉皇大帝，到了後期仙話中則成為新的仙界主宰，與西王母演化而成的王母娘娘發展出夫妻關係，直至今日仍被民間所奉拜。

海上仙島

蓬萊仙話源出於崑崙神話，其主宰者為扶桑大帝東王公，與主宰崑崙山的西王母遙遙相對，俱為元始天王與太元聖母所生，分別代表始陽之氣與始陰之氣。海上仙島的仙話由三神山、五神山逐步發展到十洲三島，除了仙島景物與珍禽的描寫，長生不死的觀念更加鮮明。如《十洲記》載瀛洲有「玉醴泉」，飲之可長生；祖洲有不死草，人死之後以草覆蓋能使人復活；炎洲的風生獸死後張口向風則能復活，取其腦和菊花服之，則能得壽五百年。凡此都可看出，相較於天上仙人先天具有而絕對永恆的生命，海上仙島的長生不死則有賴後天的服食修煉，在三維空間中，其世俗性乃介於仙凡之間。

凡間仙窟

仙界由崑崙山上遷天上仙宮，同時也下沉於凡間，而產生與天上仙宮相對應的凡間仙窟系統。作於秦漢間的《五嶽真形圖》已將五嶽納入仙境之中，後代道士又緣此創闢了「洞天福地」——十大洞天、三十六小洞天、七十二福地等，幾乎都由道教聖地的名山演變而來。「洞天」除了神仙所居洞府、別有洞天之意以外，還有洞達神仙靈跡之奧的神祕含意，「福地」則係「福壽之地」。凡間仙窟由仙界委派屬下分頭管理，許多仙凡之間的奇遇、邂逅、相戀也都發生於此。較之天上仙宮與海上仙山，凡間的名山仙窟無論在空間或時間上都更接近人世，如《幽明錄》劉晨阮肇遇仙的故事，描述二人入山邂逅女仙，半年後歸來，人間已過七世。全文並無太多怪異色彩，反而充滿濃厚的人情味，連情愛描寫都充滿人的慾望。

三維空間的仙話體系

天上仙宮

黃帝

被取代

太上老君

盤古大帝

被取代

玉皇大帝與王母娘娘掌管

被取代

道生陰陽

海上仙島

崑崙山
西王母掌管

延伸

蓬萊島
東王公掌管

陰陽生五行

凡間仙窟　五帝　青帝太昊、赤帝炎帝、白帝少昊、玄帝顓頊、黃帝軒轅

五行生萬物

眾仙統治　西嶽華山、北嶽恆山、南嶽衡山、中嶽嵩山、東嶽泰山

UNIT **3-5** 仙話的主題

圖解俗文學

仙話原以追求肉體長生為宗旨，後發展為以世俗享樂為歸宿，因而產生了「成仙」與「還俗」的內在矛盾。由此矛盾衝突中，漸次發展出「修道」、「婚戀」與「濟世」三大主題。三個主題在求仙宗旨上呈現「正—反—合」的發展過程，但卻並非單向的直線轉換，而是三向交錯升降，互相影響、融合，折射出仙話演進的三重變奏，也反映仙話趨於世俗化的傾向。

修道主題

修道主題是仙話的原生型態，也是婚戀與濟世主題之源頭。秦漢以前，修道主題的重心皆在尋求天然仙界——崑崙與蓬萊，以得到其中神仙的接引。自漢代起，成仙方式由神仙接引逐漸轉向人為修煉，而修煉方式也從盲目嘗試走向理論總結，衍生分化出不同派別。仙話中呈現的神仙法術愈趨繁複龐雜，其中以感召、服食與氣功三者最盛，也明顯存在著互相影響、融合的現象，且愈到後期，這樣的傾向愈明顯。修道主題的仙話主要流行於社會上層，突出的是權貴階層追求長生不死、享受人間富貴榮華的慾望。

婚戀主題

婚戀主題是仙話的次生態，可說是對修道主題的悖離與變形。反映出中國仙話從成仙到還俗的矛盾衝突，並突出往世俗靠攏的傾向。在先秦兩漢的修道仙話中，婚戀主題已萌芽，但述及人仙之交，往往是為了傳達仙凡相通、超渡世人的神仙觀念。至六朝人文覺醒，仙凡度脫的主題逐漸向愛情主題轉化，或寫仙女下凡，嫁給凡間男子；或寫凡間男子遊仙，豔遇仙女。男歡女愛的婚戀主題才開始獨立於修道主題之外，並朝豔俗化的方向發展。至隋唐五代間，婚戀主題達於鼎盛，仙女下凡或凡男遇仙的情節匯合為雙向對流、兩情相悅的情愛甚至性愛描寫，成為當時仙話創作的中心主題，並一直延續到晚期的仙話創作。

濟世主題

濟世主題同樣源於修道主題，是仙話經歷了婚戀主題的世俗化傾向後，在成仙與還俗之間的複合型態。將神仙或方士對凡人的度脫，導向拯救凡人苦難，集中體現在治病、除害、解除災荒等救濟世人的行為上。早期濟世仙話的主角多為神仙化的方士道徒，他們通常合巫醫於一身，既能為人治病，又能驅鬼避邪，除暴行善，展現高貴的人格，充分顯現百姓的願望。因此有別於修道主題的貴族化與婚戀主題的文士化，濟世主題則有平民化的傾向，多流傳於民間。漢魏時期因讖緯學興盛、道教正式形成，以及佛教輸入，與神仙系統二元對立、象徵著災難的鬼怪系統逐步豐富完整，使神仙偶然的濟世行為演變為固定的、職業性的保護神與行業神，如呂洞賓四處為人治病而有「呂祖藥方」之稱，李鐵拐成為狗皮藥膏的發明者和保護神等；而神仙與鬼怪的二元對立，則漸漸帶有影射社會現實的色彩，往世俗更進一步靠攏。

呂洞賓仙話的三重主題

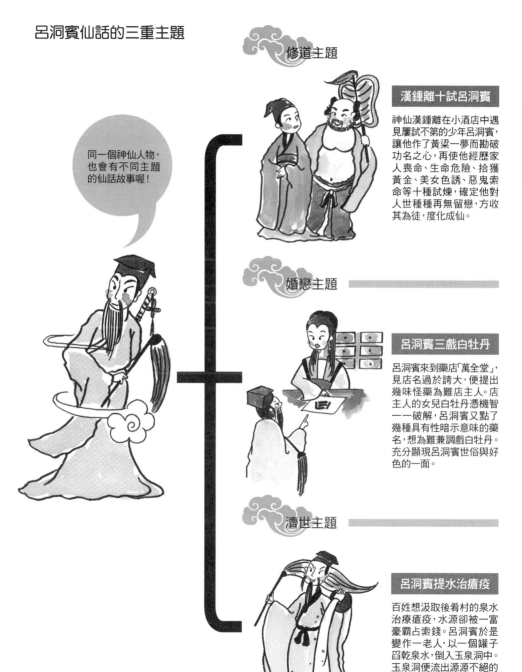

同一個神仙人物，也會有不同主題的仙話故事喔！

修道主題

漢鍾離十試呂洞賓

神仙漢鍾離在小酒店中遇見屢試不第的少年呂洞賓，讓他作了黃粱一夢而勘破功名之心，再使他經歷家人喪命、生命危險、拾獲黃金、美女色誘、惡鬼索命等十種試煉，確定他對人世種種再無留戀，方收其為徒，度化成仙。

婚戀主題

呂洞賓三戲白牡丹

呂洞賓來到藥店「萬全堂」，見店名過於誇大，便提出幾味怪藥為難店主人。店主人的女兒白牡丹憑機智一一破解，呂洞賓又點了幾種具有性暗示意味的藥名，想為難兼調戲白牡丹。充分顯現呂洞賓世俗與好色的一面。

濟世主題

呂洞賓提水治瘡疫

百姓想汲取後看村的泉水治療瘡疫，水源卻被一富豪霸占索錢。呂洞賓於是變作一老人，以一個罐子舀乾泉水，倒入玉泉洞中。玉泉洞便流出源源不絕的泉水，治好了百姓的瘡疫。而後看村富豪強占的泉水則從此乾涸。

UNIT 3-6 仙話的類型

圖解俗文學

仙話研究如同神話，依據不同標準便會產生不同的分類方式。如羅永麟根據求仙對象，分為帝王將相仙話、方（道）士仙話與庶民仙話三種；鄭土有根據神仙類型分為天仙、地仙、八仙、花仙、動物仙等七種仙話；姜彬的分類標準有二：按情節分類者有人仙婚戀、人仙鬥智、誤入仙境、懲惡助善等七種仙話，另有按神仙類型分類者八種，其中水仙、鬼仙、尸解仙與鄭土有不同。本單元即以鄭土有的分類為基準，略述仙話之類型如下：

天仙仙話

天仙指能長生不死、自由飛升的仙人，為諸仙之最高等級。其多為上界天神，自原始質樸的神話形象逐漸人性化而來，出現煉丹、鬥法、濟世等情節，乃至於與人世產生種種關聯。

地仙仙話

地仙原本皆屬凡人，透過仙人指點，或服食丹藥，或修行求道，或經歷仙凡愛戀，而具有超越凡人的仙術、能力或際遇，但仍不脫人的本質。

八仙仙話

八仙為道教中的八位仙人，包括漢鍾離、張果老、韓湘子、李鐵拐、曹國舅、呂洞賓、藍采和與何仙姑。八仙原本各有不同的仙話系統，部分故事起自唐代，至元代則因全真教流行，八仙故事方輾轉附會，彼此串接，始形成一整體，而有「八仙」之稱，堪稱對中國民俗生活影響最大的仙話故事體系。

花仙仙話

花仙仙話常根據植物特性而來，且多半為婚戀主題。花仙多屬女性，秉性善良，化作人形，常為人間帶來特殊植株。因與凡間男子婚戀而觸犯天條，最後大多悲劇收場，卻化為植物遍開，讓世人永久稱頌，或帶來實際效益。

動物仙仙話

相較於花仙仙話，動物仙以原形出現在仙話中的情況較多，亦有化為人形者。其情節也較為多元，動物仙或委身下嫁，或下凡助人，常常與報恩有關。就是婚戀主題，也有仙凡婚戀與雙仙轉世相戀的不同。而動物仙話的結局，則往往使動物仙變為地貌，可看出故事最初是緣於貌似動物的自然景觀而來。

風物仙話

風物仙話是從人們對自然界奇異的風光景物發揮想像力而來，主題包羅萬象，人與神仙之間通常有深刻的牽連。故事中的神仙也常流露出自負、貪婪、糊塗、調皮等人性，表現出濃厚的世俗化傾向。

民俗仙話

中國許多民俗文化皆與仙話有關，故事情節常是神仙幫助人類躲避災禍、懲罰惡徒的方式，人們便長久延續此一作法，以為紀念，充分流露出人性或仙性的善良，更可看出仙話與民間生活息息相關之處。

蔡襄造橋事蹟的仙話色彩

北宋時泉州知州蔡襄建造洛陽橋。因工程艱難，人們便依附歷史衍生出許多不同類型的神仙故事。可看出仙話的多樣性與民間性。

 天仙仙話

玄天上帝的腸胃化為龜蛇二妖，在洛陽江中作亂。玉帝派文曲星轉世為蔡襄，建造洛陽橋造福百姓。

動物仙話

洛陽江風浪滔天，蔡襄寫信請東海龍王平息風浪，以利安填橋基。並命部屬夏德海下海送信。

八仙仙話

龍王回信一「醋」字，在二十一日酉時果然風平浪靜。這時出現八個工人，義務相助填好橋基後消失，蔡襄方知為八仙顯靈。

歷時七年，蔡襄建成洛陽橋。

地仙仙話

義波和尚相助建橋，每到用餐時間，他便以雙腿代替柴薪，放進竈中為造橋工人炊飯。最後也在造橋工地坐化升仙。

 天仙仙話

蔡襄建橋經費用罄，觀音化身少女站在船頭，承諾用銀兩擲中其身者便能娶她，引得富豪紛紛擲銀，全數作為建橋經費。

UNIT 3-7
天仙仙話

圖解俗文學

玉皇大帝

關於玉皇大帝的記載，約出現於南北朝。相傳光顏妙樂國國王年老無子，廣設祭壇祈子。有一晚，皇后夢見太上老君送子，其後果然生下一個男孩。男孩自幼聰明仁慈，長大後繼承王位，不久卻捨棄王位，到普明巖學道，以度化眾生。歷經三千三百劫後，方修成金仙，號清淨自然覺王如來。又經歷萬劫，始證成玉帝，是道教天界中地位最高的神祇，亦有一說是由東王公演變而來。

楊二郎救母

玉皇大帝有七個女兒。大女兒私自下凡，與凡人結為夫妻，被玉帝捉回，關進天牢，在牢中生下一對男女雙胞胎，交由六個妹妹撫養。她在牢中日夜思念丈夫和孩子，感動守牢的天兵，偷偷釋放了她。玉帝得知後舉起天宮門外的石獅子就擲向大仙女，石獅馬上變成一座山，將大仙女壓在山下。大仙女之子楊二郎長大後力大無窮，玉帝賜他神鞭與神斧，命他到人間擔山填海為母贖罪。這天他在獅子山下聽到哭聲，近前方知是親生母親。二郎一急，便用神斧將獅子山劈成兩半，沒想到用力過猛，母親也被山壓死了。楊二郎只好將母親埋葬，每年三月三日大仙女忌日，便乘風駕雲來到此處祭奠母親。

董永與七仙女

東漢有個孝子董永，因家貧賣身葬父，孝行感動了玉皇大帝的小女兒七仙女，便下凡與他結為夫妻，一同賣身為奴。七仙女一夜能織十匹錦布，幫助董永償還債務，將役期從三年減為百日。當債主終於同意二人贖身，董永與七仙女雙雙還家，以為可以從此幸福廝守時，玉帝卻令七仙女返回天庭，拆散這對仙凡夫妻。此一傳說也被改編為著名的戲曲故事《天仙配》。

玄天上帝鎮龜蛇

臺灣民間的北帝又稱玄天上帝，相傳原本為一屠夫，造盡殺業，後得神明指示，在河邊自我剖腹以除殺業，將沾滿腥血的腸胃拋入河中，從此修道贖罪。得道之後，玄天上帝聞知自己拋在河中的腸化為蛇妖，胃化為龜妖，在人間四處為害。他於是向保生大帝借來寶劍鎮壓兩妖，收伏之後為避免牠們再度為害，便將二妖踩在腳底。此即臺灣的民間塑像中，玄天上帝總是腳踩龜蛇、手持寶劍的原因。

保生大帝

保生大帝為閩南、臺灣、東南亞所信奉的醫神。原名吳本，為紫微星投胎轉世，自幼好學，對天文、地理、禮樂、醫藥都有鑽研。十七歲時遊歷崑崙山，遇西王母傳授濟世妙方與斬妖伏魔之法。後辭官修行，行醫濟世，漳泉旱災與瘟疫時到處賑濟義診，救人無數。民間傳說其曾以柳枝代左腿骨，使一副殘缺不全的白骨死而復生，收為道童；又曾醫治一頭食人之後骨頭卡在喉嚨的猛虎，收為坐騎。明成祖年間，因治好太后疾病，而被封為「萬壽無極保生大帝」，又稱為「大道公」。

太上老君道教地位之遞嬗

老子李耳 春秋

李耳，字老聃，春秋時期思想家。原為周國藏書室的官吏，孔子也曾向其請教學問。後見周室衰微，專心著述，留下道家思想的經典《道德經》。學說後來被莊周、楊朱發展，奉為道家宗師。

道德天尊 漢

西漢《列仙傳》首次將老子列為神仙。東漢張角、張修等融合道家思想、神仙思想、陰陽數術與黃老思想而創立道教，以老子為始祖，並奉為道教最高神祇「道德天尊」。

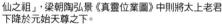

太上老君 南北朝

北魏以後始有「太上老君」之稱，並傳說老子是由母親懷孕八十一年而生，出生即白髮、美鬚、長耳，又指著李樹為姓氏，故名「李耳」。《魏書》遵其為「神王之宗」、「飛仙之祖」，梁朝陶弘景《真靈位業圖》中則將太上老君下降於元始天尊之下。

太上玄元皇帝 唐

唐高祖認老子為祖宗，尊為「太上玄元皇帝」；玄宗又加封為「大聖祖大道玄元皇帝」，老子地位達到極盛。武宗時把老子定為太上老君的第十八個化身，使歷史上的老子仙話化。

太清道德天尊 宋

道教「三清」說定型，太上老君成為太清之主道德天尊，與玉清之主元始天尊、上清之主靈寶天尊並列為天上最高神，稱為「三清祖師」。真宗並加封為「太上老君混元上德皇帝」。

太上老君 明

小說《西遊記》中以玉皇大帝為最高神，太上老君為其臣屬；《封神演義》中太上老君則與元始天尊及通天教主均為洪鈞老祖的徒弟，各保周武王與殷紂王，分為兩派相互鬥法。

UNIT **3-8**
地仙仙話

圖解俗文學

簫史弄玉

　　春秋時秦穆公有個女兒名弄玉，不愛宮廷的繁文縟節，只喜歡品笛吹笙。穆公要為女兒訂親事，弄玉卻對王孫公子都不滿意。有一晚，弄玉獨自吹笙時，聽到東方傳來簫聲與她合奏，連奏了幾夜。她稟告父王，派人在華山上找到了這名吹簫的青年隱士簫史。穆公命簫史在秦宮中吹奏紫玉簫，殿柱上的赤龍彩鳳都像要飛舞起來。穆公於是將弄玉許配給簫史，婚後夫妻住在秦宮中的鳳樓，日夜合奏，和樂美滿。數年之後，簫史懷念華山的幽靜，弄玉也對宮廷生活並不眷戀，簫史便吹簫一曲，引來赤龍、彩鳳，簫史乘龍，弄玉跨鳳，緩緩飛離鳳樓，東去華山，後來亦在華山飛升成仙。

麻姑獻壽

　　麻姑的身世有許多說法，《神仙傳》說她是漢代仙人王方平之妹，能將米變丹砂以祛除產後穢物，又能將器皿變為金玉，民間稱為「進寶神」。其自言曾三度見到東海變為平地，而有「滄海桑田」典故；《列仙全傳》說她是後趙官吏麻慶之女，麻慶令工人日以繼夜築城，唯雞鳴時方能休息片刻。麻姑便常學雞鳴引得群雞相和，使工人得以稍歇。其父得知後震怒欲懲，麻姑便逃到山中修道，後在城北石橋飛升成仙。農曆三月初三為西王母壽辰，擺下蟠桃會宴請眾仙。麻姑在絳珠河畔用靈芝草釀成仙酒獻給西王母，後來民間為婦女祝壽時常贈麻姑像，稱為「麻姑獻壽」。

王子喬升仙

　　王子喬，又名王子晉，是東周靈王的太子。厭倦權位傾軋，喜吹笙，能發出如鳳凰鳴叫般的聲音。一日王子喬來到伊水、洛水的岸邊吹笙散心，笙樂引來一得道高人浮丘公，接引其上嵩山修道。三十餘年後，王子喬在山上見到故友桓良，託其告知家人，七月七日在緱氏山巔相候。至其時，王子喬果然乘白鶴降落在山頭，遠遠舉手向家人示意告別。家人無法接近，只能遠望。數日之後，王子喬便乘鶴飛升。

安期生成仙

　　秦代有一醫術高明的方士鄭安期，四處雲遊行醫。人人都說「見到鄭安期，貧病之人方得生」，因此喚他安期生。有一天，一個農人得了重病，需用九節菖蒲治療。安期生跑遍名山，終於在懸崖絕壁上找到名貴的九節菖蒲，治好了病重將亡的農人。此一事蹟傳入秦始皇耳裡，命安期生進貢此種延年益壽的草藥。安期生好不情願地又來到懸崖邊，漫不經心地採下一棵九節菖蒲送進嘴裡，要再採時，所有的草藥都不見了！這時一個老人忽然出現，說道：「安期生，你想將九節菖蒲進貢給秦皇嗎？你不會連好人壞人都分不清吧？」說完便消失了。安期生這才醒悟，決心不為虎作倀，寧可跳下懸崖自盡。當他縱身一躍，卻有一隻巨大的白鶴托住了他，載他飛往天邊成了仙人。

劉伯溫的傳說

下棋救主

劉基隨朱元璋東征西討，一日半夜闖帳，要求朱元璋陪他下棋。下沒多久，有人來報糧倉失火，朱元璋忙要起身巡視，卻被劉基攔住，請求下完這一局。後來派去巡視的人被路上伏兵暗殺，朱元璋方知劉基是借棋局救駕。

黃石公授兵書

劉基少年仕途不順，一天他在飛瀑下讀書，發現一座石室，石壁上寫著「卯金刀，持石敲」。劉基會意，拿起石塊連敲石壁，忽現一個石匣，其中有四卷無字天書。天書在月光映照下顯現「人外有人」四字，劉基四處尋訪高人以解天書之謎，終遇曾授兵書給漢張良的黃石公，並習得兵書要旨。

劉基，字伯溫。元末明初軍事家、政治家及詩人。助明太祖朱元璋統一天下，是明朝的開國功臣。在民間傳說中被塑造為一個能「前知五百年，後知五百年」的預言家，並流傳許多具有神仙色彩的仙話。

玉帝託夢建皇城

朱元璋派劉基興建北京城，劉基夢見玉皇大帝降旨，人間宮殿的房間不可超過天庭一千之數，並須有三十六金剛、七十二地煞保護，方能風調雨順。因此明朝皇宮有九百九十九個房間，又在門口擺著三十六口包巾大缸，並挖了七十二條地溝，以應金剛、地煞之數。

預知禍事

朱元璋得天下後，劉基辭官退隱，並警告與他交情甚好的右丞相徐達，在今冬的慶功樓上，寸步不離帝王。到了年底，朱元璋果在慶功樓大宴群臣，酒過三巡，朱元璋說要小解，徐達假借奏事跟上去，忽然慶功樓火起，文武百官俱被燒死，原來是朱元璋誅殺功臣的毒計，徐達則因劉基的提醒逃過一劫。

UNIT 3-9 八仙仙話

圖解俗文學

李鐵拐

本名李玄，容貌英俊魁梧，遇太上老君點化而得道。一日魂靈欲飛升遠行，囑咐徒弟守屍七天。到第七日中午，盼不到師父歸來的徒弟因家中有事，便焚化屍體而去。李鐵拐下午歸來，見肉身成灰，只好附在一個剛餓死的跛足屍身上，從此成了拄鐵拐、蓬髮鬚、袒胸腹的乞兒形象。

張果老

本名張果，傳說是混沌以來的白蝙蝠，吸收日月精華而化人。聞李鐵拐等仙人傳道，而成長生不老之仙。唐武后時已數百歲，故稱張果老；武后宣召，他佯死抗旨。後來又有人見他倒騎白驢，日行萬里，不騎時則將驢變為薄紙一張，收進衣袋。

漢鍾離

本名鍾離權，是漢代大將軍，因率軍征吐蕃失利，奔逃間迷了路，遇仙人傳授仙術後成仙。曾飛劍斬虎、點金濟眾、懲惡揚善，謁見太上老君得封號「雲房」。至元代被封贈「正陽鍾離真人」，成為道教的祖師。

呂洞賓

唐末五代人，兩舉進士不第，浪遊江湖。在酒肆中遇漢鍾離，經十次試煉後傳授仙術。從此雲遊四方，行醫濟世、斬除妖獸、度化世人，同時又有醉酒玩世、不卑不亢的形象，廣受民間歡迎，全真教奉為純陽祖師，是八仙中最活躍的神仙。

何仙姑

八仙中唯一的女性，本名何瓊，唐武后時人。從小機警，力大過人，一日入山採茶迷路，遇呂洞賓贈桃。何仙姑吃下仙桃後從此不覺飢渴，成為仙體。後來又按呂洞賓在夢中的指示，吃下雲母粉，於是便能飛行。最後也由呂洞賓帶領到蓬萊仙境，在天門前掃除蟠桃落葉，直到證入仙班。

藍采和

傳說是赤腳大仙因在上界打抱不平，被貶下凡間，轉世為一貧窮而遊戲人間的歌者，經常一腳穿靴、一腳赤足地穿梭大街小巷，邊走邊歌，手打拍板，隨時為小老百姓打抱不平，懲惡勸善。一日忽聞天上傳來簫聲，還有雲鶴起舞，他便騰空而起，重回仙界。有呂洞賓或漢鍾離所度脫二說。

韓湘子

相傳是唐代文學家韓愈的姪孫或外甥，無意仕進，熱衷道家修煉之術。一日出外訪師，遇呂洞賓與漢鍾離，相從學道。後爬樹採桃，墜地而死，屍體尸解成仙。在韓愈諫佛骨而被貶後，韓湘子還曾在風雪中贈其藥丸以防瘴癘。

曹國舅

宋仁宗曹太后之弟，名景休。因其胞弟景植依仗皇勢，設計害死秀才袁生，占據其妻。景休受到牽連，一度下獄待斬，得赦後看破凡塵，入山修道，漢鍾離與呂洞賓共同度化成仙，在八仙中身世最為顯赫，成仙時間也最晚。

八仙過海各顯身手

八仙赴蓬萊仙島盛宴回來，將渡海時，呂洞賓建議不搭船，各顯神通渡過東海，從中可以看出每個神仙的本領和形象。而八仙的八樣法器，在民間又有「暗八仙」之稱。

李鐵拐

落腮鬍、瘸右腿、揹葫蘆的李鐵拐，站在自己的鐵拐杖上渡海，葫蘆亦為其寶器。

老態龍鍾、鬍髮雪白的張果老，將摺疊的紙驢丟到海上，成為一頭真驢，張果老倒騎驢背過海。另懷中所抱的漁鼓也為其法器。

張果老

韓湘子

浪蕩公子韓湘子，常以仙鶴為坐騎，以玉簫為寶器。站在玉簫上渡過海去。

呂洞賓

五綹長鬍，手執拂塵，仙風道骨的呂洞賓，踩在自己的寶劍上過海。

手持荷枝、身著雲錦的何仙姑，將荷花丟入海中放大數倍，踩在荷上穩穩渡海。

何仙姑

曹國舅

大紅官服、頭戴烏紗的曹國舅，手中笏板（有時為拍板）為其法器，八仙過海時即踏在拍板上渡海。

藍采和

原為歌者形象的藍采和，本以拍板為法器，後變成一只花籃。當他以花籃渡海時法器被東海龍王看中，引發一場八仙和龍王的大戰。

漢鍾離

矮胖墩實、祖胸露腹，頭上常梳著娃娃髻的漢鍾離，將手中芭蕉扇拋入海中，乘坐過海。

UNIT 3-10 花仙仙話

圖解俗文學

花果山上的冬桃

孫悟空偷採天上仙桃，看守桃園的桃花仙子追趕來到花果山，在一片桃林中遇見一個採桃少年。少年告訴桃花仙子，這裡以前種滿又甜又大的好桃子，卻被王母娘娘移到了天上，如今只剩又苦又酸的毛桃，少年便立志再種出好的桃子。桃花仙子見這少年忠厚勤勞，便決定嫁給少年，與他一起在人間培育桃樹。過了幾年，夫妻倆果然培植出漫山遍野的仙桃。但王母娘娘知道後，卻派出天兵天將下凡摧毀桃林，召回桃仙。少年此時方知妻子是仙女，擔憂她離去，竟吐血而亡，死後墳頂長出了一棵小桃樹。悲痛的桃仙守在墳邊不願回天宮，但過了三年這株桃樹卻不開花也不結果。這時王母化為一老婦來到墳前試探桃仙，見桃仙意志堅決，心裡一狠，便說：「若要此樹結果，除非用你的鮮血化為桃花！」桃仙一聽，立刻以金簪刺向胸口，鮮血灑滿桃樹，綻成朵朵紅桃。此時正值大雪紛飛的隆冬，樹上卻結出了碩大冬桃，從此花果山上滿山的桃樹便都在冬天結果。

蓮藕的故事

遠古時候，洞庭湖裡白茫茫的一片，沒有魚蝦草木。善良的蓮花仙子從天上偷了百草種子來到洞庭湖畔，遇見了一個少年藕郎。他們在湖裡、湖邊種了許多作物，水族鳥獸也來棲息，讓光禿禿的洞庭湖變得欣欣向榮，充滿生機。蓮花仙子與藕郎也結為夫妻，過著美滿的凡間生活。天帝得知後派天兵天將捉拿藕郎夫妻，蓮花仙子只好躲入湖中，臨別將精氣所結的寶珠交給丈夫。藕郎被天將捉住，將寶珠咬破吞入腹中，天將揮刀一砍，藕郎的身首斷裂處竟有白絲相連，刀起便復合。天帝又命人用法箍套住藕郎，丟進湖中，想不到藕郎竟生根長成白嫩的藕，法箍箍住一節，藕便往前長一節。蓮花仙子知道後，來到藕郎身邊，化為蓮花蓮蓬，裡頭長滿藕郎吞下的寶珠。天帝下令挖去寶珠，但挖到哪裡，蓮花白藕便長到哪裡，天帝氣得收兵回宮，洞庭湖也從此長滿了蓮花、蓮藕與蓮子。

含羞草的由來

荷花仙愛上了凡間的少年，便不顧父親反對，跟著少年逃到荒山野地，將長裙變作小屋，兩人在此結親安居。荷花仙將頭上的荷花簪子變作兵器，送給少年，打獵時用它一指，野獸便不敢近身。但沒有了荷花簪的荷花仙減卻了仙術，一天天的憔悴了。這天少年在野外打獵，遇到妖女魅惑，見此女長得比妻子更加動人，便與她纏綿了三日夜，又將荷花簪送給妖女護身。妖女得到寶物，將少年囚在山洞之中，荷花仙趕來相救，她拉著丈夫逃跑，妖女隨即追上。荷花仙警告丈夫千萬不能回頭，妖女卻在後面喊著少年的名字。少年忍不住回頭，立刻被妖女抓去，化為一堆白骨。荷花仙救不了負心的丈夫，只好將白骨掩埋，隔年墳地四周長出小小的葉片，輕輕一碰就像雙掌般合攏，垂下葉柄，好似羞愧的少年無顏面對荷花仙般，世人便稱它為「含羞草」。

十二月花神

每年農曆二月十二是百花生日,人們要祭拜花神、演戲祝壽,以祈風調雨順。唐代始有「花神」之說,在民間信仰與文人吟詠下,以歷史或傳說人物代表各月花神,而有了十二花神。

梅花花神 江采蘋 一月

唐玄宗之妃。癖愛梅花,玄宗戲稱其為梅妃。另有壽陽公主、林逋,與柳夢梅等說法。

杏花花神 楊玉環 二月

唐玄宗之妃,安史之亂時在馬嵬坡被迫自縊,收屍時漫天杏花紛飛,故為杏花花神。另有董奉之說。

桃花花神 息夫人 三月

春秋時息侯夫人因亡國而被楚國國君占有,從此不語。後自盡被葬於桃花山,而為桃花花神。另有宋將楊延昭之說。

牡丹花神 李白 四月

唐朝詩人,以〈清平調〉三首寫盡牡丹丰姿,故有牡丹詩人之稱。另有漢武帝寵妃麗娟、東漢的歌妓貂蟬之說。

石榴花神
鍾馗 五月

圖解俗文學

為陰間專治小鬼的鬼王。五月因石榴盛開，百疫盛行，人們常會貼鍾馗畫像避邪，故稱其為石榴花神。另有安德王妃與張騫之說。

荷花花神
西施 六月

春秋時越國浣紗女，被進獻吳國使美人計，與吳王採蓮取樂而為荷花神。又有六朝王儉、唐晁采之說。

蜀葵花神
李夫人 七月

漢武帝之妃，有傾城之容，但因病早逝。如蜀葵花朝開暮落，因此得名。蜀葵花神另有南朝宋作〈葵賦〉的鮑明遠之說。

桂花花神
徐惠 八月

唐太宗之妃。曾仿〈離騷〉作詠桂之文而得名，因有文才，深得太宗寵愛。桂花花神另有西晉郤詵、東晉綠珠之說。

菊花花神　九月
陶淵明

東晉田園詩人，不
慕名利，恰如菊花
高貴之品格。故為
菊花花神。另有西
晉左嬪妃、宋代梁
紅玉之說。

芙蓉花神　十月
石曼卿

宋代詩人、書法家。生性豪爽好酒，有
朋友夢見他死後在仙境芙蓉城作了神
仙，故為芙蓉花神。另有五代後蜀花蕊
夫人之說。

山茶花神　十一月
白居易

唐代詩人。晚年篤信佛教，而
山茶花又名曼陀羅花，是梵
語圓輪俱足之意，故以其為
山茶花神。另有漢代王昭君、
明代湯顯祖之說。

水仙花神　十二月
娥皇女英

堯帝女兒，姊妹同嫁大舜。舜駕崩時，
姊妹殉情於湘江，魂魄化為江邊水仙。
水仙花神另有魏曹丕之妻甄宓之說。

UNIT 3-11
動物仙話

圖解俗文學

田螺姑娘

　　謝端少年失親，勤勉耕作，一日在屋後拾得一隻大田螺，養於大甕中。從此謝端每天返家，就有一桌燒好的飯菜。剛開始謝端以為是鄰人相助，前往道謝，鄰人卻一頭霧水。謝端心生疑惑，某天離家後偷偷潛回，看見甕中走出一少女，至灶下生火。謝端走進屋內相問，女子急忙想回到甕中，卻被攔阻，才說出自己是天上的白水素女。因天帝體恤謝端孤苦勤奮，於是派她化為田螺前來為謝端烹煮看家，使他十年內能致富。但行蹤既被看破，必須離去，便留下田螺殼給謝端，用來裝盛白米，永不匱乏。謝端果然逐漸富裕了起來，也修建了素女祠，紀念田螺姑娘。

白鵝嶺

　　王母娘娘煉丹需要千種草木的露水，派白鵝仙女下凡蒐集。白鵝仙女來到黃山卻被一隻大蛇纏上，眼見就要被吞入蛇腹。這時一個名叫石漢的年輕人路過，手持柴刀救了白鵝。白鵝為了報答石漢，化為一女子與石郎結為夫妻。王母娘娘知道後強行將白鵝仙女帶回天上，白鵝假借盛露水的瓶子放在石家，欲藉此返回凡間，王母則深知其意，便令仙女化作白鵝原形方能下凡。變回白鵝的仙女不能再與石郎廝守，卻仍願留在人間陪伴丈夫。王母一怒便將白鵝變作石頭，此即黃山白鵝嶺的由來。

沉仙潭與黃牛峽

　　桂林有個寡婆村，居民生活貧窮，買不起耕牛，空有田地卻只能靠人拉犁。有一天，天上的牛郎將九頭仙牛留在天河洗澡，自己跑去天宮看織女織布，仙牛看到寡婆村的慘況，便決心下凡幫助這些居民。當牠們來到寡婆村，頭三天居民還以為是哪家走失了牛隻，不敢牽走，直到第四天仙牛開口表示要幫助居民耕作，居民才歡天喜地的將牛隻牽到田埂中。半個時辰後，牛郎發現仙牛失蹤稟告天帝，而人間已過了十年。天帝怕仙牛洩漏天機，派王母娘娘用銀簪割斷牠們的喉管，使牠們不再能說話，只能發出哞哞聲，而至今牛脖子上還有半圈白毛；又派出雷公電母捉拿仙牛，仙牛抵擋一陣後精疲力盡，逃到漓江下的深潭喝水。雷公電母一聲霹靂，便將牠們轟死在潭裡。九頭仙牛於是沉進江底變成九座山峰，中間則形成了一個峽谷。人們便把這裡稱作「沉仙潭」與「黃牛峽」。

金蟾童子與金花姑娘

　　金蟾童子上山採藥時，見路邊的金花將要枯萎，便日日替她灌溉，金蟾童子與金花仙子日久生情。天帝知道後將二仙貶入凡塵，又讓金蟾童子生為蛙形以示懲罰。金蟾轉世的蛙兒長大後，對於天象有準確的預測能力，讓家中的農作越長越好。等到要娶妻的時候，沒有人願意將女兒嫁給一隻青蛙，只有金家的閨女自願下嫁，原來就是金花仙子轉世。洞房花燭夜，蛙兒遵照天上師父的指示，脫去蛙皮變為人形，金花將蛙皮藏起，不讓蛙兒復原，直到兩人子女長成，才雙雙棄世，回到天上團聚。

民間五大仙信仰

五大仙，又稱為「五大家」、「五顯財神」，分別是五種鄉村常見的動物化成的仙人，民間又俗稱「灰黃狐白柳」。東北仙堂信仰中，認為這些動物與人類關係密切，最易修煉成精，化成人形，因此民間許多家庭供奉五大仙，又有許多離奇的仙話，反映道教信仰的動物崇拜。直到文革期間才在政治力的干預下逐漸消亡。

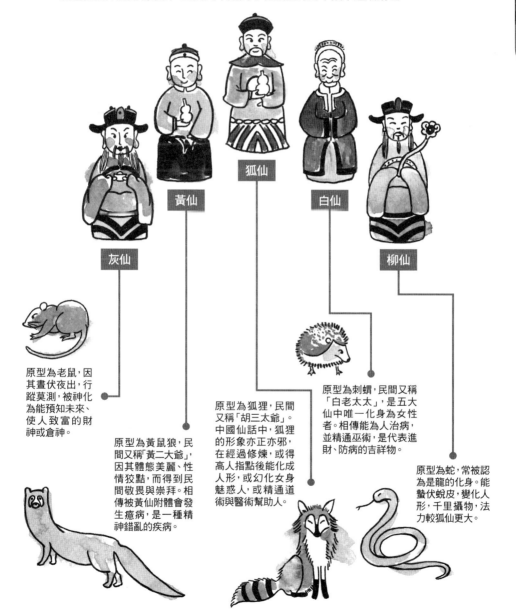

狐仙

黃仙

白仙

灰仙

柳仙

原型為老鼠，因其晝伏夜出，行蹤莫測，被神化為能預知未來、使人致富的財神或倉神。

原型為黃鼠狼，民間又稱「黃二大爺」，因其體態美麗、性情狡黠，而得到民間敬畏與崇拜。相傳被黃仙附體會發生癔病，是一種精神錯亂的疾病。

原型為狐狸，民間又稱「胡三太爺」。中國仙話中，狐狸的形象亦正亦邪，在經過修煉，或得高人指點後能化成人形，或幻化女身魅惑人，或精通道術與醫術幫助人。

原型為刺蝟，民間又稱「白老太太」，是五大仙中唯一化身為女性者。相傳能為人治病，並精通巫術，是代表進財、防病的吉祥物。

原型為蛇，常被認為是龍的化身。能蟄伏蛻皮，變化人形，千里攝物，法力較狐仙更大。

057

UNIT 3-12
風物仙話

七星岩

　　廣東肇慶有座大湖，湖上有七座巨大的岩石，如北斗七星般排列在湖上。相傳是女媧娘娘向北極仙翁借了北斗七星煉石補天，七星經過錘煉都有了神靈，趁機溜到人間，在端州西江岸變成七座秀麗的岩峰。北極仙翁得知後大發雷霆，將銀河水嘩啦啦地灌往端州，使岩峰四周淹成一座大湖。沒想到沖不倒七星，反將岩石裡面刷洗得雪白。自此人們就把湖上的七座岩峰稱為七星岩，將這種外黑內白的岩石稱為端石。仙翁將七星私自下凡之事稟告玉帝，玉帝親至七星岩一觀，卻被這仙境般的景色吸引，便下令在其中一座石室岩頂宴請天上諸神。一時峰頂上瓊漿玉液、鐘鼓珍饌齊備，至今石室岩上仍留下了許多石鐘、石鼓、石旗、石角，就是神仙宴樂的遺跡。

仙筏橋與石梁瀑布

　　天台山腳住著一個織布匠，名叫石梁。這天，他織成一匹三百尺長的白布，正準備要挑到山上，經過中方廣寺時，卻無意中看見一群天上的仙人，乘著仙筏來盜取天台山上的珠寶。石梁想起長輩說過，神仙無法接近凡人的腳底血，便滴血染紅了白布，又以白布繫住仙筏與山上的大石。當仙人將珠寶都搬上了仙筏，才發現無法返回天上，對石梁威脅利誘都無法使他放開白布，一怒便用雷劈死了石梁，棄仙筏與珠寶逕自升天了。留在人間的仙筏變成了一座橋，石梁手中的白布，則化為一道瀑布，懸掛天台山間。

黃花山石鍋

　　黃花山上的黃花道人有三個徒弟，與師父學道三年，師父只命他們挑水打柴，不曾傳授仙術。大徒弟、二徒弟於是日漸懶散，只有三徒弟仍恪守本分地完成所有工作。一日，黃花道人見大徒弟、二徒弟沒有化緣與挑柴，早齋沒了著落，便命徒弟們以腿為柴，煮石頭止飢。大徒弟、二徒弟爭相推託，只有三徒弟默默將腿伸入灶中。鍋中的水開了，師父讓徒弟先吃，大徒弟與二徒弟又假意退讓。當三徒弟勉強將石頭嚥入腹中，忽然腳下升起一片祥雲，和黃花道人一起緩緩升天。大徒弟、二徒弟這才知道鍋中煮的是點仙石，便顧不得燙，撈起一咬，卻把門牙給咬斷了。至今黃花山上還能見到這口黃花道人煮石的石鍋。

武夷山仙茶

　　武夷山上住著一個張老頭，四處採藥給人治病。一日他為了採一株吊蘭，從峭壁上摔下來，昏倒在山澗的溝邊。這時有個武夷神仙將他救起，帶他到一座宮殿中，又給他喝下一杯清香的玉露。張老頭頓覺全身清涼舒爽。神仙告訴他這是仙茶露，具有治病、提神、解暑、止痢的療效，並贈他仙茶一株，教會他培植方式。說完神仙與宮殿都不見了，只剩老頭坐在一個石洞裡。張老頭趕忙下山，按照神仙所說的方法種下茶樹，沒多久便長成一片茶園。從此武夷山便盛產名茶，人們也將張老頭遇仙的石洞稱為「茶洞」。

捨身崖的傳說

恒山姑嫂捨身崖

姑嫂二人為了救生病的老母親，在恒山爺的指示下，赴紫微殿採靈芝。然欲至紫微殿需跳下懸崖，捨身成仙；女兒一心救母，毫不考慮地一躍而下，霎時被浮雲托住，飛往天邊。原本還有些害怕的嫂嫂看了也想成仙，口中喊著「姑姑等……」，「我」字還未出口，便摔死在懸崖下，化為一隻布穀鳥，淒涼地喊著「姑姑等」。而姑嫂跳崖之處，便有了「姑嫂捨身崖」之稱。

中國各地名山上有多處都名「捨身崖」，流傳著不同的故事。大多具有濃厚的神仙色彩，並具有相近的元素。

石膏山捨身崖

石膏山的西峰南天門外有一條小徑，左倚峭壁，右臨深淵。相傳有孝子為謝菩薩救老母親性命，在此跳崖捨身相報，故名「捨身崖」。光緒時有一遊方道士化緣回山，私吞了銀兩。他請一善心人士為他牽驢，路過此地時二人皆墜崖。道士摔個粉身碎骨，善心人士卻毫髮無傷。足見捨身崖故事以此告誡人們莫做虧心事的神仙色彩。

老君山捨身崖

洛陽一孝婦向老君山神祈求以自己性命換取公婆病體痊癒，願望達成後孝婦便為還願跳下深淵。公婆得知後派人在山谷下找到孝婦遺體，以木棺盛殮抬回。不料返家後孝婦忽然走出家門，開棺竟盛著黃金千兩。此時一白鬍道人現身說明媳婦孝心感動老君神，因此為其添壽贈金。後人便將孝婦跳崖處命名為「捨身崖」，以紀念其孝心。

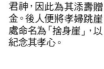

UNIT 3-13
民俗仙話

端午插艾草

從前有個老神仙到人間巡視，變為一個老乞丐行乞來到一戶養豬人家，向屋中的婦人討飯吃。婦人一臉嫌棄地將老乞丐趕出家門，神仙十分生氣，便在門上留下「明日起瘟病，全村人死淨」幾個大字。婦人一看大吃一驚，才知道得罪了神仙惹禍上身。第二天，老神仙拿著瘟瓶來到村中，卻看到另一個婦人懷中抱著一個大孩子，手中牽著一個小孩子，正涉水過河要躲避瘟疫。老神仙疑惑地問她為何不抱較小的孩子，婦人回答大孩子是丈夫前妻所留，因此更加著意照顧。神仙一聽感動在心，便要婦人回去將艾草插在門上，瘟疫便不會上門。婦人回到村中連忙告知村民，家家戶戶都插上了艾草，全村因此躲過了這場浩劫。時值五月初五，從此每年端午惡癘病疫最易流行之時，人人都要在門上插艾草以防疫禳災。

重陽登高

汝河裡住著一個瘟魔，每次來到人間總是帶來瘟疫。桓景的雙親也病死了，桓景便下定決心求道學習仙術，除去瘟魔為民間除害。他翻山越嶺，終於找到神仙費長房，拜其為師，日夜苦練降妖青龍劍。直到九月九日這一天，師父告訴桓景汝河瘟魔又要出世，要他趕緊回鄉除妖。並交給他一包茱萸葉、一瓶菊花酒，叮囑桓景讓家鄉父老登高避難。瘟魔一上岸，就發現所有村民都在山上，每人都配戴著茱萸葉、喝著菊花酒。一走近山腳，瘟魔頓覺酒氣刺鼻，

葉香沁腑，連忙退回村莊。桓景這時舉劍相迎，相鬥幾個回合，終於用降妖青龍劍斬除瘟魔。從此汝河兩岸百姓再也不受瘟疫威脅，為了感念桓景，重陽登高的習俗便留了下來。

畫中美人與虎頭鞋

楚州有個年輕人楊大靠擺渡為生，熱心助人卻窮得無法娶妻。有一天，他幫助一個身無分文的老婦人渡河，婦人為了感激他，送他一幅畫，畫中是一個美麗的女子繡著虎頭鞋。楊大將畫掛在家中，沒想到畫中女子到了夜裡便走出畫像與楊大作夫妻，天一亮又回到畫中。一年後，美人為楊大生了個男孩，一家人過著美滿的日子，晃眼七年。地方知府打聽到這樁奇事，霸占了這張畫，但畫中美人卻再也沒有出來過，讓知府又急又氣。楊大的兒子則天天吵著要媽媽，有一天趁父親去擺渡，獨自離家尋母，終於在森林中看見和六個仙女一起洗澡的母親。母子相見抱頭痛哭，母親告訴男孩，唯有穿著她做的虎頭鞋進到知府房中，才能把母親帶回家。男孩剛應承，抬頭發現自己已到家，便將經過告訴父親楊大。楊大告訴王知府，兒子可以將畫中美人召喚出來，知府才讓男孩進了房間。男孩一喊，美人果然步出畫中，牽著兒子的手便要離開。知府連忙拉住美人，這時男孩的虎頭鞋變成一頭真正的猛虎咬死知府，從此楊大一家生活又恢復了平靜。後來人們便讓孩子穿上虎頭鞋，期望能保佑孩子與全家的平安。

桃花女鬥周公與婚禮習俗

周乾精通易經、卜卦奇準，人們稱其為周公。周公算出石婆的兒子石宗輔會客死異鄉，又算出自己的徒弟彭剪三天內會暴斃，沒想到兩次卦象都失準，原來是鄉里有一精通玄祕之術的女子任桃花，是任太公的女兒，暗地幫助石、彭二人逃過死劫。周公懷恨在心，便向任家提親，欲在婚禮中設七煞害桃花性命。桃花一一破解，這些手法便成了中國傳統的婚禮習俗。

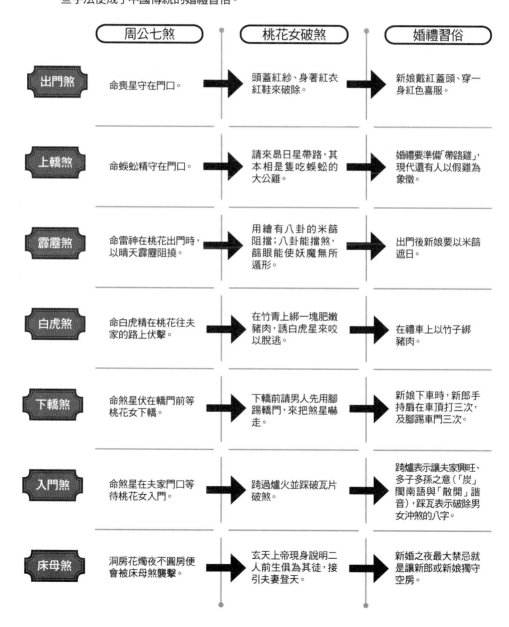

周公七煞		桃花女破煞	婚禮習俗
出門煞	命喪星守在門口。	頭蓋紅紗、身著紅衣紅鞋來破除。	新娘戴紅蓋頭、穿一身紅色喜服。
上轎煞	命蜈蚣精守在門口。	請來昴日星帶路，其本相是隻吃蜈蚣的大公雞。	婚禮要準備「帶路雞」，現代還有人以假雞為象徵。
霹靂煞	命雷神在桃花出門時，以晴天霹靂阻撓。	用繪有八卦的米篩阻擋；八卦能擋煞，篩眼能使妖魔無所遁形。	出門後新娘要以米篩遮日。
白虎煞	命白虎精在桃花往夫家的路上伏擊。	在竹青上綁一塊肥嫩豬肉，誘白虎星來咬以脫逃。	在禮車上以竹子綁豬肉。
下轎煞	命煞星伏在轎門前等桃花女下轎。	下轎前請男人先用腳踢轎門，來把煞星嚇走。	新娘下車時，新郎手持扇在車頂打三次，及腳踢車門三次。
入門煞	命煞星在夫家門口等待桃花女入門。	跨過爐火並踩破瓦片破煞。	跨爐表示讓夫家興旺、多子多孫之意（「炭」閩南語與「散開」諧音），踩瓦表示破除男女沖煞的八字。
床母煞	洞房花燭夜不圓房便會被床母煞襲擊。	玄天上帝現身說明二人前生俱為其徒，接引夫妻登天。	新婚之夜最大禁忌就是讓新郎或新娘獨守空房。

第4章
鬼　話

UNIT 4-1
鬼話的定義與特質

圖解俗文學

中國人相信萬物有靈、靈魂不滅，因此自然萬物乃至於人類在生命終止後，會轉換為另一種形式存在於天地間，此即為「鬼」。魏晉以後，隨著佛教勃興，天堂地獄之說逐漸普遍，「鬼」遂主要用於指稱人死後的狀態，並對照人世構築了「陰間」的形象，與神之天堂、人之陽世，形成了對立的三度空間。「鬼話」也就是以「鬼」為軸心或描述「鬼與人」之間的敘事作品，是與神話、仙話、傳說等體裁相平行的藝術品種。其特質有如下幾點：

早期與神話密不可分

徐華龍認為，在原始的宗教意識中，「鬼」的觀念出現早於「神」的觀念。唯有通過肉體死亡，亦即成為鬼之後，現實人物方能展現神性，或被塑造成神的形象。因此神與鬼共同的本體為人，而產生的基礎則同樣是死亡。最初僅有人死為鬼的觀念，後逐漸分出善鬼與惡鬼之分，善鬼又漸漸發展成神，遂有神與鬼兩相對立的概念，而鬼話便是神話形成的中介。

恐懼心理的具象化

鬼話最初產生於人們對於未知事物與生命終止的恐懼與想像，將這份恐懼化為具體形象，就成了鬼話中恐怖的鬼魅形象與怪誕的行事作風。因此鬼話中的描述對象與事件往往帶有神祕、詭異的色彩。而有一部分的鬼話描述人們以智慧戰勝鬼，則歌頌了人類克服恐懼的勇氣。另外亦有描寫人鬼良好互動的鬼話，則可看出鬼的形象逐漸人性化，不再是令人們感到恐懼的化身。

紀實性大於審美性

民間鬼話的流傳往往是記錄親身經歷或聽聞的事件，以證明「鬼神之不誣」，而非有意識的文學創作。因此描述上有強烈的寫實性，常涉及歷史上的真實人物或事件，但敘述上無固定的結構與情節，通常只是粗具梗概的叢殘小語，也未必有明確的主旨；內容亦鮮少單純表現鬼的生活、行為和事件，而更多地描述與人類的糾葛牽連。因此在創作意識上，鬼話的紀實性實重於其審美追求。

反映現實人世的生活思想

鬼的形象與陰間世界的建構，實則是人間生活的折射。許多鬼話中的鬼是死去之人生命的延續，想完成生前未竟之事；他們也追求幸福愛情、與人類建立夫婦關係或朋友情誼，甚至為人類傳宗接代。在鬼的世界中，同樣有人世的道德標準與倫理關係。人間不平之事，常透過受冤屈的一方化為厲鬼報復來完成善惡有報的結果；作惡之人也常因心術不正而遭鬼作祟或殺害；無端害人的鬼，則往往被有智慧的人或道行高的方士所制伏。陰間的鬼與鬼間，也有陽世的人情世故和爾虞我詐，地府更堪稱人世官府的翻版。鬼話中閻王滑稽、顢頇的形象，與善惡不分的判案故事，反映出對人世官場的嘲諷。以鬼寫人、詼諧揶揄世態醜惡的筆法，也是中國鬼話的一大特色。

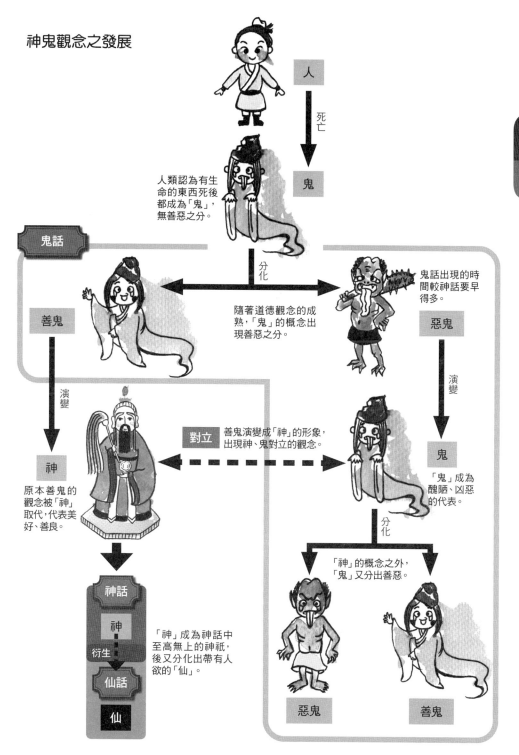

神鬼觀念之發展

人

死亡

鬼

人類認為有生命的東西死後都成為「鬼」，無善惡之分。

鬼話

善鬼

分化

隨著道德觀念的成熟，「鬼」的概念出現善惡之分。

鬼話出現的時間較神話要早得多。

惡鬼

演變

演變

神

對立　善鬼演變成「神」的形象，出現神、鬼對立的觀念。

鬼

「鬼」成為醜陋、凶惡的代表。

原本善鬼的觀念被「神」取代，代表美好、善良。

分化

神話

神

衍生

仙話

仙

「神」成為神話中至高無上的神祇，後又分化出帶有人欲的「仙」。

「神」的概念之外，「鬼」又分出善惡。

惡鬼

善鬼

065

UNIT 4-2 鬼話的型態

中國鬼話的發展和鬼神觀念的演進息息相關。不僅敘述的對象——「鬼」的涵義有所變動，鬼的形象、故事的場景、人類與鬼的關係，乃至於鬼話所傳達的觀念，都隨著社會變遷與其他宗教的影響而有所轉變。徐華龍將鬼話的發展階段分為三種型態：

原生態

鬼話的雛形階段，產生於人類社會的早期。主要表現是對於自然現象變化的恐懼，因此鬼話中鬼的形象大都是自然物演變而來，反映萬物有靈的觀念。現今已難尋得原生態的鬼話，多加入了後人的思想觀念、社會型態和歷史文化。但仍能從《山海經》之類反映遠古歷史地理文化的古籍，或是存在於少數民族口頭流傳的鬼話中，一窺殘存的原生態鬼話。如南朝宋劉敬叔《異苑》中記載張承吉遇鬼，此鬼「長三尺，一足而鳥爪，背為麟甲」，雖整個故事已非原生態鬼話的面貌，卻還能從鬼的形象中，看出一點原生態動物鬼話的殘存。

衍生態

出現於社會階級產生前後，人們開始有了善惡的觀念，使鬼的形象開始分化，一部分因常做善事而被奉為神，另一部分則因做了危害眾人之事，而變成惡鬼。神鬼並行於世是衍生態鬼話最顯著的特徵。而這一時期的鬼，作為邪惡、醜陋的象徵，其形象野性十足，甚至以人為食，表現了作為惡勢力代表的殘忍本質，同時也凸顯了神鬼之間的對立。鬼的外形上還有些動物的特徵，也漸漸演變出人的形象，但尚未有自己的個性。這時期的鬼話描述重點在於鬼與人的衝突：或是鬼對人類展現其凶殘的一面，或是人類用智慧識破與除去鬼魅。如很多民族流傳的「老變婆」故事，敘述一對姊妹遇上了化成親人模樣的老變婆，妹妹被老變婆吃了，姊姊則察覺危險，勇敢機智地用計除去了老變婆。此在漢族則異化為虎姑婆的故事，即可看出衍生態鬼話的特點。

新生態

此一時期鬼話有了進一步的發展，鬼的形象變得較為複雜且人性化，非凶惡醜陋的單一模式，而有一部分變得和藹可親。最顯著的是表現男女愛慕之情的鬼話，描述人鬼之間的情感糾葛，其真摯纏綿不下於人與人之間的戀情。如清長白浩歌子《螢窗異草》中有〈祝天翁〉一篇，寫祝生遇一女鬼自薦枕席，並為之料理家務、懷孕生子；祝生則為其掘屍重埋，使其魂能永作鬼妻。人鬼之間的夫妻情深刻動人。其次，與佛、道二教相融合，思想內容都發生了變化，形成了新的地獄之說和各種鬼祇人物。如佛教的地藏王取代原先地府的主人東嶽大帝；還出現了大量和尚、道士與鬼爭鬥的故事。鬼話描述的場景也出現陽間與陰間之別，地獄觀念在佛教影響下發展成熟，但其實質仍是人間生活的折射。新生態鬼話不再只著重鬼的描寫，而更凸顯鬼的人性、人情，以及與人之間的愛恨情仇。

鬼話之「鬼」形象演變

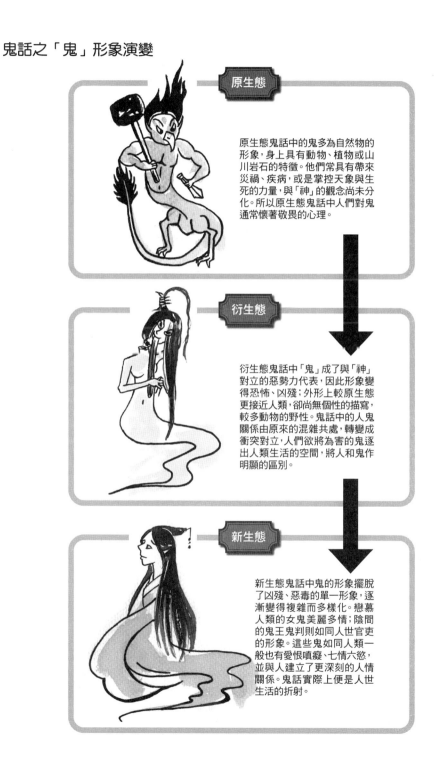

原生態

原生態鬼話中的鬼多為自然物的形象，身上具有動物、植物或山川岩石的特徵。他們常具有帶來災禍、疾病，或是掌控天象與生死的力量，與「神」的觀念尚未分化。所以原生態鬼話中人們對鬼通常懷著敬畏的心理。

衍生態

衍生態鬼話中「鬼」成了與「神」對立的惡勢力代表，因此形象變得恐怖、凶殘；外形上較原生態更接近人類，卻尚無個性的描寫，較多動物的野性。鬼話中的人鬼關係由原來的混雜共處，轉變成衝突對立，人們欲將為害的鬼逐出人類生活的空間，將人和鬼作明顯的區別。

新生態

新生態鬼話中鬼的形象擺脫了凶殘、惡毒的單一形象，逐漸變得複雜而多樣化。戀慕人類的女鬼美麗多情；陰間的鬼王鬼判則如同人世官吏的形象。這些鬼如同人類一般也有愛恨嗔癡、七情六慾，並與人建立了更深刻的人情關係。鬼話實際上便是人世生活的折射。

UNIT **4-3**
鬼話的類型

圖解俗文學

中國鬼話中鬼的種類多姿多樣，命名的基準也不盡相同。鬼話選集多以鬼的名目為鬼話分類，另也有以情節內容、故事結構、鬼與人的關係等為分類依據，可看出中國鬼話之面貌多元而龐雜，難以用統一的標準歸類。同一類型的鬼話敘事模式不一而足，各類型之間也不免有模糊空間，只能略窺鬼話之大概。以下大致將鬼與鬼話之類型略分為七類，並分項概述之：

以官職命名的鬼

鬼話中最著名的陰間官職是掌管陰司的首領閻王、專主降妖伏魔的鬼將鍾馗，以及由水鬼化為民間保護神的城隍爺等。關於這幾種鬼的來歷與事蹟都有許多說法流傳，甚至成為民間信仰的一部分。

以死法命名的鬼

如吊死鬼（上吊而死）、凍死鬼（凍寒而死）、水鬼（淹死）、餓鬼（餓死）、冤魂鬼（冤屈而死）、產候鬼（難產而死）等，這些鬼大多保有死時的特徵，或者必須尋找相同死法的人作替身，方能重新投胎。這類鬼話時常讓人類作為協助或阻撓這些鬼轉世的對象。

以外形命名的鬼

如長髮鬼、長舌鬼、長臉鬼、小面鬼、長頸鬼、大頭鬼、僵屍鬼、骷髏鬼、小兒鬼等，這類鬼通常會變化外形、危害人類，也因其恐怖的原形，使這類鬼話常瀰漫著陰森的氛圍。另外在民間宗教中象徵著地府差吏的牛頭馬面與黑白無常，也可納入此類。

以個性命名的鬼

如小氣鬼、貪心鬼、機靈鬼、缺德鬼、調皮鬼、俠鬼、善鬼、孝鬼等；這類的鬼通常本性不惡，至多有些個性上的小缺點；亦有些鬼具有俠義、孝順、知恩圖報等善良天性。使此類鬼話充滿趣味或溫情。

以行為命名的鬼

如催命鬼、賭鬼、色鬼、菸鬼、酒鬼、討債鬼等，徐華龍以「作壞事」統括此類鬼話，然這些鬼不盡然抱持惡念。如酒鬼、菸鬼都因受人類菸酒的招待而締結友情；賭鬼、色鬼的故事通常是好賭、好色之人遇鬼的經歷；討債鬼則是前世被虧欠的人轉世討債，彰顯了因果報應之說。

以情節分類的鬼話

如描述鬼找替身、人鬼鬥智、人鬼情緣、人鬼夫妻、鬼母育兒、兄弟遇鬼、捉鬼賣鬼、鬼報恩、鬼復仇等情節的鬼話，具有相似的故事主題或敘事梗概，可按其情節模式歸於一類，並看出同一母題在不同地區的流變情形。另有類似的敘事結構如新鬼與老鬼、胖鬼與瘦鬼、貧鬼與富鬼等兩兩相對的鬼話。

以與人關聯分類的鬼話

如風俗與鬼、對聯與鬼、風物與鬼、名人與鬼等，多強調鬼與人的生活、文化、歷史之間的關聯，多源自民間對於既有歷史、風俗或文化的想像與解釋。

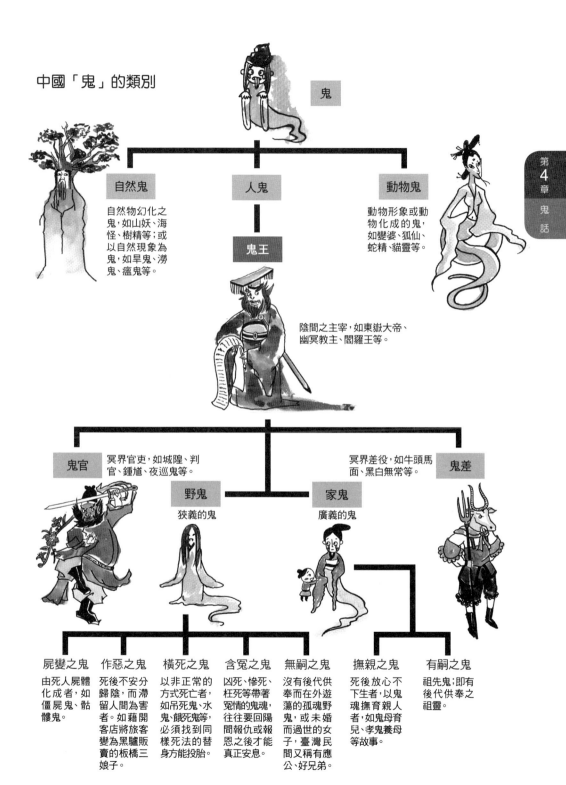

中國「鬼」的類別

鬼

自然鬼

自然物幻化之鬼,如山妖、海怪、樹精等;或以自然現象為鬼,如旱鬼、澇鬼、瘟鬼等。

人鬼

鬼王

陰間之主宰,如東嶽大帝、幽冥教主、閻羅王等。

動物鬼

動物形象或動物化成的鬼,如變婆、狐仙、蛇精、貓靈等。

鬼官

冥界官吏,如城隍、判官、鍾馗、夜巡鬼等。

野鬼

狹義的鬼

家鬼

廣義的鬼

冥界差役,如牛頭馬面、黑白無常等。

鬼差

屍變之鬼

由死人屍體化成者,如僵屍鬼、骷髏鬼。

作惡之鬼

死後不安分歸陰,而滯留人間為害者。如藉開客店將旅客變為黑驢販賣的板橋三娘子。

橫死之鬼

以非正常的方式死亡者,如吊死鬼、水鬼、餓死鬼等,必須找到同樣死法的替身方能投胎。

含冤之鬼

凶死、慘死、枉死等帶著冤情的鬼魂,往往要回陽間報仇或報恩之後才能真正安息。

無嗣之鬼

沒有後代供奉而在外遊蕩的孤魂野鬼,或未婚而過世的女子,臺灣民間又稱有應公、好兄弟。

撫親之鬼

死後放心不下生者,以鬼魂撫育親人者,如鬼母育兒、孝鬼養母等故事。

有嗣之鬼

祖先鬼;即有後代供奉之祖靈。

069

UNIT 4-4
以官職命名的鬼

幽冥世界有套類同人世的官職制度，其中以閻王、鍾馗與城隍的鬼話最豐富，甚至成為民間信仰的一部分：

閻王鬼話

閻羅王原為古印度神話中的陰間主宰，隨佛教傳入中國，與道教融合後成為中國化的民間信仰，一改其威嚴、凶惡、陰森的形象，變成既威權又滑稽、充滿世俗人情慾念的矛盾形象。關於閻王的來歷有三種說法：一是人類被天神封為閻王；二是人類死後變成閻王；三是有人設計殺了陰間獄帝而取代之。其中以第三種說法流傳最廣：相傳一個名叫閻五的人陽壽已盡，獄帝派小鬼拘拿，閻五三番兩次用計逃過，終引得獄帝親自騎著千里駒來捉閻五。閻五故意騎在一頭豬上，對獄帝宣稱這是頭一行萬里的「萬里哼」，獄帝起了貪念要以千里駒交換，閻五則提出萬里哼認衣不認人，而與獄帝換衣，隨即騎上千里駒逐奔陰間。獄帝發現受騙，狼狽回到陰間，假扮成獄帝的閻五則坐在寶座上下令逮捕真獄帝，從此取代了獄帝的位置，故人稱「閻王」。關於閻王的鬼話，多描寫其貪財、怕事、易受騙、好人恭維，卻又有其可愛親切的一面。顯見民間一方面將其投射為世俗權貴而加以醜化、嘲諷，一方面卻也奉為神祇敬仰。

鍾馗鬼話

鍾馗是陰間專管妖魔鬼怪的鎮魔將軍，民間奉為神祇。其形象大多虎背熊腰，豹頭虎面，猙獰而威武。身著紅色官服，頭戴烏紗，一手持劍一手持扇，腳踏惡鬼。但相傳鍾馗原是唐代一個清秀儒雅的秀才，赴試途中遇惡鬼作弄而被毀容。一舉奪得頭魁後，皇帝卻因其貌醜而不願點為狀元。鍾馗羞憤交加，觸階自盡。陰魂來到地府伸冤，閻王賜其斬妖劍與化鬼葫蘆，封鍾馗為驅邪斬祟將軍。於是鍾馗便成了能捉鬼、食鬼的除魔英雄。較著名的鬼話尚有〈鍾馗嫁妹〉，敘鍾馗在陰間封官後返回陽間為妹妹籌辦婚事；〈唐王夢鍾馗〉敘唐太宗（一說唐玄宗）夢中見鍾馗吞噬小鬼，醒後以鍾馗畫像避邪等。

城隍鬼話

城隍爺是城市裡的保護神，其原型產生於周朝。自唐代由天神逐漸轉型為人神，亦即人死化鬼再封為神，相當於陰司的地方首長。相傳城隍原本為一落水而死的水鬼，因有惻隱之心，多次救起落水之人，放棄捉替身投胎的機會，因此感動閻王，封為城隍。另有一說是水鬼因助漁夫捕魚，與漁夫結為好友。等到有機會投胎時向漁夫辭行，漁夫卻不忍眼睜睜見人溺死，幾次出手相救，以致水鬼投胎不成。水鬼雖抱怨漁夫壞事，卻仍不改交情。數年後閻王得知此事，封水鬼為城隍。但事實上城隍不止一人，各地皆有城隍廟，民間信仰中的城隍能揚善懲惡、護佑好人，並執掌生育大權；但鬼話中的城隍則有世俗化的傾向，不僅嗜酒，還調戲人妻、詐人錢財，儼然是民間官吏的翻版，與閻王同樣表現出矛盾的對立與統一。

閻王形象演變

閻摩神

古印度神話

傳說閻摩為太陽神與人類所生之子，是人類第一個死者。他發現了冥界，成為管理亡魂的冥界之主。有兩條狗為其使者，在人間用嗅覺察覺有人快死了，便牽引其靈魂來到冥界見閻摩神。在稍後的傳說中閻摩則由天界移至地下成為地獄之主。

平等王＆雙王

佛教

佛教出現地獄之說，而閻羅王則為統領地獄的主宰，形象勇武可怖。梵語「閻羅」有「平等王」與「雙王」之意。「平等王」意指其能賞善罰惡，處事公正，審判人的生前行為並給予相應的賞罰；「雙王」意指閻王在地獄身受苦、樂兩種滋味。另一說是閻羅王為兄妹二人，兄管理男鬼，妹管理女鬼。

中國民間信仰

道教中的閻王

佛教傳入中國後與道教及民間信仰結合，將閻王從陰間統治者降級為地獄十主之一，而出現「十殿十王」之說。另有「四大閻王」、「三大閻王」之說。

鬼話中的閻王

鬼話中的閻王仍為眾鬼之王，是陰間官司的最高審判者。其形象卻帶有世俗官吏貪婪、昏昧、滑稽、無能等種種特質，時常被矇騙、作弄，或聽信讒言將善惡誤判，使閻王鬼話多帶有諷刺與詼諧的特色。

UNIT 4-5
以死法命名的鬼

月子鬼

月子鬼又稱產婦鬼，是因難產或坐月子而死的女鬼。月子鬼因身帶生產時的汗穢腥臭，在陰間鬼見鬼嫌，只能棲身荒山野嶺，處境堪憐。鬼話中的月子鬼往往出現在婦女要生產之時，帶著生產過程產生的骯髒物，暗中作法令婦人難產，為的是找到替身去投胎。有個流傳於四川的鬼話，描述商人遇見一女子，提著一籃帶血的草紙，另一手拿著紅色手帕，每揮動一下，屋裡就傳來產婦的哭叫聲。商人出面阻止，月子鬼變作披頭散髮流血貌，卻嚇不倒商人，最後被商人制伏趕跑，這戶人家也順利產下胎兒。

餓死鬼

餓死之人死後往往也要不斷挨餓。許多鬼話便描述餓死鬼到各處人家惡作劇以索取食物；另有個餓死鬼投胎的故事：有個鬼前世餓死，臨投胎前要求託生成只吃不做的豬。誰知豬吃的是糠，又被宰殺；二次投胎時，他則要求託生為不愁吃穿的富家子弟，誰知他又揮霍無度，最後傾家蕩產，淪為乞丐，終究又成了餓死鬼。

吊死鬼

吊死鬼通常是自縊而死，閻王為懲戒這些人輕率地結束生命，罰他們永不能投胎，除非找到替身。因此鬼話中吊死鬼常設下各種詭計，讓夫妻、婆媳失和，再慫恿小媳婦上吊自殺。而故事中也常會出現另一個角色，以智慧或膽量收拾了吊死鬼。如浙江相傳一個屠夫救下了被吊死鬼陷害準備自盡的小媳婦，吊死鬼露出口吐長舌或口噴鮮血的模樣，想嚇死屠夫，但見慣血腥場面的屠夫不為所動，還一刀捅死了吊死鬼。雲南彝族則相信墨線能治鬼；相傳有個姓楊的木匠，見妻子被吊死鬼引誘到樹下，差點兒要將頸子伸進吊著的繩圈中，連忙攔住她。翌日楊木匠扮成妻子的樣子又來到樹下，故意假裝不知如何上吊。躲在樹上的吊死鬼沉不住氣，現身動手幫忙，木匠立刻以墨繩捆住吊死鬼，從此吊死鬼便受制於木匠，為他工作勞動，不能脫身。

倀鬼

人被虎咬死後會變成倀鬼，其形似虎，能變幻，隸屬於咬死他的老虎。倀鬼需在虎前為導，遇陷阱或埋伏時引虎避開，並要替老虎誘出人類，供其獵食，故有「為虎作倀」的成語。但鬼話中也有單獨行動的倀鬼，唯需徵得虎主的同意。如貴州鬼話敘書生張勝赴考途中與寡婦吳阿妞相戀，阿妞贈其盤纏並約好迎娶之日，但張勝失了約。阿妞難過地上吊自盡，還剩一口氣時被虎咬下，於是成了倀鬼。倀鬼得到老虎的應允，化身少婦來到了張勝的村子，忘卻這門親事的張勝這才大喜過望的和阿妞成了親。倀鬼白天與張勝過夫妻生活，夜裡變虎撲食村裡的小孩，直到有長老發現阿妞是倀鬼，張勝才知道妻子的原形。他按照長老的指示躺進棺材裝死，阿妞卻變回人形，撫棺大喊著張勝的名字。張勝忍不住回應了一聲，倀鬼頓時現出原形，掏出張勝心肝便飛走了。

「水鬼投胎」故事解析

「水鬼投胎」是中國鬼話中較常見的類型，民間傳說或古籍記載中就有上百個，流傳不同地區衍生出不同的情節單元，但情節梗概大致相同。以下以圖解分析其故事主幹與衍生情節，以見其傳播繁衍之生命力。

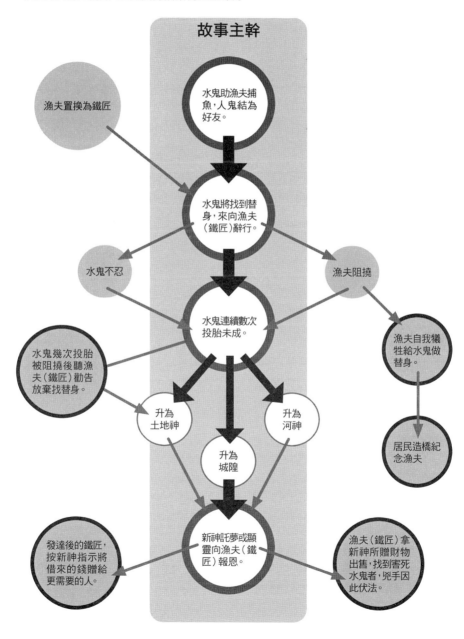

故事主幹

- 漁夫置換為鐵匠
- 水鬼助漁夫捕魚，人鬼結為好友。
- 水鬼將找到替身，來向漁夫（鐵匠）辭行。
- 水鬼不忍
- 漁夫阻撓
- 水鬼連續數次投胎未成。
- 水鬼幾次投胎被阻撓後聽漁夫（鐵匠）勸告放棄找替身。
- 漁夫自我犧牲給水鬼做替身。
- 升為土地神
- 升為河神
- 升為城隍
- 居民造橋紀念漁夫
- 新神託夢或顯靈向漁夫（鐵匠）報恩。
- 發達後的鐵匠，按新神指示將借來的錢贈給更需要的人。
- 漁夫（鐵匠）拿新神所贈財物出售，找到害死水鬼者，兇手因此伏法。

UNIT 4-6
以外形命名的鬼

圖解俗文學

小兒鬼

　　小兒鬼多為幼年即死去的靈魂，亦有化身為胎兒出世作亂的陰靈。前者如甘肅鬼話敘一對夫妻盼望生兒子，卻產下了一個小女嬰，失望之餘便將女嬰放入炕中燒死。從此夫妻經營的小客店，每到午夜就有一團紅火團自炕中滾出，鬧得再也無人敢上門投宿，夫妻倆也因受不了精神折磨而雙雙自盡。後者如河北鬼話敘一婦女產下個紮小紅辮的胎兒，幾陣風吹過馬上就長成少年。有個道士看出少年是被他收伏過的厲鬼化身，奈何婦人不允除妖，道士只好收了婦人的大兒子王平為徒，上山修道。幾年後王平下山，已長成青年的弟弟前來迎接，只見村中陰風慘慘，父母村人不知去向，而家裡的飯桶中全是人肉。王平趁弟弟不注意，找來師父收妖，並靠道士用仙術救活了父母與村民。

僵屍鬼

　　僵屍鬼是人死後屍體復活，其形象無異於人，但不再有人性，甚至會食人心、害人命以求還陽。如江蘇鬼話敘一無賴申仲良，盜墓時被棺中的美人僵屍剖開胸膛，吞去心臟，在胸中置入一錠銀子，自此為非作歹不再有害怕羞恥的感覺。不久申仲良便靠著為惡致富，並每個月找來青年讓僵屍美人吞食心臟。只要服滿三十六顆心臟，僵屍便能隨意變化形體。後僵屍美人被道士收伏，化為一堆白骨，而申仲良的心臟猶在枯骨中跳動。道士將心臟放回申仲良胸中，申仲良一見美人遺骸，忽然痛哭失聲，隨即自盡。

骷髏鬼

　　骷髏鬼是由死人的骸骨化成，通常是因在人世的心願未了，而化鬼作亂。如《閱微草堂筆記》中記載：佃戶張天錫在田埂上小便時見一副骷髏，便惡作劇地將尿撒在骷髏的嘴裡。不料骷髏竟開口咒罵張天錫無禮，嚇得他跑回家中。到了晚上，家裡傳來鬼聲啾啾，張天錫更神智不清地喃喃求饒。家人準備祭品哀求骷髏鬼原諒，骷髏鬼要求張天錫清理穢物並安葬骸骨，張家才恢復了平靜。山西也有一則鬼話，敘六兵衛被好友七兵衛謀害奪財，棄屍路旁。幾年後七兵衛路過原地，見一唱歌的骷髏，要七兵衛帶著他到處唱歌賺錢，七兵衛因此發了財。王爺聽聞召來七兵衛，骷髏卻不唱歌了，王爺一氣砍了七兵衛的頭，原來骷髏即六兵衛藉此報仇。

牛頭馬面

　　牛首人身與馬首人身的陰間鬼卒，與黑白無常同為負責勾魂的使者。「牛頭」的形象來自佛教的阿傍鬼差，專向閻羅稟告死者生前罪行。「馬面」則疑為佛教傳入中國後，被創造與牛頭相對的形象。河南鬼話中相傳牛頭馬面原是閻王的大將，後因收受賄賂，放過一個壽命該終的人犯，因此被閻王貶為捉拿鬼魂的小差役。浙江鬼話則相傳牛頭馬面原為人間牛姓與馬姓二位書生，憑藉吹牛皮與拍馬屁的本領在官場上扶搖直上，直到陰間，閻王也吃這一套，於是成了閻王身邊的貼身差使。

黑白無常的由來與形象

生前故事

黑無常與白無常是地府鬼差,專門緝拿陽壽已盡的人歸陰。在臺灣又尊稱為七爺、八爺。相傳七爺謝必安與八爺范無咎兩人生前是好友,一日相約橋下,卻遇大雨。先至的范無咎見河水暴漲,不敢失信離去,終於溺斃。謝必安趕至橋下時見到此景,心下淒然,便上吊自盡。二人情義動天,城隍便封為冥界差使。其生前的身分有衙役與將軍之說,因此臺灣民間也稱作「范謝將軍」。

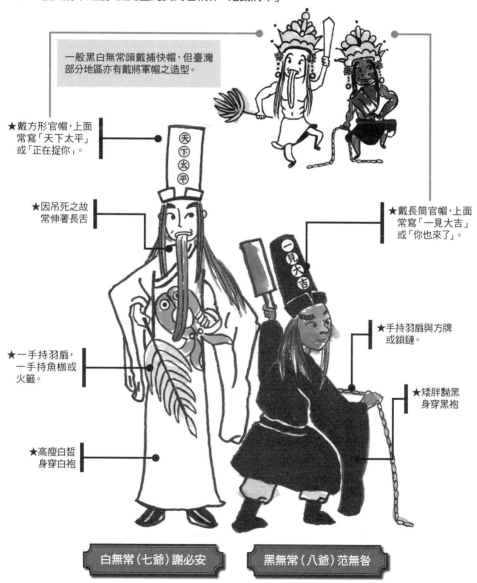

一般黑白無常頭戴捕快帽,但臺灣部分地區亦有戴將軍帽之造型。

★戴方形官帽,上面常寫「天下太平」或「正在捉你」。

天下太平

★因吊死之故常伸著長舌

★戴長筒官帽,上面常寫「一見大吉」或「你也來了」。

一見大吉

★一手持羽扇,一手持魚枷或火籤。

★手持羽扇與方牌或鎖鏈。

★矮胖黝黑身穿黑袍

★高瘦白皙身穿白袍

白無常(七爺)謝必安　　黑無常(八爺)范無咎

UNIT 4-7
以個性命名的鬼

圖解俗文學

惡鬼

善與惡是對鬼的個性最粗略的二分法，此乃由人的道德觀念投射而來。凡是對人類不懷好意者，皆可稱為惡鬼。惡鬼的概念先於善鬼，在鬼話中的數量亦多於善鬼。其形象囊括了自私、陰險、凶狠、奸詐等人性醜惡面，會在人類生活中無端作亂，對人類生活造成莫大的威脅。如《太平廣記》載楊羨家中常鬧鬼，其鬼狀似猴，每次吃飯時便奪走楊羨的食物。一日楊羨妻正在織布，鬼又出現，楊羨提刀殺鬼，鬼則變作楊妻模樣，楊羨於是失手砍死了有孕在身的妻子。楊羨悲痛而死，鬼則在旁撫掌大笑，真是名副其實的惡鬼了！

色鬼

鬼話中的色鬼有男有女，男鬼往往生性好色，死後淫慾不減，到處調戲、強占女子為樂；女鬼則會誘惑過路男子合歡，再吸取精氣或剖食心肝，比男鬼更接近厲鬼的形象。如山東鬼話敘一色鬼四處拐騙女子，又強逼程女為妻，生有一子，後被學道歸來的程女之兄以道術收伏；江蘇鬼話則敘鬼牡丹五娘藉著經營客棧勾引住客，再剖食心肝，後有一和尚化身為白面書生，假意與五娘相好，伺機除去五娘。

孝鬼

指生前至孝，死後仍不忘盡孝的鬼。如四川鬼話敘一孝子大牛，為了撫養瞎眼的老母親，過度操勞而一病不起，拋下老母過世了。而村中有個好賭之人名包五，一日在賭場輸個精光，正要離開時，忽有一陣陰風吹過，包五口袋裡瞬間多了一錠銀子，耳邊則響起一個聲音：「押大！」包五順著聲音下注，果然接連贏了好幾把。夜裡他來到麵店，耳邊的聲音又央求他多買兩碗麵，送去給多日未進食的大牛母親，包五這才知道遇上了孝子鬼。從此他進賭場日日贏錢，也每天幫大牛母親送吃的去。包五的賭友覺得奇怪，灌醉包五問出了孝子鬼的事，便告上公堂請縣太爺做主。縣太爺也聽聞民眾家的饅頭、燉雞常憑空消失，疑是大牛作祟，便找來法師作法，卻無法對付孝子鬼。最後法師體諒大牛出自一片孝心，勸縣太爺嘉其孝行並救濟其母，孝子鬼才銷聲匿跡。

俠鬼

指好打抱不平、見義勇為的善鬼。其或也具有一般鬼怪可怖的形象或變化莫測的法術，但卻只對付土豪劣紳、幫助人民，反映百姓的願望。如湖北鬼話敘一糧商冗斷市場、哄抬物價，三個鬼便變作客商，高價收購糧食再低價賣給百姓，糧商一段時間後才發現所收銀兩俱為冥紙；內蒙鬼話則敘一財主霸占水源，向民眾強索水費，某天夜裡家中出現一穿白衣、吐長舌、目露寒光的鬼，拿財主的銅錢拋向村民，落進百姓的米缸、水甕，便有取之不盡的米與水。財主氣得命人將銅錢搜刮回來，全數置入自己的水缸與糧倉，忽然財主家便被不斷湧出的水與米淹沒，財主也被悶死在米堆中。大水把糧食沖到百姓家，人人再也不愁吃喝。

淫鬼五通神

五通神是江南民間信仰的一種，然其廟卻屬淫祀，所祀對象是好淫人妻女的淫鬼。
與狐仙並稱，有「北狐南五通」的說法。

文獻中的五通

五通鬼始見於唐代的文獻中。鄭愚將之與佛教鬼差牛頭阿傍相提並論，說它「專覷捕」；柳宗元則言其能讓篋衣化為灰燼。宋代文獻中五通為獨腳鬼形象，《夷堅志》並詳載其好淫婦女，能化身為美男子或猴猻、蛤蟆，將女子攝到山上，或在夢中姦淫。遭淫後的女子輕則憔悴失色，重則瘋癲死亡。

五通的鬼話

《聊齋志異·五通》敘趙弘之妻閻氏貌美，一夜有一男子潛入房中，自稱是五通神四郎，對閻氏強行雲雨之事。幾天後又帶來二郎、五郎同樂。閻氏羞欲自盡卻不成功，趙弘知道後也不敢得罪五通鬼。趙弘的表弟萬生個性勇猛，得知此事後趁五通復來，砍下四郎頭顱，使其露出原形，乃為一匹小馬。後來村民紛紛請萬生去除五通，將五通中的四鬼除盡，僅剩一鬼也不敢再作亂。

五通的祭祀

五通鬼無法可驅，人們只能祭祀以求免禍得福，甚至作為財神崇拜。宋代以來，五通神或在野外立祠，或供於家堂，塑像為五個穿戴如王者的男子。明清祭祀更盛，屢禁無用，至近代仍有「借陰債」的習俗。

五通的破除

蘇州上方山上有座自宋代便香火不絕的五通廟。當地少婦得病，民間便傳說是五通神要娶媳婦，家人皆視此為莫大榮幸。康熙時巡撫湯斌為破除迷信，命人拘審神像，剝去冠帶，各審四十杖後投湖，為民眾除害。

UNIT **4-8**
以行為命名的鬼

圖解俗文學

討債鬼

　　討債鬼指前世所虧欠之人，今生投胎為孩子或身邊之人，討回前世冤債。這類鬼話具有濃厚的因果報應思想，如雲南鬼話敘一貧窮的小生意人江呂，生個兒子取名小寶，當命根子般地疼惜。養到六歲時，小寶大病一場，吵著要吃家中維生的花白馬肉，江呂只好忍痛宰了馬，煮熟後兒子卻已一命嗚呼。江呂思念獨子，找到能通靈的老人引來小寶靈魂，沒想到小寶卻怒欲殺江。老人問明緣由，方知其前世為一弱女子，被強盜逼姦後自盡。強盜轉世為江呂，小寶隨即投胎來討債，不料江家一貧如洗，只討到一匹花白馬。老人用計讓江呂脫身，江呂也明白了前世業報，從此多做好事，一心積善。

酒鬼

　　中國鬼話中的酒鬼常具有好飲者的人情與趣味，許多鬼話中述及好酒之鬼與人結為好友，如浙江相傳一個布商投宿古廟，正獨酌時來了一個客人，布商便邀其對飲。一番小酌後，客人告訴布商自己是曾在古廟飲酒過量而死的酒鬼，聞到酒香禁不住酒癮而來。人鬼聊得投機，酒鬼便託布商至老家告訴妻子自己的下落，以及家中所藏金銀的位置；並承諾以床底下的兩罈美酒相贈。臨別時，酒鬼又叮囑布商，切勿飲酒過量，以免落得與自己相同下場。

菸鬼

　　菸鬼與酒鬼相同，是有菸癮或吸菸致死的鬼，許多鬼話也都敘述菸鬼與癮君子共享大菸而結成好友；或敘嗜菸者遇上菸鬼求菸，用計擺脫。如山西鬼話敘一菸鬼每日來找程喜抽菸，並助他避開勾魂鬼的捕捉；浙江鬼話中的蔡大伯被菸鬼纏上，則以打野豬的土銃充當菸筒給菸鬼抽，再點燃紅硝，殺了菸鬼。

賭鬼

　　好賭之人死了之後還是會群聚賭博，有時也跟生人一起賭。如福建鬼話敘一好賭的小販外出做生意，聽說古廟有人聚賭，便每夜都去賭博，直到把貨款都輸了個精光。這天他又來到古廟時，遇著一個沒有五官、臉像一團肉球的鬼，嚇得他奔進廟裡求救，沒想到正在賭博的四個人轉過頭來，也都是這個模樣，小販便嚇死了。

風流鬼

　　指偷歡而死之鬼，通常秉性風流，既死而不改其性。但也有本性良善，因生前流落風塵，方成為風流鬼者。如福建流傳有一風流女鬼，棲身山間，見一少年每日上山砍柴，知他因為有土豪意欲強占其未婚妻而煩惱，便決心相助。女鬼化身成妙齡女子，魅惑土豪與土豪之父，使二人訂下同日納自己為妾。婚禮當天，父子反目，應邀而來的縣太爺，則認出新娘便是多年前與他相好而又無故失蹤的女子。女鬼趁機向縣太爺哭訴自己被土豪父子拐騙成親，縣太爺一怒便將土豪父子收押下獄。而少年與他的未婚妻，則在女鬼相助下順利成婚。

瘟神信仰流變

瘟神是陰間主病之鬼，會四處傳播瘟疫，為疾病災禍之源。鬼話中視其為惡鬼，民間信仰則為求平安奉其為神。其來源、形象與職司幾經流變，圖解如下：

 瘟神來源：顓頊三子

漢代以來相傳：顓頊有三個兒子，出生即死，變成瘟鬼。一子居於江水，為瘧鬼；一子居於若水，為魍魎；一子居於他人宮室，專驚嚇幼童，為小鬼。

魍魎　　瘧鬼　小鬼

 五瘟使者

五大瘟神另說為五個秀才，見群鬼在井裡下藥，憂民誤食，便自飲井水中毒而死，人們便以其為神祭祀之。

三子漸演變為五大瘟神，相傳隋文帝時有五力士自天而降，分別是張元伯、劉元達、趙公明、鍾仕貴，與總管史文業。大臣張居仁上奏此五人「在天為五鬼，在地為五瘟」。隋文帝於是立祠，封為將軍。

臺灣的瘟神信仰又稱五府千歲，是天帝派來管理、傳播瘟疫的王爺神。「燒王船」的習俗即恭送瘟神出海。

 八大瘟神

五大瘟神又發展成八大瘟神，為八大鬼帥形象，率億萬鬼兵，行散播瘟疫之事。張元伯負責瘟病，劉元達負責雜病，趙公明負責下痢，鍾士季負責瘡腫，史文業負責寒瘧，范巨卿負責酸眥，姚公伯負責五毒，李公仲負責狂魅赤眼。

諸瘟神中以趙公明為第一，後被玉帝封為玄壇元帥，便由散播瘟疫之神，轉為剪除瘟疫、保病禳災的保護神。

趙公明轉變成財神形象，統領四大部將，合稱「五路財神」。臺灣民間舉行「炸邯鄲」活動，即因傳說趙公明(閩南語「玄壇」音「邯鄲」)畏冷，故要以鞭炮相擲為他取暖，以求庇佑。

UNIT 4-9
以情節分類的鬼話（一）

圖解俗文學

人鬼夫妻

此類情節的鬼話中，多是女鬼與男子邂逅或受男子恩惠而下嫁，甚至替人類生兒育女。但最後往往因被識破其女鬼身分而致夫妻分離。如《列異傳》載一談姓書生，遇一女子夜半上門，願為其妻，唯一要求是三年內不可以燭火照她。兩年後，二人生有一子，談生終於忍不住好奇而持燭照妻，發現她腰部以下都是枯骨！妻子難過地說再過一年便可完全化為人形，但既被識破只能離去，於是留下一件珍珠袍子，又撕了談生的衣襟一角而去。幾年後談生因家境窘困，變賣珠袍，由女鬼生前的父親購得，疑談生盜墓。掘墳開棺一看，發現女屍身下放著談生的衣襟，這才相信談生的話，翁婿、祖孫相認。北京、山西流傳的鬼話，則令女鬼生子離去後，又投胎為人，並在長成後與丈夫、兒子相認，於是便有了「十八歲的兒子十七歲的媽」此類主題的鬼話。

人鬼兄弟

許多鬼話描述人與鬼結成好友或兄弟，相互為伴，如上述的水鬼、酒鬼、菸鬼等鬼話就常見此類情節。其梗概是人與鬼因某種共同嗜好或因緣而成為好友，鬼常助人改善生活、趨吉避凶，人則常基於仁慈，阻撓鬼找替身投胎，間接地幫助鬼升官。升官後的鬼仍不忘人類，往往賜金或給予恩惠答謝人的情義，某些故事還會在最後讓人幫助鬼懲兇除惡，或報生前之仇。

人鬼鬥智

人鬼鬥智的情節又可細分為多種類型，如騙鬼、捉鬼、賣鬼、役鬼、玩鬼、吹鬼、吃鬼、鎮鬼等，對象多是為害或找替身的惡鬼，這些惡鬼往往思想簡單、行為愚蠢，因此被人類運用智慧玩弄於股掌，結局也通常是人類得到勝利。如河南鬼話敘一膽大之人甄蛋子，聽說墳地常鬧鬼，便佯醉到此，見一鬼變成的黑驢。甄蛋子咬破手指將血抹在驢子頸上，鬼便無法恢復原形。甄蛋子便將驢子牽回家，讓牠徹夜推磨，直到友人到訪，無意中擦去血跡，鬼才一溜煙的逃走。從此墳地便再也不鬧鬼了！再如前述月子鬼、吊死鬼、水鬼、閻王等所舉之故事，亦多屬人鬼鬥智之情節。

對鬼

有一類鬼話，敘兩個相對應的鬼在陰間討生活時不同的遭遇。如多處流傳「新鬼與老鬼」的故事最為典型：一新死之鬼不懂得為鬼之道，餓得面黃肌瘦；在老鬼指點下，他連著兩晚去人家家裡推石磨嚇人，沒想到大家以為是神明顯靈，不但沒嚇到，還搬出更多小麥給鬼推磨。第三晚老鬼帶著新鬼，讓一戶人家的東西滿天亂飛，終於嚇得戶主準備一桌酒菜祭拜。二鬼可置換為餓死鬼與飽死鬼、高鬼與矮鬼；推磨情節可置換為以鬼圈套人：新鬼前兩次套到不怕鬼的年輕人與老乞丐，都討不到供品。第三次老鬼出馬，套到一個大財主，飽餐一頓。內容不同但敘述模式則大體一致。

「捉鬼賣鬼」故事流傳演變

捉鬼賣鬼基型

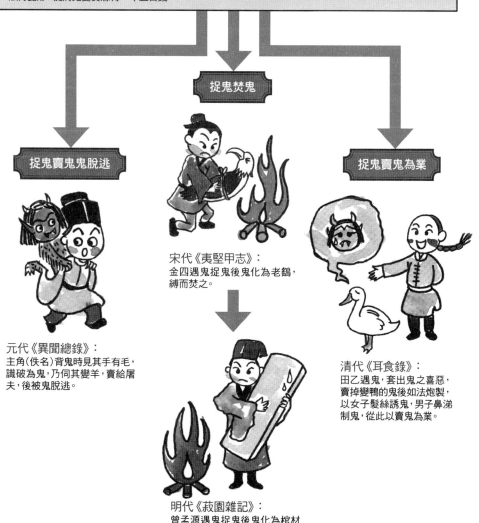

魏《列異傳》、東晉《搜神記》

宋定伯夜行逢鬼，謊稱自己亦為鬼，與鬼約定輪流相揹，同行至宛市。鬼察覺到宋定伯有重量，又聞其涉水聲響，提出質疑。定伯便以自己新死為由，取得鬼的信任，並打聽到鬼最怕人的唾液。快到目的地時，定伯忽然將鬼扛在肩上疾奔，任鬼大呼小叫一概不理。至宛市將鬼放下，鬼化為一頭羊，定伯則吐唾液令鬼無法再變形，便將鬼變賣賺得一千五百錢。

捉鬼焚鬼

捉鬼賣鬼鬼脫逃

元代《異聞總錄》：
主角(佚名)背鬼時見其手有毛，識破為鬼，乃伺其變羊，賣給屠夫，後被鬼脫逃。

宋代《夷堅甲志》：
金四遇鬼捉鬼後鬼化為老鸕，縛而焚之。

明代《菽園雜記》：
曾孟源遇鬼捉鬼後鬼化為棺材板，抱至附近人家，借火焚之。

捉鬼賣鬼為業

清代《耳食錄》：
田乙遇鬼，套出鬼之喜惡，賣掉變鴨的鬼後如法炮製，以女子髮絲誘鬼，男子鼻涕制鬼，從此以賣鬼為業。

UNIT **4-10**
以情節分類的鬼話（二）

圖解俗文學

鬼報仇

　　許多鬼話描寫生前遭人害死之鬼，死後陰魂不散或投胎轉世來復仇；或因男子負心而死的女子，自盡後找男子索命報仇。如臺灣民間鬼話林投姐：敘清咸豐年間臺南有一寡婦李昭娘，丈夫出外經商墜海而死，被丈夫的好友周亞思打動而改嫁，並將亡夫財產託其管理。周亞思發達後回到汕頭別娶，昭娘身無分文，等不到周亞思歸來，兩個孩子凍餓而死，她便扼死幼子並在林投樹下自盡。從此便常有女鬼出沒在林投樹附近，並拿紙錢買肉粽。後李昭娘魂又託人將其神主牌帶至汕頭找周亞思，令周發瘋，持刀砍死自己的妻兒並自盡。

鬼報恩

　　這一類鬼話敘善鬼受人恩惠，回報恩情。如前述故事中水鬼賜贈財富感謝漁夫助他升官；酒鬼則是助酒友延壽以報慷慨分享美酒的恩情。若受惠對象是女鬼，則往往以身相許，並替恩人生育後代。較特殊的有山東一鬼話，敘長工見路旁有一棺材，常被風雨掀開棺蓋，每次經過便順手掩蓋，遮蔽棺中屍身，棺內女鬼感其恩德，化身女子來到長工家，自言為棺中女鬼來報恩，為其料理家事，卻不同睡。兩人共同生活一段時間，年初三時女鬼領著長工回到娘家，最後撮合了長工與自己小妹的婚姻。

鬼還魂

　　相傳人死之後靈魂出竅，若能找到附身的對象，便能重新還魂。鬼還魂的故事情節類型較多樣：或描述鬼差錯勾冤魂，最後讓命不該絕的人還陽；或描述人死後魂魄出竅，找到他人或他物附身，展開另一段生命境遇。附身的對象可以是初死之人，也可以是未死之人，只要趁其睡夢之際將他的魂靈嚇跑，所以常可見兩魂爭身的故事。嚇跑魂靈的手法，也常出現在行刑之時，如湖南鬼話敘羅旭陽犯了死罪，劊子手楊一刀是其結拜兄弟，在行刑前使用「去屍留魂」之法：用力一拍死囚背脊，叫了三聲羅旭陽的名字後落刀，羅的靈魂便離身而去，到千里之外附在一片紙人上，並娶妻生子。數年後，楊一刀尋訪到羅旭陽，無意間亮出行刑用的鬼頭刀，羅竟頓時變成紙人，原來是靈魂又被刀嚇跑了！羅妻狀告楊一刀，縣官之母見羅子兩歲仍不會站立行走，知為鬼胎，便勸縣官赦免了楊一刀的罪。可見鬼魂亦能附身於非生物而還魂。

鬼託夢

　　這類鬼話敘人死後，透過託夢的方式，向在世之人求助或傳達某些訊息。如《列異傳》中記載領軍蔣濟之妻夢見亡兒哭訴自己在陰間任職泰山衙役，位小職卑，受盡欺辱。聽說父親帳下的孫阿將被召為泰山令，懇求母親轉達父親，囑託孫阿將自己調職。蔣濟起初不信妻言，半信半疑按亡兒夢中所述孫阿的外貌特徵去尋找，帳下果有其人。孫阿答應了蔣濟的託付，蔣濟回去後仍不放心，每日探聽孫阿的消息，沒幾天就聽說孫阿身亡。幾個月後，蔣濟亡兒又到母親的夢中，告知自己已調為掌管文書的官吏了。

「鬼育兒」故事類型

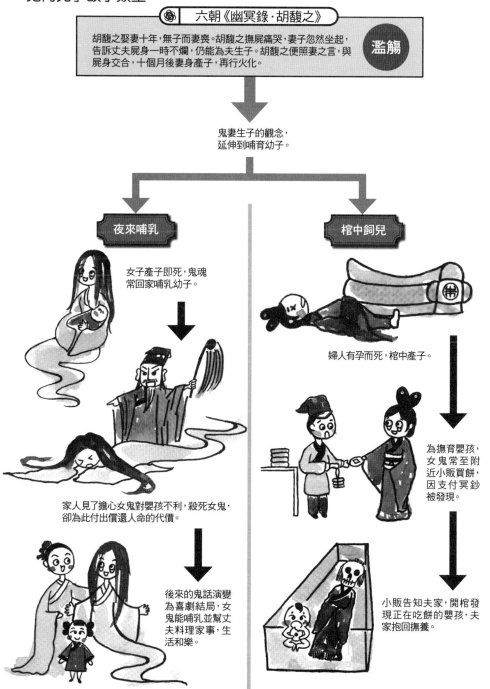

🌸 六朝《幽冥錄·胡馥之》

胡馥之娶妻十年，無子而妻喪。胡馥之撫屍痛哭，妻子忽然坐起，告訴丈夫屍身一時不爛，仍能為夫生子。胡馥之便照妻之言，與屍身交合，十個月後妻身產子，再行火化。

濫觴

鬼妻生子的觀念，
延伸到哺育幼子。

夜來哺乳

女子產子即死，鬼魂常回家哺乳幼子。

家人見了擔心女鬼對嬰孩不利，殺死女鬼，卻為此付償還人命的代價。

後來的鬼話演變為喜劇結局，女鬼能哺乳並幫丈夫料理家事，生活和樂。

棺中飼兒

婦人有孕而死，棺中產子。

為撫育嬰孩，女鬼常至附近小販買餅，因支付冥鈔被發現。

小販告知夫家，開棺發現正在吃餅的嬰孩，夫家抱回撫養。

UNIT 4-11
以與人關聯分類的鬼話

名人與鬼

　　將歷史名人的事蹟傳說與鬼話結合，如武則天繼承李氏江山的史實，鬼話中有這麼一個因由：相傳唐太宗過世後，有個名叫武瓊的宮女殉葬。當太宗魂魄巡遊到鴨綠江邊，遇到曾被他手下薛仁貴打敗的高麗大將蓋蘇文索命，唐太宗大喊：「誰能救駕，李氏為臣你為君！」武瓊持殉葬的元寶打跑了蓋蘇文，後投胎為武則天，果然得李氏讓位，稱霸天下。另如山西鬼話敘韓信死後被砍下的頭顱跟蹤呂后，怒火燒了沿途十三個村子，最後終於在灞河龍王的安撫下長眠。而在《三國演義》中孔明氣死周瑜的故事之外，又有鬼話敘周瑜鬼魂幾度想害孔明，卻被孔明算出，逃過一劫。最後周瑜託生為陸遜，孔明派趙雲去殺死懷胎的孕婦，趙雲卻不忍下手。十八年後嬰兒長大成為孫吳都督，帶兵攻蜀，氣死劉備，才算出了一口惡氣。這都是在歷史之外衍生出的鬼話。

風俗與鬼

　　中元節又稱「鬼節」，人們要在這天祭祀祖先與孤魂野鬼，相傳與「目連救母」的鬼話有關。目連是個孝子，出家修行，其母卻吃狗肉、打僕役，死後被打入地獄。目連入地獄尋母，見母親挨餓受刑，以缽盛飯餵食，食物送到母親口裡卻變為木炭。目連上西天向佛求助，佛指點唯有在七月十五那天，供佛並祭祀眾惡鬼，方能解母親災厄。從此中元節便成了人們施齋供僧、普渡眾生的節日。又如人死後，守靈或入殮時需在屍體雙腳上綁「絆腳絲」，也與「詐屍」的鬼話有關：傳說人剛死時，如果遇到轟雷或貓狗等牲畜跳過屍體，便會出現「詐屍」現象，亦即死屍動了起來，卻已無生者的靈魂。如河北有鬼話敘王老漢的死屍聽聞轟雷後忽然躍起，不知所蹤。幾個月後捎來消息，說自己已在河南娶妻開店，又命么子前去相伴。幸而么子路遇法師，得知父親已成詐屍，要取自己性命還陽。方與法師聯合收妖。從此河北地區死人入殮都要用「絆腳絲」綁住屍身雙腳，並派人守靈，以防屍變。

風物與鬼

　　有些鬼話的流傳，與風物地貌有關。如杭州蘇堤是蘇軾任杭州知府時在西湖上所築長堤，卻有一個相當動人的鬼話：蘇軾的愛妾朝雲為他生了一個兒子後便去世了，蘇軾卻夜夜夢見朝雲全身濕淋淋地來為孩子哺乳。他想起朝雲的墓在湖的對岸，為了讓愛妾不必再涉水渡河，便為她築了這道堤。沒想到堤築成後堤神不允鬼魂渡湖，朝雲便從此沒再出現，孩子也就餓死了。書聖王羲之家的墨池，歷來也有許多傳說，其中不乏鬼話。相傳有個秀才，對自己寫得一手好字十分自負，一次與人比試寫字，略遜一籌，憤而自盡。死後變成惡鬼，到處和人比字，贏了就吃掉那些書法家和他們的書法作品。因為吃了太多墨水，惡鬼一身墨黑。這天他聽說王羲之的盛名，來到他家要和他比試，見了王羲之的字大吃一驚，羞愧地跳入水池裡，化成了一池的黑水。

包公鬼話

 包公身世

黑臉的由來

包公出生時是個肉蛋，母親以為是妖怪，便棄之於黑水河中。黑水河通往陰間，閻王知包公將成為棟梁之材，便將孩子送給他嫂嫂撫養。包公的臉即被河水染黑，後來夜審陰司，也是通過黑水河。

月牙的由來

包公額上的月牙來歷有幾種說法，一說是他幼年立志為清官，自己所畫；一說是其出生後被棄養在荷池或馬棚內，被荷葉桿或馬蹄弄傷了額頭，留下來的疤痕。這月牙又有照妖鏡之稱，能讓包公出入陰陽，照見貪官、識破妖魔。

 包公斷陰案

烏盆案

客商劉世昌遭趙大夫婦謀財害命，屍骨被做成烏盆，鬼魂附在其上，拜託購得烏盆的張別古為其向包大人申冤。包公終將兇手繩之以法。

陰陽枕

包拯有個「陰陽枕」，夜裡枕其入眠，便能魂至陰間，或查證案情，或審判陰司。故相傳包公能「日審陽，夜審陰」，甚至將陰陽枕借人使用，幫助初死之人還陽。

 死後任閻羅

五殿閻羅

包公死後，玉皇大帝封其為一殿閻王，但包公常放生前未做惡之鬼魂還陽，使還魂人數驟增。玉帝大怒，便將包公貶為五殿閻羅，不再有放人還魂的職權。另一說為包公聽見死者家屬淒涼的哭聲，便會同情心起而放人還魂，他殿閻王於是聯本參奏，使包拯降為五殿閻羅。

第5章
傳　說

UNIT **5-1**
傳說的定義與特徵

圖解俗文學

「傳說」一詞有廣狹二義。廣義指民間口頭流傳的所有散文體文學形式，包含神話、仙話、童話、民間故事與逸聞掌故等。狹義則專指與特定時空、人事有所連結的解釋性或描述性故事，往往強調其歷史意義，而與神話、民間故事做出區分。本書採狹義之說，並略述傳說之特徵：

可信性

傳說中所描述的人物、事件或所留下的古蹟、風物、習俗等都是真實存在的，故事亦有具體的時空背景，即具備與歷史的連結性，以及徵信於人的表述方式。傳說是根據歷史延伸出的逸聞，有些與正史有相當程度的落差，有些卻被寫入史書中，成為正史的一部分，如《史記・高祖本紀》中劉邦之母與龍交配而生出龍種的記載，便是來自民間傳說；早期的歷史更有「古史的傳說時代」之稱。

解釋性

傳說常用以解釋歷史事件、景觀地貌或風俗物產的發生來源，反映人們對於追本溯源的興趣與想像。然不同於神話的解釋帶有科學性的邏輯，傳說更多地從藝術與情趣的角度來構思，因此同一個人物、事件或現象，常會有多種解釋並存。如包公為何黑臉，就有文曲星與武曲星換頭、被棄黑水河而染黑、幼年時自己塗黑等不同說法。

傳奇性

傳說往往悖乎常理而合乎常情，在符合人們共同願望的前提下，極盡誇張、渲染、幻想之能事，使情節充滿曲折離奇的傳奇性，滿足人們的心理嚮往，卻不因其有違常理而減損可信度。如相傳南宋名將岳飛與金兵對戰時，運糧的將軍常勝國遲遲未到。眼見就要缺糧，岳飛大喊常勝國的名字，天上忽然降下許多花生，解決糧食問題。岳飛便將這天賜糧食據諧音稱為「長生果」。天降花生之事縱然不合理，卻符合人們對岳飛的敬仰，並解釋了花生又稱「長生果」的原因。

典型性

傳說人物的塑造，反映了人們共同意識形態與思想情感的投射，放大其性格中為人最津津樂道的某個側面，終至神奇化的程度，而成為典型性人物。如孔明為三國謀士，在傳說中卻集忠、義、智、勇於一身，神機妙算甚至精通道術，簡直近於神仙，逐漸豐富成中國謀臣形象中的典型。

地方性

根據各地方獨有的歷史古蹟、風土民情或景色物產而來的傳說，往往具有濃厚的地域特色。如寧波相傳南宋時有個宰相名史浩，他每逢八月十五必從京城臨安返回故鄉明州（古寧波）與百姓共度中秋。某年史浩因途中遇事，遲了一天趕回明州，沒想到百姓仍在等著他過中秋。從此寧波便以八月十六為中秋。此外同一故事在不同地區流傳的內涵也會略有變化。

傳說的產生

神話
與上古時代的信仰、儀式結合，強調神的力量及與自然對抗的不屈精神，充滿奇幻與浪漫色彩。

歷史
以客觀事實為依據，強調記錄的真實性，敘述上講究嚴謹的考證，取材側重文治武功、軍國大事。

人性化

傳說

傳奇化

神話人物人性化、合理化之後逐漸演變為傳說，甚至攀附現實事物為證，強調世俗社會。

以真實歷史為依據，追求表述上的可信性；容許藝術上的誇張、渲染與虛構。

民族故事
流傳時間與影響較深遠，能代表一個民族共同思想情感的傳說。

立基於真實存在的人事物；同類型的民間故事也會集中到同一個對象身上，而出現箭垛式的人物或風物傳說。

人們為當地的名勝古蹟、自然景觀與風俗物產的來由提出解釋，增添地方的歷史底蘊與人文風采。

黏附化

推源

民間故事
立基於幻想；故事的時空、人物都是泛指性的。可隨意新編創作，情節亦可較靈活地變動、結合。

名勝風物
各地之名勝古蹟、自然景觀或風俗物產，純為自然客觀的景物或文化。

UNIT 5-2
傳說的分類

圖解俗文學

傳說就其表現手法而言，譚達先將之分為「描述性」與「解釋性」二類。描述性傳說以敘述和描寫人物與歷史為主，解釋性傳說則以某個現象、景物或習俗為核心，衍生出一個傳說解釋其存在。若與神仙、鬼怪結合，亦可劃入仙話、鬼話之範疇。

就題材而言，各家分類方式大同小異，大致可分為以下四類：

人物傳說

包含歷史人物與非歷史人物。歷史人物如帝王將相、清官奸臣、民族英雄、文人、工匠、名醫、美人等，在其歷史事蹟之外衍生的軼聞傳說。非歷史人物則或由人們共同塑造、在一個基礎形象上逐漸增添事蹟而愈趨豐滿的「影子人物」，如周倉、貂蟬等；或由歷史人物的傳說中延伸出的虛構人物，如穆桂英、梅妃等。非歷史人物雖出自虛構，其事蹟卻有特定的歷史背景與鮮明的時代色彩，常被誤認為歷史人物，因此也在傳說之列。

史事傳說

以歷史事件為核心，與人物傳說或有交叉之處，但敘述側重事件本身。如帝王之改朝換代、政變政爭，歷代的叛亂、戰事、抗爭或起義等。民間傳說常附會歷史結果，增添許多富有戲劇性的情節。最常見的是在兩方相爭的史事中，將象徵正義的一方英雄化甚至神格化，如岳飛抗金時的種種英勇事蹟與異象；亦有針對歷史懸案繪聲繪影者，如宋太祖駕崩時疑為宋太宗弒兄的燭影斧聲；或是將某個歷史轉捩點與鬼神方術作結合，如敘崇禎皇帝測字，初以「友」字求解，被算出「『反』賊出頭」；崇禎大驚，改口為「有」，卻被算出「『大明』江山去了一半」；崇禎再改為「酉」，益發不利，因為「九五之『尊』斷頭斷尾」，可見明朝大勢已去。由此可看出民間對歷史的想像與評價。

地方傳說

地方傳說源自各地特有的古蹟名勝與物產，多為推尋其來源的解釋性傳說。古蹟傳說常與人物或史事傳說結合，如王莽洞、點將臺、東坡井等，多因名人或歷史事件而得名；名勝傳說包含山石泉洞、河澗湖泊、園林樓閣、寺廟亭塔、橋墩墓塚等自然或人工的各樣景觀之奇聞；物產傳說則包含了一地之土產特產、手工藝品或食品佳餚如何產生或聞名於當地，表現出濃厚的地域性特色。

風俗節慶傳說

中國有許多傳統民俗與節慶，此類傳說即說明節日之由來或民俗活動之用意。同一節日或風俗的傳說可能有不同的說法。如端午節之由來是紀念戰國時投江的三閭大夫屈原，而包粽子、划龍舟等習俗，一說是人們將飯投入江中祭屈原，為避免魚蝦分食，便用粽葉將米包成尖角，又划龍舟偽裝龍王嚇走水族；另有一說，投粽是為了將魚蝦餵飽，令牠們不去啃食屈原的屍身。划龍舟則象徵打撈屈原，表現人們對楚大夫的景仰。由此可見傳說的靈活性與變異性。

鄭成功傳說

人物傳說

長鯨投胎

鄭成功的出生與逝世都有許多傳說。相傳鄭母分娩時，海上有鯨鯢翻騰出水，鄭家紅光四罩；更有禪師指出鄭成功為東海長鯨投胎。其逝世前，亦有部屬夢見一鯨首冠帶者，騎馬自鯤鯓東躍入海中，不久成功病卒。

歷史人物

鄭成功，南明將領，為抗清退守臺灣，結束荷蘭殖民統治，建立臺灣第一個漢人政權。

地方傳說

鶯歌石與龜山島

三百年前臺灣北部有隻巨大的鶯哥鳥，會在陰天時吐出劇毒濃霧；宜蘭則有隻巨龜潛伏海中。鄭成功大軍掃蕩臺灣時，以大砲與長槍除去這些怪物，而成了後來的鶯歌石與龜山島。

風俗傳說

安平煎鎚

鄭成功與荷蘭戰爭時向民間徵糧，使百姓端午節無米包粽。鄭成功便教人民以番薯粉打漿，加入海鮮與糖、花生煎成油餅，稱為「煎鎚」。後來安平一帶端午節都以煎鎚代粽，以紀念鄭成功。

史事傳說

尋寶復明 & 媽祖顯靈

相傳鄭成功來臺是因得到呂仙公指點，尋找「三寶」：玉印、烏杉柴與出米岩，用以反清復明。船入鹿耳門時一度擱淺，鄭成功焚香祈求媽祖庇佑後水漲船高，方能順利入臺。尋找三寶的過程各有傳說，最後因未得玉印，反清終於失敗。

UNIT **5-3** 人物傳說

圖解俗文學

朱元璋傳說

　　歷代帝王在正史記載之外都有許多軼聞傳說，敘其誕生之異相、發跡的過程、英明或殘暴的事蹟、治國之外的軼事等，勾勒出百姓對於君王的觀感。其中明朝開國皇帝朱元璋因出身民間，傳說特別盛行。相傳他當過牧童與小沙彌，從小便有金口玉言。出家時曾趁師父不在，命神像替他打掃佛殿，神像竟聽話地動了起來；在田裡午睡時，長在地面上的花生弄痛了癩痢頭，他便命花生鑽到地下，從此花生便生長於土裡。投入軍旅之後，為他打下明朝江山的五虎將、神機妙算的軍師劉伯溫，與結髮妻子馬皇后都有諸多傳說，常凸顯其開創大明的天命；登基後的朱元璋，則多殺戮功臣的傳說，表現其獨裁專制的一面。此外朱元璋亦有不少關於習俗的傳說，如福字倒貼、除夕貼春聯、月餅的由來等，是個充滿傳奇色彩的帝王。

秦檜傳說

　　歷史上的忠奸之輩，在民間傳說中好惡更加鮮明。如抗金名將岳飛的傳說，多凸顯其赤膽忠心、英勇神武，如岳母在其背上刺下「精忠報國」之故事流傳甚廣。而害死岳飛的奸相秦檜，傳說則強調其奸險陰毒，或民間對他的切齒痛恨。如明代筆記中載：秦檜死後，其妻王氏找道士至陰間尋夫。道士回來報告，秦檜在陰間披枷戴鎖，備受苦刑，並要道士轉告王氏：當年夫妻在東窗下密謀害死岳飛之事，如今已被揭穿了！近代杭州則流傳著關於油條的傳說：百姓痛恨秦檜夫妻害死岳飛，便將麵粉捏成秦檜與王氏的樣子，背對背相黏，丟入油鍋炸來吃，稱為「油炸檜」。這便是油條的由來。

李白傳說

　　著名文人除了作品傳世，更有因其人格特質而留下許多傳說者，詩仙李白即為典型。因其瀟灑飄逸的詩風，傳說也多透露一股仙氣與傲氣。相傳其年少時曾夢見筆頭長出花來，其後果然文采燦爛如花；入宮為供奉翰林期間得玄宗寵信，曾令高力士為其脫靴、楊貴妃為其捧硯，寒冬時皇帝甚至命眾嬪妃為其執筆呵氣以解凍。關於李白之死更有許多說法，其中最具傳奇色彩的是酒醉後下水撈月而溺死，雖無稽卻充分顯露人們心中詩人的浪漫形象。

魯班傳說

　　魯班本名公輸班，是春秋時代魯國的工匠，發明許多重要器具。後世傳說常將著名建築附會為魯班建造，逐漸使其成為名匠傳說中的典型。如河北趙州橋原為隋代李春建造，卻相傳是魯班與其妹魯姜競賽，一夜之間所造起的白石橋。橋造好後連神仙都慕名而來；張果老將日、月裝在驢背上的口袋裡，五代皇帝柴王推著載了四大名山的獨輪車，兩人相約上了趙州橋。橋身承受不住日月與名山的重量眼看要塌，魯班連忙奔至橋下將橋托住，橋頭卻已被壓得扭向西邊。至今趙州橋上還可看見張果老留下的驢蹄印子、柴王推車壓出的一道溝，與橋底下魯班托橋的手印。

楊家將傳說譜系

楊家將是傳說中的北宋名將家族，其中僅三代三人見於《宋史》，在《楊家府世代忠勇通俗演義》、《南北宋志傳》等小說及戲曲、評書中則發展為四代數十位男女英雄的家族譜系，其主要人物關係與代表性的故事圖解如下：

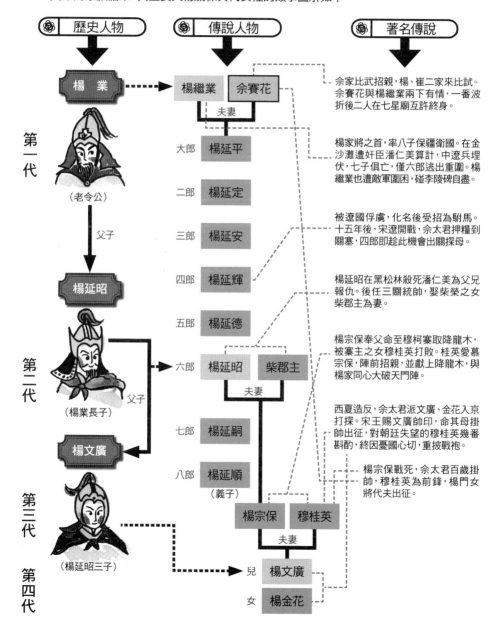

歷史人物

傳說人物

著名傳說

楊業 ┈▶ 楊繼業　佘賽花

佘家比武招親，楊、崔二家來比試。佘賽花與楊繼業兩下有情，一番波折後二人在七星廟互許終身。

第一代（老令公）

夫妻

大郎　楊延平

楊家將之首，率八子保疆衛國。在金沙灘遭奸臣潘仁美算計，中遼兵埋伏，七子俱亡，僅六郎逃出重圍。楊繼業也遭敵軍圍困，碰李陵碑自盡。

二郎　楊延定

三郎　楊延安

被遼國俘虜，化名後受招為駙馬。十五年後，宋遼開戰，佘太君押糧到關塞，四郎即趁此機會出關探母。

父子

四郎　楊延輝

楊延昭在黑松林殺死潘仁美為父兄報仇。後任三關統帥，娶柴榮之女柴郡主為妻。

楊延昭

五郎　楊延德

楊宗保奉父命至穆柯寨取降龍木，被寨主之女穆桂英打敗。桂英愛慕宗保，陣前招親，並獻上降龍木，與楊家同心大破天門陣。

第二代（楊業長子）

六郎　楊延昭　柴郡主

夫妻

父子

西夏造反，佘太君派文廣、金花入京打探。宋王賜文廣帥印，命其母掛帥出征，對朝廷失望的穆桂英幾番斟酌，終因憂國心切，重披戰袍。

七郎　楊延嗣

楊文廣

八郎　楊延順（義子）

楊宗保戰死，佘太君百歲掛帥，穆桂英為前鋒，楊門女將代夫出征。

第三代（楊延昭三子）

楊宗保　穆桂英

夫妻

第四代

兒　楊文廣

女　楊金花

UNIT 5-4
史事傳說

秦始皇焚書坑儒

秦始皇統一天下後，受李斯建議行焚書政策，又在焚書後兩年，於咸陽坑殺儒生（一說為方士）四百餘人。關於焚書坑儒之原因，有這麼一個傳說：秦始皇微服出巡，在客店聽到兩個書生夜觀星辰，觀察到皇上出京。始皇憂行蹤曝露，連忙躲進花陰，書生卻說皇帝此時有花王保駕；始皇又躲進豬圈，書生驚呼：「皇上此刻竟與豬同眠！」始皇心底驚駭，回京後便召來二書生，扮成小廝打聽到他們的觀星之術全自書中習得，便下令全國將醫、農以外的書冊送至咸陽燒毀。又命人到各地逮捕對焚書有異議的讀書人，將他們活埋於土中，只露出頭部，再以犁反覆拉磨，致其血肉模糊而死。雖與正史中焚書坑儒的前因後果不盡相同，卻更鮮明地刻劃了秦始皇的多疑與殘暴。

雍正繼位

正史記載，康熙病危時，曾向御榻邊的八位皇子、侍臣宣布遺詔，傳位於四皇子胤禎（即雍正帝）。胤禎隨後趕回，康熙帝兩次宣召後駕崩，雍正卻在康熙死後方知遺詔，順利且合法地繼承了王位。然野史卻有不同的說法；相傳康熙原本屬意十四皇子胤禎，寫下遺詔「皇位傳十四子胤禎」，藏於暢春園。胤禎察知藏詔地點，隻身潛入園中竊詔竄改，將「十」改為「于」、「禎」改為「禛」，這才登上了大位。更有傳說康熙病重時，喝了雍正給的人參湯後即駕崩。雍正即位後召回十四皇弟，奪其兵權，囚於東陵。太后欲見不能，一頭撞死在鐵柱上。種種傳言與胤禎改名胤禵、雍正誅戮兄弟等史實合觀，更添幾分想像。矯詔篡位之說雖無可信證據，雍正繼位之謎卻始終是歷史上一大疑案。

鴨母王起義

康熙年間，清廷統治下的臺灣，曾在朱一貴的帶領下爆發一次大規模的民變。其所建立的大明政權不滿兩個月即告終，卻留下了許多傳說。朱一貴本以養鴨為業，相傳他所養的三百隻鴨每天都能生兩顆蛋，並且健康、肥大，能像軍隊一樣受其指揮，甚至不管如何宰殺都能維持三百隻的數目。因此大家都稱他為「鴨母王」，還說他如明太祖般有天子金口。朱一貴便當真做起皇帝夢來，他早就存有反清復明的念頭，於是號召起義，被推為盟主，在清廷毫無防備的情況下，來勢洶洶地攻下臺南府城。當他們將要進城之際，路過一座戲臺。臺上的伶人都已逃散，只留下演戲用的衣箱冠帶。朱一貴興奮地跳上戲臺，穿戴起龍袍、皇冠，部屬紛紛跪地三呼萬歲，朱一貴便命眾人也來穿戴戲服，冊封起大臣官位。翌日朱一貴正式登基，自稱中興皇帝，比照明制，年號永和。清廷得知後，派出閩浙總督覺羅滿保和福建水師提督施世驃征伐臺灣，清軍打得朱一貴連連敗退，加上內部分裂，最後殘軍逃至嘉義的溝仔尾社，遭當地頭目出賣，解赴清軍，朱一貴民變就此落幕。至今臺灣仍流傳著一句諺語：「鴨母王入溝仔尾，死路一條。」

建文帝生死之謎

正史記載

明代建文帝厲行削藩，燕王朱棣以清君側之名發動「靖難之變」，興兵包圍南京城。建文帝見大勢已去，放火燒皇城。朱棣宣告建文帝自焚而死，下令厚葬，後即位為帝。

野史傳說

相傳明太祖早料到這天，駕崩前曾留給建文帝一個密匣。匣中放著三套袈裟、剃刀和度牒，並有封信指示建文帝由宮中密道逃出，與兩個心腹大臣一起出家避禍。為了掩護皇上逃命，皇后命人放火燒城，並自投火海，被朱棣當成建文帝的焦屍。至於建文帝逃亡之處，民間傳說遍及各地，甚至遠至海外……

建文帝逃到貴州，藏身於高峰寺中的地洞，洞底有塊石碑上刻著「秀峰肇建文跡塵知空般若門」的銘文，另一塊石碑則寫著開山祖師秀峰收留建文帝的經過。

地方傳說

建文帝逃至無錫軍嶂山上的龍廟出家，相傳殿上匾額「大圓滿覺」的前三字就是建文帝手筆。因寫到「滿」字忽聞朱棣追兵至，慌忙躲藏，由老禪師寫完「覺」字，才未露出破綻。

地方傳說

建文帝輾轉逃至泉州開元寺，又搭上商船逃到印度尼西亞的蘇門答臘島隱居。相傳明成祖派鄭和下西洋便是為了尋找建文帝。

歷史傳說

UNIT 5-5
地方傳說

圖解俗文學

南投日月潭

　　臺灣南投的日月潭，是原住民邵族的聚居地。對於此潭名字的由來，邵族有個美麗的傳說。相傳有一對夫妻，名叫大尖哥與水社姊，他們辛勤地種植玉米為生。有天太陽和月亮都不見了，大地一片黑暗，大尖哥與水社姊千里跋涉尋找原因，在一個大潭中發現有兩條惡龍正把玩著天上摘下的日月。他們聽說惡龍只怕阿里山上埋藏的金斧頭與金剪刀，便上山日夜挖掘，找到寶物，跳進潭中將惡龍殺死。又聽從神仙的指示，吃下龍的眼珠，頓時兩人身高抽長，成了巨人，從潭裡撈出日月，一拋一托地使日月回到天上，大地又恢復明亮。從此人們便把此潭稱為日月潭，而夫妻倆也化作大尖、水社兩座大山，守護在潭邊。直至今日，邵族仍會在中秋月圓之時，於潭邊跳起「托球舞」，紀念大尖哥與水社姊。

杭州保叔塔

　　杭州有句話「雷峰塔倒，保叔塔斜」，保叔塔建於北宋年間，卻在清代有這麼個傳說：杭州有對兄弟同住，哥哥娶親時衙役前來徵召入伍。弟弟以身代之，成全兄嫂，卻一去三十年杳無音訊。哥哥留下一子二女後也病逝，嫂嫂帶著三個孩子艱難度日，卻惦記小叔恩德，募款建成寶塔，祈願小叔平安歸來，稱為「保叔塔」。乾隆下江南時聽聞此事，便在塔上題詩：「保叔緣何不保夫，叔情何深夫何疏？縱然洗盡西湖水，難去心頭一點汙。」甫題畢塔身竟忽然歪斜。嫂嫂聞知，憤而去至塔前，向乾隆言道：「叔叔出征代奴夫，恩情高過此浮屠；儂心明潔如潮水，誰能著得半點汙？」話出塔身恢復端正，乾隆的墨跡也消失了，就似小叔顯靈保住了嫂嫂名節。

盧溝橋上的獅子

　　北京盧溝橋上雕刻著許多栩栩如生的石獅子，相傳這些獅子是數不清的。有個宛平縣令命屬下從頭到尾數一遍，每個人每次數出來的數目都不相同，縣令親自算過也是如此。他不信邪，半夜上橋看個究竟，竟見石獅全都活起來了！原來民間相傳魯班當年如趕羊似地將白玉石趕到河邊，做成橋欄杆，並在上面雕上各種石獅子。雕成後錘了一錘，獅子全都活動起來，就是不能離開這座橋。因此北京有句諺語：「盧溝橋的獅子──數不清」。

上海梨膏糖

　　上海城隍廟流行一種味甘如蜜、止咳化痰的梨膏糖，相傳是唐代魏徵所發明。魏徵的母親晚年體弱，終日咳嗽。魏徵請太醫給母親開藥方，並親手煎好了藥，母親卻嫌藥太苦難以入喉。魏徵想起母親平時最愛吃梨，便將梨去皮、搗碎，取出梨汁，加上紅糖，拌入藥物熬成漿，便成了中國最早的梨膏糖漿。魏徵的母親飲糖漿治好了咳嗽，梨膏糖的製法也傳入民間，廣受歡迎。明代京都洛陽橋上販售的店家不計其數，清代咸豐年間，上海則開了第一家梨膏糖店，營業至今，成了上海的名產。

大雁塔的傳說

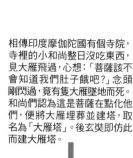

相傳印度摩伽陀國有個寺院，寺裡的小和尚整日沒吃東西，見大雁飛過，心想：「菩薩該不會知道我們肚子餓吧？」念頭剛閃過，竟有隻大雁墜地而死。和尚們認為這是菩薩在點化他們，便將大雁埋葬並建塔，取名為「大雁塔」。後玄奘即仿此而建大雁塔。

得名於印度

大雁捨身說

相傳釋迦牟尼成佛前在一座深山中的寺廟修行，因連日大雨阻斷了下山道路而斷糧。釋迦牟尼堅守廟中整整十日，洪水退去後飢餓難耐，見天上大雁飛過，動了一絲吃雁的念頭。大雁隨即落下，釋迦牟尼卻慈悲心起，強忍飢餓將大雁埋葬，並建塔警示自己不動邪念。後人為紀念釋迦牟尼「十日斷糧，不動邪念」，亦仿效建成雁塔。

唐高宗時，玄奘在大慈恩寺譯經，在寺內主持修建了仿佛教建築的大雁塔。關於其名稱由來有不同的傳說：

得名於玄奘

大雁引路說

相傳玄奘取經途中，在西域的葫蘆灘迷路了三天三夜。在糧水將盡之際，見一大一小兩隻大雁飛來。玄奘誠心祝禱，若神雁為佛祖派來指引出路，回到長安必定修塔相謝，便與侍從緊隨大雁，果然走出葫蘆灘。回到長安後便倡議修了大雁塔與小雁塔，並在大雁塔中藏經、譯經。

UNIT **5-6**
風俗節慶傳說

圖解俗文學

元宵節吃元宵

　　元宵節的來歷有許多傳說，其中一說相傳是來自漢武帝的寵臣東方朔，因見宮女元宵思念親人而欲自盡，東方朔決心相助其與家人團聚。他先扮成算命先生，在長安城裡散布正月十六火神君將火焚帝闕的謠言。武帝聽聞後召來東方朔問應對之策。東方朔建議：「聽說火神君最愛吃湯圓，可令宮中善作湯圓的元宵與民間百姓齊作湯圓，敬奉火神君；再令人們點燈放炮，看似滿城大火，瞞過火神君。城外百姓則可進城觀燈，雜在人群中躲過災厄。」正月十五這天，元宵持湯圓出宮供火神君，與進城觀燈的家人果然團聚。武帝見一夜喧鬧後長安城果然平安無事，便將作湯圓、掛花燈訂為此日習俗。因元宵的湯圓做得最好，所以大家把湯圓又叫元宵，將這天也稱為元宵節。

寒食節禁生火

　　清明節前三日是寒食節，這天人們必須禁煙火、吃冷食，相傳與春秋時的介子推有關。介子推是晉國公子重耳的臣子，跟隨重耳流亡時，曾割腿肉給重耳充飢。在重耳成為晉文公封賞功臣時，卻默默無言，自請還鄉。後來晉文公想起介子推割股啖君之事，至綿山尋訪，介子推卻推病不見。晉文公為了逼介子推出來作官，放火燒綿山。不料介子推竟揹著母親，一同被燒死在柳樹之下。晉文公悲悔交加，便將綿山改稱介山，將此日訂為寒食日，每年這天都要禁生火、吃冷飯，以表感念之情。

婚禮貼雙喜

　　漢族結婚時會在新房貼上紅色的「囍」字，這雙喜的由來據說是宋朝王安石發明的。相傳王安石進京趕考，遇上一大戶人家對聯招親，只有王安石對出來了，於是便與這家小姐約定科考之後回來成親。拜堂之時，京城傳來王安石中狀元的消息，真是雙喜臨門！他便提筆在牆上的「喜」字旁又加了一個喜，從此人們結婚便出現貼「囍」字的習俗。

神主牌的由來

　　祭祖是中國的傳統，農業社會中多數人家會在廳堂擺上祖先的神主牌，作為祖先的化身。關於神主牌的由來，福建有這麼個傳說：農夫丁蘭脾氣暴躁，常對母親惡言相向，甚至拳打腳踢。一日他見小羊跪著吸吮母奶，好奇地問身旁的牧羊人原因。牧羊人說：「母親懷胎十月辛苦生下孩子，小羊一出生就懂得跪著吸奶，人若不懂孝順豈不是禽獸不如嗎？」丁蘭一聽很慚愧，決定即日起好好孝順母親。這天母親有事耽擱了送飯時間，當她匆匆趕到田裡，丁蘭忙迎向前去，想向母親懺悔。母親卻以為兒子又要責打自己，便放下飯盒就跑，一失足竟掉進湍急的溪流中。丁蘭大驚，立刻跳進水裡，卻遍尋不到母親。只見水面飄來了一塊木頭。丁蘭只好傷心地把木頭帶回家中，刻上母親的名字以為紀念，並三餐奉拜。其他人見了，也學丁蘭在木牌刻上去世親人的名字，以表追思之情。

春節習俗傳說

春聯

鬱壘　　神荼

上古時期有對勇猛的兄弟名叫鬱壘與神荼，常守在桃樹下，替百姓擊退惡鬼。秦漢時人們便將兄弟的名字刻在桃木板上，放在門口以避邪驅鬼，稱為「桃符」。五代後蜀國君孟昶突發奇想，春節時在桃符上寫下「新年納餘慶，佳節號長春」，引起仿效；明代時人們又用紅紙代替桃木板以增添喜氣，就成了今日的春聯。

年獸

古代深海裡住著一頭叫「年」的怪獸，每到除夕便會上岸吃人，百姓都要攜家帶眷上山避難，稱為「過年」。有一年村中來了一位老乞丐，借住在一個老婦家，用紅紙貼住大門，屋內點上紅燭，又燃燒竹子發出啪啪聲響。原來年獸最怕紅色，當牠來到這戶人家，立刻被紅門、火光與炸響嚇跑了。村民才知道老乞丐是神仙化身。從此家家戶戶過年都要穿紅衣、貼春聯、放鞭炮，點燃燭火通宵達旦。大年初一相見無恙便互道恭喜，流傳至今便成了春節習俗。

灶神

張單是個紈褲子弟，妻子郭氏十分賢慧，卻因貌醜被張單休棄。後張單因揮霍無度而淪為乞丐，一日乞討到郭氏改嫁的人家，見到舊妻羞愧難當，便鑽入灶中被火燒死。死後玉帝見他有悔心，便封他為「灶神」，掌管各家灶上飲食，並在每年臘月廿三日返回天庭，向玉帝報告人民的言行作為。因此每年這天，民間有「祭灶」儀式，即用糯米糖送灶神上天，祈求灶神能多說好話、隱瞞惡事。

UNIT **5-7**
傳說的價值

圖解俗文學

歷史價值

　　傳說雖非信史，卻從中反映許多朝代更迭、人物性情或民間文化的史料或疑點。如蘇軾的「畫扇判案」、「東坡肉」，諸葛亮「三氣周瑜」、「七擒孟獲」等傳說，雖不盡然符合史實，卻豐富了人們對於歷史人物的認識與想像；又如上述關於趙匡胤駕崩、建文帝自焚、雍正帝繼位的傳說，替疑點重重的正史記載，提供另一種也許更接近歷史真實可能性。

輿論價值

　　傳說的內容不可視為真正的歷史事件，但卻鮮明地呈映了民間對於歷史的好惡。如隋煬帝在位期間開鑿了洛陽到江南的大運河，促進南北交通與城市之發展，可謂重大建設。然因其揮霍無度又濫徵民役，因此在民間傳說中，煬帝被塑造成一隻白鼠精化身，開運河的目的是為了滿足其巡幸江南之玩樂私慾。最後遭叛軍縊死，則被描繪成是仙人對於白鼠精的懲罰。足見民間對煬帝之深惡痛絕。

教化價值

　　古代百姓沒有機會受教育，對於歷史觀念、地方風俗、自然風物的理解，多透過流傳各地的傳說故事。而傳說中多寄寓著善惡有報的結果，或激勵人心的故事。如歷史上岳飛雖為秦檜所害死，民間傳說卻歌頌岳飛的精忠報國，並給予秦檜死後下地獄的報應；又如李白將鐵杵磨成繡花針、王羲之練字洗筆成墨池，終成為一代詩仙、書聖的傳說

等，無不對百姓形成一套潛移默化的道德教育。又因傳說的「可信性」特徵，使人們在知識或道德倫理方面，更易接受傳說所蘊含的教化內容。

娛樂價值

　　傳說反射了百姓的心之所向，歷史中令人抱憾之處，透過傳說予以彌補；地方上的名勝物產，經傳說渲染後更具人文色彩；風俗節慶也因有傳說的溯源，使人們的生活增添幾分文化淵源。而傳說透過故事、講唱、戲曲、歌謠等方式代代相傳，更是民間重要的娛樂活動，同時使傳說更加深入民心。

民俗價值

　　傳說常反映一地的風俗習慣與傳統，並解釋其由來。不僅是珍貴的民俗文化資料，且能從中窺見風俗節慶與歷史、地域之文化淵源。如中國各地都有「望夫石」的風物傳說，情節多為女子盼夫歸來，久望成石。廣西傳說中的女子為壯族婦女，石像上還能看見壯族女子的服飾裝扮；雲南的傳說則是女子等待丈夫，死在崖洞上，化作一朵畚箕形的雲，徘徊山巔，此則根據當地的天象奇觀而來。

文學價值

　　傳說的出現略晚於神話，但就其藝術結構與敘述手法而言，較神話完整而成熟許多，情節模式亦不似民間故事或童話較為定型，而帶有更多的靈活性。同時傳說也成為歌謠、講唱、小說或戲曲等不同文學型態的滋養源，為後世的作品提供無數題材養分。

從三國野史看傳說價值

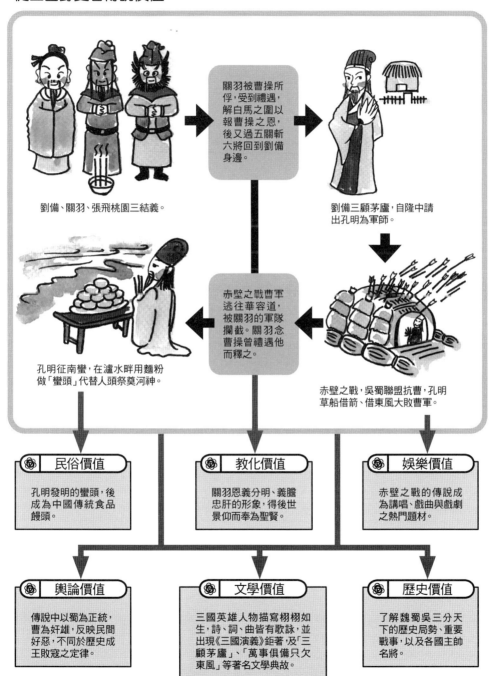

劉備、關羽、張飛桃園三結義。

關羽被曹操所俘，受到禮遇，解白馬之圍以報曹操之恩，後又過五關斬六將回到劉備身邊。

劉備三顧茅廬，自隆中請出孔明為軍師。

赤壁之戰曹軍逃往華容道，被關羽的軍隊攔截。關羽念曹操曾禮遇他而釋之。

孔明征南蠻，在瀘水畔用麵粉做「蠻頭」代替人頭祭奠河神。

赤壁之戰，吳蜀聯盟抗曹，孔明草船借箭、借東風大敗曹軍。

民俗價值
孔明發明的蠻頭，後成為中國傳統食品饅頭。

教化價值
關羽恩義分明、義膽忠肝的形象，得後世景仰而奉為聖賢。

娛樂價值
赤壁之戰的傳說成為講唱、戲曲與戲劇之熱門題材。

輿論價值
傳說中以蜀為正統，曹為奸雄，反映民間好惡，不同於歷史成王敗寇之定律。

文學價值
三國英雄人物描寫栩栩如生，詩、詞、曲皆有歌詠，並出現《三國演義》鉅著，及「三顧茅廬」、「萬事俱備只欠東風」等著名文學典故。

歷史價值
了解魏蜀吳三分天下的歷史局勢、重要戰事，以及各國主帥名將。

第6章
民族故事

UNIT 6-1
民族故事概說

在中國傳說中，有所謂「四大傳說」，是流傳最廣遠、影響最深刻的四個故事。此外，歷史人物的傳說中，亦有幾個典型人物最受百姓歡迎，逐漸發展成家喻戶曉的民間形象，甚至成為民間文化的一部分。曾永義將此類傳說獨立為一文類，稱為「民族故事」，並探討其定義、原型與發展演變的原因及過程：

民族故事之定義

能傳達一個民族所具有的共同思想、情感、意識、文化，而流播空間遍及全國，時間逾千年的民間傳說或故事，即為民族故事。包括上述四大傳說「牛郎織女」、「孟姜女」、「梁山伯與祝英台」、「白蛇傳」，以及歷史人物中代表美女典型的「楊貴妃」、「西施」、「王昭君」；代表英雄典型的「關公」；與代表清官典型的「包公」共九個故事，最能彰顯中國民族文化、召喚民族情感，故能流傳千年而歷久不衰，創作出大量的文學作品，甚至因之產生民間信仰、習俗。

民族故事之來源

民族故事最初多為一個簡陋的「基型」，因其中的部分元素與其他故事相觸發，再經渲染與附會後，使故事逐漸滋長而成為典型。孳乳延展的過程中，文人的賦詠議論與庶民的說唱誇飾是民族故事趨於成熟的來源。文人以寄寓筆法為傳說原型注入血肉與精神，又因其文史上的權威性增加了傳說的可信度；而百姓寓教於樂的說唱故事與戲劇更添想像力與戲劇性，並透過更普遍的娛樂形式流傳開來。使簡單的故事在口耳相傳下愈趨飽滿，終成經典。

民族故事之發展線索

民族故事的發展過程，主要受到四個因素的影響而演變。其一為民族共同性；亦即一個民族的意識、思想與情感會滲入故事原型，使人物性格、行為與故事情節充分反映民族精神。其二為時代意義；就算故事的背景為古代，講述者也會融入自身的時代意識，使原型發生演變。三為地域色彩；同一傳說流傳至不同地區，可能會因當地風俗民情或景觀物產而有不同的表現方式。其四為文學間的感染與合流；原本不相干的民間文學素材，可能因部分相似的情節而結合，逐漸匯流成故事的全貌。

民族故事之影子人物

民族故事除了「牛郎織女」與「白蛇傳」外，多是依託歷史而來的傳說，但其中也不乏名不見經傳的歷史人物。如西施、貂蟬、梅妃等，正史中皆不見其名，但追溯源頭仍能見其原型。在其後的發展中被安上具體的姓名、朝代與事蹟，或附會歷史虛構其人其事，或將文獻記載中相關的特質都集中在此形象之上，而形成栩栩如生的典型人物。曾永義將此類形象的原型稱為「影子人物」。如貂蟬在史書上僅為與呂布私通的董卓侍婢，並未有離間二人之作為。直至唐代才出現貂蟬之名。並添上魅惑董卓的色彩，又據此於小說、戲劇中發展出其身分與連環計的完整樣貌。

貂蟬故事之觸發與延展

歷史原型

史書載呂布與董卓之侍婢私通。

姓名來源

顯貴之臣冠上戴有貂尾與蟬羽，稱「貂蟬冠」。

漢

故事原型中貂蟬僅為董卓與呂布衝突之潛在因素，尚未見其名。

《開元占經》載曹操未得勢時曾進獻刁蟬以魅惑董卓。

唐

出現「刁蟬」之名，與魅惑董卓情節。貂蟬身分由董卓侍婢改為曹操進獻之歌妓。

出現以貂蟬為女主角的金院本《刺董卓》、《貂蟬女》，今佚。

金

貂蟬已從片段記載演進為獨立情節，並與董卓遭刺的歷史相連結。

貂蟬身分

元雜劇《錦雲堂暗定連環計》與話本《三國志平話》中貂蟬為呂布妻室，與丈夫失散後流落王允府，王允遂將之獻予董卓行離間計。

貂蟬結局

元雜劇有《關大王月下斬貂蟬》與《關羽月下釋貂蟬》二劇，出現貂蟬故事的兩種結局。

元

貂蟬與呂布產生連結，出現王允借貂蟬行離間董卓父子之情節，並對貂蟬結局有所交代。

《三國演義》中貂蟬為王允歌妓，抱持報恩與拯救蒼生之心自願配合王允離間董卓父子，成功令董、呂反目而自相殘殺。最後曹操將其遣送回許都養老。

明

貂蟬對呂布由夫妻之情轉為虛情假意，成為義行救國的女英傑之形象，奠定今見貂蟬故事之概況。

UNIT *6-2*
牛郎織女故事

　　牛郎織女故事在中國起源較早，其中包含神話、仙話、傳說與民間故事的元素。並在發展過程中，與「董永與七仙女」的故事產生混合與分裂，故「四大傳說」另有以董永與七仙女故事代替牛郎織女故事之說。

故事起源與雛形

　　牛郎、織女之名，首見於《詩經・小雅・大東》，以擬人化手法敘天上織女星、牽牛星不能織布成章、負箱拉車。雖僅作為星體名，卻已可見牛郎、織女形象之端倪。至東漢古詩十九首〈迢迢牽牛星〉一詩，牛女故事則已有銀河相隔的情節，以及「盈盈一水間，默默不得語」的愛情描寫。至魏晉時，曹植、傅玄等文人詩作，又將二人關係落實為夫妻，並出現七月七日喜鵲搭橋、天河相會的說法。六朝的筆記小說中，則已有完整的故事，敘牽牛、織女皆為天上神仙，天帝體恤織女辛勞，許嫁河西牽牛郎，未料嫁後織女荒廢織紝，引起天帝大怒，令織女歸河東，僅准其夫妻一年一會。而七夕與乞巧的習俗，也在六朝已見記載。

故事的匯流與傳說化

　　牛郎、織女成為夫妻後遭拆散，只能一年一會的故事梗概六朝時已形成。流傳過程又進一步與民間故事中「兄弟分家」、「天鵝處女」、「動物報恩」型的故事結構合流，而出現織女下凡與人間牛郎相戀的情節變異：出身貧苦的牛郎與兄嫂分家，只分到一頭老黃牛。但老牛是天上金牛星化身，指點牛郎到河邊，藏起正在洗澡的仙女之羽衣。織女因此無法回到天上，便在人間與牛郎結成夫妻。婚後夫妻倆男耕女織，又生了一對兒女，十分幸福。三年後，王母娘娘將織女捉回天上。牛郎聽從老牛臨死遺言，穿上牛皮做成的鞋，挑著牛角變成的扁擔，擔著一雙兒女飛上天去找織女。王母娘娘見狀，取銀簪一揮，便出現一條銀河阻開夫妻二人。從此牛郎星與織女星便只能隔著銀河遙遙相望。喜鵲同情二人遭遇，每年七月七日搭成鵲橋讓二人團聚，此即七夕由來。夫妻重逢總是淚落如雨，因此每年七夕必定會下雨。又由織女下凡所留下的遺跡，演變出許多地方傳說。凡此皆使仙話逐漸向傳說靠攏，並成為影響人們文化風俗的民族故事。

故事的旁支：董永與七仙女

　　東漢時出現董永之故事，敘董永家貧，供養老父，得神女下凡織布相助。至晉代小說《搜神記》中，演變成董永賣身葬父，路上遇到仙女願為其妻，為其織布還債後返回天上。因女主角同樣為天上織布的仙女，故與牛郎織女故事相混，在《搜神記》中仙女即名織女。兩個故事也同樣受「天鵝處女型」故事影響，《清平山堂話本》敘董永之子董仲舒得道人指點，從下山採藥的七個仙女中尋見其母，因此董永故事中的織女就成了排行第七的「七仙女」。或說董永故事是由牛郎織女故事所觸發而來，再回頭影響牛郎織女仙話，使其演變出織女下凡、牛郎偷羽衣等情節，而成為今日之故事樣貌。

牛郎織女故事流變

雛形

牛郎、織女皆為神仙，分別住在天河兩岸。天帝賜婚，二仙成為夫妻。婚後織女荒廢工作，天帝怒令織女返回河東。每年七月七日，喜鵲搭橋，夫妻方可渡河相會。

民間故事

兄弟分家型

兩兄弟分家，哥哥分得多數家產，弟弟只分得一隻動物，卻靠動物獲得比哥哥更多的財富。

動物報恩型

人類搭救或善待動物，動物知恩圖報。

天鵝處女型

男子竊取仙女羽衣，使仙女無法再飛天而成為其妻。

牛郎織女

牛郎與兄分家，只分得老牛一頭。老牛幫助牛郎藏羽衣而得織女為妻，又在織女被帶回天庭時助其上天尋妻。但王母娘娘卻以銀簪劃出銀河，從此牛郎與織女只能在七夕這天，藉喜鵲搭橋一年一會。

董永與七仙女

董永賣身葬父，天帝的小女兒七仙女私自下凡與之成親，並織錦幫助董永還債。夫妻役滿回鄉途中，天帝敕令已懷孕的七仙女返回天宮。

苗族
★牛郎、織女對唱情歌而相識。
★織女上天後，牛郎騎牛追到天宮外，吹蘆笙引出織女。
★牛郎遭天公刁難，得織女相助通過考驗，帶織女返人間。

海南島
與山伯英台的故事結合，敘梁祝死後變成牛郎織女兩顆星，飛升於銀河兩端，天帝令其七日相會一次，但烏鴉傳錯指令，乃成一年一會。

黑龍江
★織女返回天庭，牛郎披牛皮追上。織女怕天神傷害牛郎，用銀簪劃出銀河。
★牛郎未完全按老牛吩咐剝皮、取蹄土，因此無法渡河。

UNIT **6-3**
白蛇故事

白蛇故事的雛形見於唐宋時的傳奇話本，最初為蛇妖害人性命的故事，民間流傳的白蛇形象則逐漸人性化，並成為溫柔美麗、多情而執著的白娘子。大致可從幾個階段性作品中，看出白蛇故事演變的軌跡：

唐傳奇

白蛇故事的基型可追溯到兩篇唐代傳奇〈李黃〉與〈李琯〉，其故事架構皆為一男子遇見白衣或素衣女子，隨她至住所與她溫存。出了宅院，僕人聞到男子渾身腥臊，返家後男子感到恍惚或頭痛，最後身體化水或腦裂而死。家人找到白衣女子的住所，裡面只有一株大樹，卻聽說樹上常有巨大白蛇盤據其上。在唐傳奇中，白蛇的原型是害人的蛇妖，但已具有白蛇變化為人形與男子溫存的情節。其中一篇提到有一名青衣老婦，自稱是白衣女的姨母，則可視為小青的原型。

宋話本

南宋時流傳於杭州的話本〈西湖三塔記〉，可以看到唐傳奇中白蛇故事進一步的發展：杭州人奚宣贊在清明節救了少女白卯奴，翌年清明又救了卯奴的祖母，而被少女的母親白衣婦人看上，留其同居，日久生厭後幾次要殺害他，卯奴皆出手相救。後有道士識破三女為妖：白衣婦為白蛇，卯奴為烏鴉，祖母為水獺，便以缽收伏三妖，沉入西湖，並建三塔鎮壓。在此故事中，已將背景設定於西湖，並出現白蛇愛上人類，後被收於缽中、鎮壓塔下之情節。唯白蛇形象仍具妖性，有害人之念，但已完成白蛇故事的基本架構。

明話本

明末馮夢龍擬話本〈白娘子永鎮雷峰塔〉是白蛇由妖轉人的重要關鍵。敘許宣清明節時遇雨，因借傘而邂逅了白娘子與婢女青青，白娘子自願為妻，但她贈許宣的銀兩、送許宣的頭巾扇墜，都是官家之物，連累許宣幾次被捕。其間許宣的朋友見白蛇露出原形，請道士或捕蛇人收妖都徒勞無功，許宣想分手，白娘子也不答應，許宣只好向金山寺法海和尚求救。法海以缽收伏白蛇，青青則現形為青魚，都鎮壓在雷峰塔下。在此故事中，白蛇故事的主要人物皆已出現，雖然白蛇妖氣未盡，卻較宋話本更著重描寫白蛇對許宣的夫妻之情。重要情節也大致形成，後世流傳的白蛇故事多據此而來。

清傳奇與近代京劇

白蛇故事自明末搬演於舞臺，今存最早者為清初黃圖珌《雷峰塔》傳奇，劇情多承馮夢龍話本，但增添白、許之間一段宿緣，並著重描寫白蛇追求愛情的賢妻形象；方成培《雷峰塔》傳奇則將小青由青魚改成青蛇，並增添了「收青」、「端陽」、「求草」、「水鬥」、「斷橋」、「祭塔」等場次，使白蛇形象更臻完美，法海則轉為反派角色，強化故事作為愛情悲劇的主題。近代田漢所編京劇《白蛇傳》則將「盜庫銀」、「道士贈符」等情節刪去，使許仙與白蛇的愛情主題更單純、人物形象更突出，遂成京劇之經典作品。

《白蛇傳》的結局

明代話本奠定《白蛇傳》故事的基本架構後，白蛇的形象不斷被豐富、美化，《白蛇傳》的主題也由原本的收妖轉向歌頌愛情。隨著人們對於白娘子觀感的轉變，白蛇故事也發展出幾種不同的結局，以下對明代以來幾種故事結局圖解說明：

合缽鎮塔

以缽收妖的情節始見於宋話本，明話本由許宣持缽收青白二蛇，法海鎮於雷峰塔下作結。黃圖珌所作清傳奇《雷峰塔》承襲白蛇被鎮塔下的結果，改為由法海合缽，並寫許宣因此悟道出家。

祭塔

清代方成培《雷峰塔傳奇》在明話本鎮塔的結局之後，又增添了白蛇生子的情節。白蛇之子許士麟中狀元後，因思念母親往祭雷峰塔，孝心動天而使白蛇獲釋，全家團聚。清末夢花館主《前白蛇傳》小說與傳統京劇即以此作結。

倒塔

近代田漢新編京劇《白蛇傳》不循傳統〈祭塔〉的結尾，而讓小青修煉百年後推倒雷峰塔，救出白蛇。杭州白蛇故事的說書也以小青拜師修煉後，用驪山老母所授五雷打破雷峰塔，救出白蛇作結。法海的下場則有圓寂成仙與敗給小青兩種說法。

佛圓

方成培《雷峰塔傳奇》在祭塔後，寫白蛇災限期滿，又因士麟孝心摯誠，而能重登仙班，與許宣了結塵緣，忘卻前事，而被接引至忉利天宮。

UNIT **6-4**
梁祝故事

圖解俗文學

梁山伯與祝英台的故事初見於地方志與筆記小說，乃以英台投墓的「義婦」行徑與山伯顯靈平寇的「忠義」形象聞名。其後卻逐漸發展出喬裝求學、草橋結拜、三載同窗、十八相送、殉情化蝶等情節，而成為令人動容的愛情故事。以下從歷代文獻中爬梳梁祝故事的源流與發展：

梁祝故事淵源

梁祝故事之產生，汲取了民間文學豐富的養分，其重要情節都可在前代的經典故事中窺見其淵源。如英台女扮男裝求學的情節，許是受到花木蘭女扮男裝從軍的啟發；東漢長詩〈孔雀東南飛〉與東晉《搜神記・韓憑夫婦》皆敘夫妻恩愛卻不能廝守，死後墳邊的大樹根葉交錯，上有鴛鴦和鳴。這種殉情後化為禽鳥的情節，間接影響了梁祝的死後化蝶；南朝樂曲〈華山畿〉的本事敘一書生吞食了心儀女子所贈之圍裙後氣絕，出殯時靈柩路過女子所住的華山，女子唱道：「華山畿，君既為儂死，獨生為誰施？歡若見憐時，棺木為儂開！」唱完跳進應聲而開的棺中，家人回過神來棺木已闔上，只好將二人同埋。此篇則可看出梁祝墓裂同埋的情節淵源。

梁祝故事雛形

據明末文獻記載，梁祝故事已見於梁朝時的《會稽異聞》，惜今已佚。今能見到梁祝故事最早的原型則是唐中宗時的《十道四蕃志》，謂義婦祝英台與梁山伯同塚。到晚唐的《宣室志》中，則對「義婦塚」的來由有更多的說明：

上虞祝英台喬裝求學，識得會稽梁山伯。後英台先歸，山伯二年後訪祝知其為女子，欲求聘而英台已配馬家。山伯後為鄞縣令時病逝，英台的迎親船隊路過山伯墓時風濤大作，英台登岸慟哭，地面忽裂而二人同葬。可以看出梁祝傳說的基本框架已形成。

梁祝故事成熟

晚唐以來，梁祝故事在《宣室志》的基本情節上增添細節，如北宋〈義忠王廟記〉將梁祝故事的背景落實為東晉，並出現梁祝結拜情節；南宋薛季宣詩、《咸淳毗陵志》與民間說唱則見梁祝死後化蝶之說。元代已有以梁祝故事為主題的元雜劇〈祝英台死嫁梁山伯〉，然今不存。至明代人物形象又進一步深化，如《識小錄》中寫山伯知英台配馬家後，「悵然不樂，發誓不復娶」，較唐宋時的山伯形象更為深情；而哭墓時則改地裂為墓裂，由英台主動投墓，強調其殉情之主動性。馮夢龍在話本〈李秀卿義結黃貞女〉得勝頭迴中所敘的梁祝故事則更為完整，增添了英台離家前發誓守節、讀書時衣不解帶、歸家時約梁兄來訪，以及梁山伯失約、懊悔、囑葬等細節，勾勒出英台機智、山伯憨直的鮮明形象。明傳奇多有以梁祝故事為題材者，主要敷演梁祝送別、山伯訪友與英台自嘆的情節，「十八相送」、「樓臺會」已見於關目。除了這些今已定型的故事情節，民間文學中的梁祝傳說則變異性較大，如結局除了化蝶之說，明清傳奇或說唱另出現了梁祝還魂或投胎以續前緣的情節。

漢族與布依族梁祝故事比較

梁祝故事除了人們所熟知的傳統情節，民間說唱或少數民族亦流傳著不同的情節異文。以下舉布依族梁祝傳說為例，比較其與漢族梁祝故事的情節變異，以見其中民族性之差異。

❶ 喬裝

❷ 同學

❸ 送別

漢族

英台自小好學，決意女扮男裝上杭州讀書。路遇梁山伯，二人在草橋結拜為兄弟並同行。

英台與山伯三載同窗，相知相惜。山伯憨直，不察英台為女子。

山伯相伴十八里送英台歸家。路上英台借物暗示表達情意，山伯皆不解。最後英台託言嫁妹，與梁家訂下親事。

VS.

布依族

挑水姑娘祝英台遇上去求學的書生梁山伯，託言有弟也欲赴學堂，返家喬裝隨即與山伯同行。

教書先生疑英台為女，三番測試，都被英台機智化解，方才取得先生信任。

祝家將英台許配馬家，來信催歸。英台留信給山伯透露實情，不告而別。

❹ 訪友

❺ 殉情

❻ 化蝶

漢族

師母告知山伯英台身分，山伯急訪祝家，英台卻已許配馬文才。山伯失望而歸。

山伯因相思而病逝。英台出嫁路經梁墳，狂風大作。英台下轎哭墓，墳墓裂開，英台投墳。

狂風將墳捲成土堆，迎親隊伍皆被吹倒。墳堆中飛出雙蝶，即為梁祝化身。

VS.

布依族

山伯見信懊悔，先生贈紙馬讓山伯追英台，但紙馬渡水即化；山伯又沿路詢問鳥獸，追到祝家莊時聞英台出嫁鼓樂，一氣而亡。

村人把山伯葬在路旁，馬家迎親經過，英台祭兄，默禱墳開。墓穴裂開英台便跳進墳中。

馬家人掘墳只見兩顆彩石，便將石頭分別丟在河的兩岸。兩岸長出藍竹，竹身相纏。村人以竹作琴，至今仍傳說山伯造琴。

111

UNIT 6-5
孟姜女故事

孟姜女故事首見於文獻，是春秋時代的齊將杞梁之妻，後演變為孟姜家之女，又與秦始皇築長城的歷史背景相聯繫，逐步發展出與原型大異其趣的故事情節。顧頡剛〈孟姜女故事的轉變〉等一系列研究，爬梳了此一傳說形成、發展與成熟的過程，以下即據此略述其主題思想的轉換，與人物形象漸趨飽滿的變化過程：

圖解俗文學

孟姜女故事形成與雛形

孟姜女故事的基型，最初見於先秦《左傳》記載：齊莊公攻莒國，將軍杞梁戰死，莊公遇杞梁妻於郊野而命人前去祭弔，杞梁妻則以郊弔不合禮而拒絕。此記載中凸顯的是杞梁妻的「知禮」。至《禮記》提及同一則史事，則增加了「（杞梁）其妻迎其柩於路而哭之哀」的敘述，首次出現了杞梁妻「哭夫」的描寫。其後的《孟子》渲染了這一特點，寫杞梁之妻「善哭其夫，而變國俗」，使「善哭」成了杞梁妻鮮明的個人標誌。至漢代，杞梁妻的善哭益發顯得驚天動地，西漢劉向的《說苑》與《列女傳》首先出現了「哭夫於城，城為之崩」的說法，兩漢魏晉也時見傳聞。另有將「城崩」改為「山崩」之說。所崩之城或說為莒城，或說為杞都城，所崩之山則為梁山，都是從杞梁之名或歷史記載附會而來。而《列女傳》受〈齊東野人〉故事中投水情節影響，另出現杞梁妻投淄水自盡的結局，增添了該故事的悲劇性，也初步完成孟姜女故事的雛形。

孟姜女故事發展

杞梁妻的記載，緣「哭城」此一關鍵情節，轉化為孟姜女故事，首見於唐文獻所引《同賢記》。該故事中女主角為孟超之女仲姿，戰死的齊將杞梁則變為秦代築城而死的役夫杞良，後亦訛變成范希郎、萬喜良等名。而杞梁妻哭崩的莒城則成了秦始皇所築的萬里長城。顧頡剛指出此乃杞梁妻的記載與樂府詩〈飲馬長城窟行〉中秦王築城，役夫骸骨埋城下的說法合流的結果。在該則故事中，同時出現了杞良逃役躲入孟超後園，見仲姿浴於池中而被招為婿。後被捕回築城，死於城下。孟姜女哭崩長城，滴血認骨，收丈夫屍骨歸葬。唐末敦煌曲【搗練子】中則首次出現「孟姜女」之名，並使「夫死哭城」的情節，轉變為「尋夫送寒衣」。其後流傳的孟姜女故事大抵本於此，故事主題遂由最初杞梁妻的「知禮」、「善哭」，轉為孟姜女的喪夫之悲與對秦王徵伕的控訴。

孟姜女故事成熟

宋代至清代，孟姜女故事最大的發展，是出現秦始皇垂涎孟姜女美色而欲強娶，孟姜女提出三條件，要求秦皇祭夫、戴孝，最後借遊海名義投水自盡的情節。此乃上承《左傳》、《列女傳》中國君祭弔與投水殉節的情節而來，流傳於民間說唱、戲曲與傳說中，並發展出許多情節異文。但大抵不脫「查拿逃走」、「花園遇見」、「臨婚被捕」、「辭家送衣」、「哭倒長城」、「秦皇御祭」與「投水殉夫」等情節梗概，更進一步地強化了秦皇的殘暴與孟姜女的貞烈。

孟姜女故事情節異文

宋代以來孟姜女故事逐漸成熟、豐滿，在上述敘事段落上發展出不同的情節異文。以下以圖解見其情節發展概況：

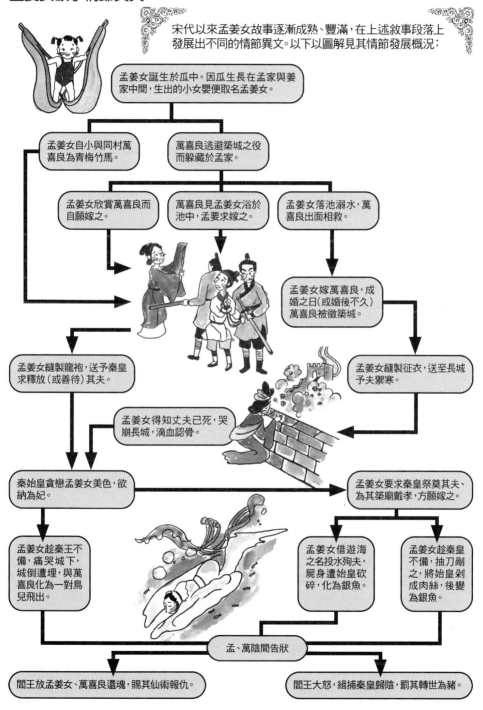

孟姜女誕生於瓜中。因瓜生長在孟家與姜家中間，生出的小女嬰便取名孟姜女。

孟姜女自小與同村萬喜良為青梅竹馬。

萬喜良逃避築城之役而躲藏於孟家。

孟姜女欣賞萬喜良而自願嫁之。

萬喜良見孟姜女浴於池中，孟要求嫁之。

孟姜女落池溺水，萬喜良出面相救。

孟姜女嫁萬喜良，成婚之日（或婚後不久）萬喜良被徵築城。

孟姜女縫製龍袍，送予秦皇求釋放（或善待）其夫。

孟姜女縫製征衣，送至長城予夫禦寒。

孟姜女得知丈夫已死，哭崩長城，滴血認骨。

秦始皇貪戀孟姜女美色，欲納為妃。

孟姜女要求秦皇祭奠其夫、為其築廟戴孝，方願嫁之。

孟姜女趁秦王不備，痛哭城下，城倒遭埋，與萬喜良化為一對鳥兒飛出。

孟姜女借遊海之名投水殉夫，屍身遭始皇砍碎，化為銀魚。

孟姜女趁秦皇不備，抽刀剮之，將始皇剮成肉絲，後變為銀魚。

孟、萬陰間告狀

閻王放孟姜女、萬喜良還魂，賜其仙術報仇。

閻王大怒，緝捕秦皇歸陰，罰其轉世為豬。

UNIT **6-6**
西施故事

西施，本名施夷光，為中國四大美人之一。其傳說事蹟與春秋時代吳越相爭的歷史密切結合，但根據曾永義考證，歷史上實無此人，乃是小說家附會而來。本單元即略敘其形象與故事之由來如下：

西施原型

先秦文獻中，「西施」之名多出現於諸子之說，但僅作為美人的代表。常與傳說中越王的愛姬並提，但尚未與吳越歷史產生任何連結。如《管子》、《慎子》稱毛嬙與西施為「天下之美人」、「天下之至姣」；《荀子》、《楚辭》與宋玉〈神女賦〉亦皆以西施作為美貌的象徵。另《莊子·天運》出現了「西施病心」的典故，亦有「東施效顰」的原型，唯「東施」之名尚未出現，僅稱「里之醜人」。《墨子·親士》則提到「西施之沉，其美也」，指西施因其美貌而遭沉水致死。可見先秦時的西施形象只是美女的象徵，尚無具體的故事描述，少數如捧心、沉水等敘述，也是為了強調其美。

西施故事雛形

《左傳》、《國語》、《史記》等史書在記載春秋吳越的史事時，都未見西施之名。但卻有越王句踐進美女寶器以收買太宰嚭的記載。小說家或許緣此而發，在東漢趙曄的《吳越春秋》中，便敘文種建議越王進美女以惑吳王，越王乃命范蠡遍尋國中，得苧蘿山鬻薪之女西施與鄭旦二人，教習儀容歌舞三年後進獻於吳。東漢末袁康《越絕書》中亦作此說。二書都未對西施進吳後的發展或效用多作說明，但已奠定西施故事的基本雛形。

西施故事發展

東晉王嘉《拾遺記》中，進獻吳國的西施、鄭旦有了正式的名字叫施夷光、鄭修明，並對其入吳之後使吳王「妖惑忘政」略有描寫，同時出現越軍攻入吳國後「見二女在竹樹下，比言神女，望而不敢侵」的情節。唐代以後，文人賦詠中常見以西施為題材。初唐宋之問的詩作中，西施已從鬻薪之女變為浣紗之女，並用「鳥驚入松網，魚畏沉荷花」來形容西施之美，而有後來「沉魚落雁」的典故。關於西施之死，則出現溺死、殺死與縊死之說。此外唐《吳地記》記載范蠡進西施入吳國，路上與西施私通，三年方至吳國，並生下一兒。吳國亡後范蠡則帶著西施泛遊五湖。此說《吳地記》稱引自《越絕書》，然今本《越絕書》不見。影響所及，宋元以來西施題材的戲曲作品多以范蠡為男主角。如雜劇《范蠡歸湖》、《陶朱公五湖沉西施》、南戲《范蠡沉西施》等。

西施故事成熟

至明代梁辰魚作傳奇《浣紗記》，西施故事方真正成熟。劇敘范蠡與西施的愛情故事，結合吳越戰爭的政治主題，最後以越國破吳，范蠡與西施同遊五湖作結。傳奇融匯並美化了前代西施故事之精華，鮮明地呈現出西施對范蠡的癡情，以及魅惑吳王過程中的機智果敢，成功塑造天下第一美人表裡兼具的形象。

圖解俗文學

《浣紗記》情節線索

明傳奇《浣紗記》融匯前代西施故事之情節，以范蠡與西施的愛情貫穿吳越戰爭的歷史，愛情線索與政治線索交織出亂世下的兒女情長。其劇情結構圖解如下：

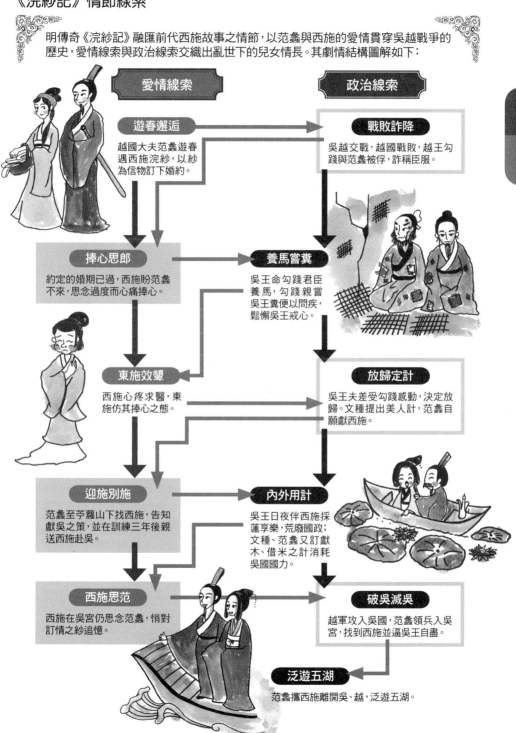

愛情線索

政治線索

遊春邂逅
越國大夫范蠡遊春遇西施浣紗，以紗為信物訂下婚約。

戰敗詐降
吳越交戰，越國戰敗，越王勾踐與范蠡被俘，詐稱臣服。

捧心思郎
約定的婚期已過，西施盼范蠡不來，思念過度而心痛捧心。

養馬嘗糞
吳王命勾踐君臣養馬，勾踐親嘗吳王糞便以問疾，鬆懈吳王戒心。

東施效顰
西施心疼求醫，東施仿其捧心之態。

放歸定計
吳王夫差受勾踐感動，決定放歸。文種提出美人計，范蠡自願獻西施。

迎施別施
范蠡至苧蘿山下找西施，告知獻吳之策，並在訓練三年後親送西施赴吳。

內外用計
吳王日夜伴西施採蓮享樂，荒廢國政；文種、范蠡又訂獻木、借米之計消耗吳國國力。

西施思范
西施在吳宮仍思念范蠡，悄對訂情之紗追憶。

破吳滅吳
越軍攻入吳國，范蠡領兵入吳宮，找到西施並逼吳王自盡。

泛遊五湖
范蠡攜西施離開吳、越，泛遊五湖。

UNIT 6-7
王昭君故事

漢元帝時和番匈奴的宮人王昭君是中國古代四大美人之一，其出塞時抱著琵琶的幽怨形象深入人心，毛延壽貪賄而致昭君遭帝王冷落、昭君與漢元帝的一段風流韻事等，更是為人熟知。然正史對於王昭君的描述十分簡單，以下即略窺昭君形象在民間文學與文人吟詠中逐漸豐滿的過程：

昭君的歷史原型

王昭君的歷史原型首見於《漢書》。〈元帝紀〉敘漢元帝時匈奴單于呼韓邪來朝見，漢帝將掖庭待詔王嬙（字昭君）賜與單于。而〈匈奴傳〉記載稍詳，敘匈奴自請為漢室之婿，漢帝賜王嬙。後昭君為呼韓單于生一子，呼韓邪死後復嫁其子，又生二女。漢史中的昭君僅為一和親對象，尚未對其身世、樣貌、遭遇或心情有任何著墨。

民間傳說滲入歷史

東漢《琴操》記載民間傳說，對昭君的個性、遭遇，與出塞後的心情始有較全面的描寫，如昭君因得不到寵幸而心生曠怨、自請出宮；以及昭君最後不願復嫁單于之子，服藥自殺的情節，而留下「墓塚長青」的意象。東晉《西京雜記》則始見昭君因不願賄賂畫工，而被點破美人圖，不得帝王寵幸，甚至被選為和親對象的情節。畫師毛延壽的名字也首次出現，但僅為漢帝究責而誅殺的眾畫工之一。到了南朝宋的《後漢書‧南匈奴傳》，採民間傳說編入信史，寫昭君因積曠怨，自請出宮，見單于時「豐容靚飾，光明漢宮，顧景裴回，

竦動左右。帝見大驚，意欲留之，而難於失信，遂與匈奴。」單于逝世後，昭君又上書求歸，漢成帝則令她遵從胡俗復嫁呼韓邪之子。於是，昭君美麗的形象與思漢的節操，就此拍板定案。

文人吟詠中的昭君

歷代文人借詠昭君以抒己之志，不斷地豐富昭君形象。如東晉石崇〈王明君辭〉因其自身時代背景的投射，云昭君和番乃「匈奴盛，請婚於漢」，遂使匈奴與西漢盛衰勢力翻轉；序文中以烏孫公主和親時送行的琵琶曲致贈昭君，更讓琵琶與昭君從此結下不解之緣。唐宋詩人筆下的昭君愈趨美麗而貞節，畫工誤身、出塞幽怨、琵琶悲彈、胡地思漢、青塚魂歸等都是詩人吟詠的重點。李商隱更直指毛延壽便是所有宮女悲劇的元兇，使毛延壽成為其後昭君故事中最大的反派。

昭君故事的成熟

元代馬致遠作雜劇《漢宮秋》，集前代昭君故事之情節元素，編排出一段淒美的帝妃戀情。劇敘昭君因不肯賄賂畫工毛延壽，而遭醜化打入冷宮。一日漢帝聞琵琶曲而尋見昭君，驚為天人，封為明妃，並下令究責。毛延壽持昭君圖逃往匈奴，單于派兵入漢強索昭君和番。元帝無奈送昭君出塞，昭君至黑龍江畔投水自盡，只留給漢帝無盡思念。昭君至情與忠貞的形象至此更加凸顯。明傳奇《和戎記》則將昭君塑造成民族英雄般，為解救社稷壯烈犧牲。

昭君故事演變

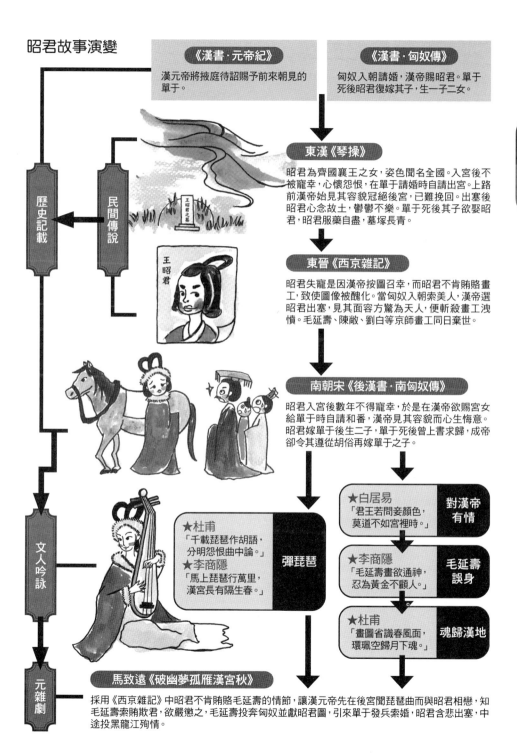

《漢書·元帝紀》
漢元帝將掖庭待詔賜予前來朝見的單于。

《漢書·匈奴傳》
匈奴入朝請婚,漢帝賜昭君。單于死後昭君復嫁其子,生一子二女。

歷史記載

民間傳說

王昭君

東漢《琴操》
昭君為齊國襄王之女,姿色聞名全國。入宮後不被寵幸,心懷怨恨,在單于請婚時自請出宮。上路前漢帝始見其容貌冠絕後宮,已難挽回。出塞後昭君心念故土,鬱鬱不樂。單于死後其子欲娶昭君,昭君服藥自盡,墓塚長青。

東晉《西京雜記》
昭君失寵是因漢帝按圖召幸,而昭君不肯賄賂畫工,致使圖像被醜化。當匈奴入朝索美人,漢帝選昭君出塞,見其面容方驚為天人,便斬殺畫工洩憤。毛延壽、陳敞、劉白等京師畫工同日棄世。

南朝宋《後漢書·南匈奴傳》
昭君入宮後數年不得寵幸,於是在漢帝欲賜宮女給單于時自請和番,漢帝見其容貌而心生悔意。昭君嫁單于後生二子,單于死後曾上書求歸,成帝卻令其遵從胡俗再嫁單于之子。

文人吟詠

★杜甫
「千載琵琶作胡語,分明怨恨曲中論。」
★李商隱
「馬上琵琶行萬里,漢宮長有隔生春。」
彈琵琶

★白居易
「君王若問妾顏色,莫道不如宮裡時。」
對漢帝有情

★李商隱
「毛延壽畫欲通神,忍為黃金不顧人。」
毛延壽誤身

★杜甫
「畫圖省識春風面,環珮空歸月下魂。」
魂歸漢地

元雜劇

馬致遠《破幽夢孤雁漢宮秋》
採用《西京雜記》中昭君不肯賄賂毛延壽的情節,讓漢元帝先在後宮聞琵琶曲而與昭君相戀,知毛延壽索賄欺君,欲嚴懲之,毛延壽投奔匈奴並獻昭君圖,引來單于發兵索婚,昭君含悲出塞,中途投黑龍江殉情。

UNIT 6-8
楊貴妃故事

圖解俗文學

中國古代四大美人之中，愛情故事最為人所稱道者，即楊貴妃與唐明皇的帝妃戀愛。自楊貴妃當世的唐代，便有許多詩人、小說家吟詠其事，後代文學更不斷美化李楊愛情。以下從楊貴妃的歷史形象出發，透過幾個經典文學作品，觀察楊貴妃故事的發展演變：

楊貴妃的歷史原型

《新唐書》記載中，楊貴妃本名楊玉環，初為唐玄宗第十八子壽王之妃，後因帝王青睞，遂敕令出家，一個月後還俗納為貴妃。在宮中，楊貴妃以善歌舞音律而得寵於玄宗，楊氏一門更榮寵至極，奢豪聲焰震於天下。後邊將安祿山以誅楊國忠為名發動安史之亂，楊貴妃隨玄宗逃至馬嵬坡，在六軍威逼下遭賜自縊而死，得年三十八歲。宋司馬光作《資治通鑑》，對楊貴妃則有較嚴厲的批判，直言其「妒悍不遜」之外，更採《安祿山事蹟》、《開元天寶遺事》等筆記小說之言，說楊貴妃與安祿山「頗有醜聲聞於外」，揭貴妃穢亂之罪。

〈長恨歌〉與〈長恨歌傳〉

唐白居易作〈長恨歌〉，在史實的基礎上，融入了詩歌的抒情性與民間傳說的傳奇性，以敘事詩鋪寫李楊愛情的發展。全詩描寫楊貴妃入宮受寵，安史之亂時卻在馬嵬坡遭縊死，以及玄宗回宮後對楊貴妃深刻的思念。詩中隱去楊氏原為壽王妃的史實，並添入楊貴妃死後化為太真仙子，猶然心念明皇，以釵鈿為誓的神化情節，並在寫「情」的主軸之外，以「漢皇重色思傾國」、「君王從此不早朝」等詩句微寄諷諭之意。陳鴻所作傳奇〈長恨歌傳〉與白詩互見，合稱「白歌陳傳」。其情節大抵依循白作，筆法則更傾向歷史，加強對楊國忠專權之批判，其旨在於「懲尤物，窒亂階，垂於將來者也」。

《梧桐雨》

元代白樸取材白歌陳傳，作雜劇《唐明皇秋夜梧桐雨》。開場楔子敘唐玄宗赦免了罪本當斬的安祿山，埋下安史之亂伏筆。又採壽王邸遇楊玉環，命其出家還俗後冊為貴妃的史實，以及貴妃與安祿山作洗兒會的野史；馬嵬驚變時六軍請誅楊國忠兄妹，由玄宗開口命楊貴妃自縊佛堂；末折敘玄宗回宮後思念楊貴妃，則將道士覓魂之說改為夢中相見。全劇首尾照應並較符合歷史現實，然李楊情感的刻劃則較為薄弱。

《長生殿》

清洪昇作傳奇《長生殿》，取材宋樂史的小說《楊太真外傳》，全劇宗旨是「借太真外傳譜新詞，情而已」，刪去父奪子媳與楊貴妃穢亂的描寫，將李楊關係昇華到純粹的愛情。以第二十五齣〈埋玉〉為界，前半敷演宮廷帝妃愛戀，後半描寫唐明皇與仙界的楊貴妃對彼此的思念。並將馬嵬坡自縊改為貴妃顧全大局的請求，使李楊情感更為真摯精誠；最後則使李楊月宮團圓。此外更置入了楊國忠專權、安祿山叛亂，以及百姓在楊氏專寵與安史亂後悲苦生活的情節線索，使楊貴妃故事的社會與政治層面大為開展。

楊貴妃故事與形象之孳衍

蓬萊仙子

楊貴妃入宮前曾出家，道號太真。白居易〈長恨歌〉即敘楊貴妃死後化為蓬萊仙島的太真仙子。其後《楊太真外傳》、《長生殿》等均採此說。

月殿嫦娥

〈長恨歌〉提及楊貴妃善舞「霓裳羽衣曲」，其後多將該曲附會為唐明皇遊月宮所聞仙曲，唐詩人又由此將楊貴妃比為月殿嫦娥。

歷史上的楊貴妃

本名楊玉環，原為壽王妃，出家還俗後被冊封為貴妃。得唐玄宗專寵，安史之亂時在六軍威逼下自縊於馬嵬坡。

楊貴妃穢亂

唐代的軼聞筆記已記有楊貴妃與安祿山穢亂之事，至宋代司馬光《資治通鑑》載入史籍，說楊貴妃認安祿山為義子，任由其出入宮廷，甚至常通宵不出。元代雜劇《梧桐雨》、諸宮調《天寶遺事》都採用穢亂情節，後代文人賦詠更常見諷責之句。

梅妃爭寵

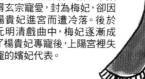

梅妃之名不見於史籍，首見於唐傳奇〈梅妃傳〉，敘江采蘋得玄宗寵愛，封為梅妃，卻因楊貴妃進宮而遭冷落。後於元明清戲曲中，梅妃逐漸成了楊貴妃專寵後，上陽宮裡失寵的嬪妃代表。

UNIT **6-9**
關公故事

圖解俗文學

三國時蜀漢的名將關羽,在史書中即以義勇著稱,後經歷代帝王與民間的推崇渲染,關公遂為儒釋道三家所尊奉,成為民間信仰的一部分,並衍生出許多傳說與文學作品。

關羽的歷史原型

《三國志》、《魏書》等史書中記載的關羽,與張飛隨著劉備建立軍功而崛起。有著飄逸美髯,孔明稱其「絕倫逸群」;勇武過人,能刮骨療毒,同時談笑自若;義干雲天,被曹操俘虜而獲禮遇,卻盡封所賜,離曹營奔劉備;後受封為前將軍,更圍曹仁、斬龐德,聲名威震華夏。然其人剛烈驕矜,馬超歸附蜀國與黃忠官拜將軍時,都曾引起關羽不滿;孫權欲以其子與關羽之女聯姻,使者反遭關羽辱罵;蜀漢糜芳、士仁都因遭關羽輕視,在其攻樊城時倒戈向吳,致使關羽敗走麥城,遇伏身亡。關羽死後追諡壯謬侯,《三國志》評其「剛而自矜」,是招致敗亡的關鍵。

隋唐至宋代的關公形象

六朝時期關羽在信史與野史中逐漸奠定其歷史形象,至隋唐隨著佛教中國化,關公形象開始染上宗教色彩。陳隋之際出現「關公玉泉山顯聖」的傳說,敘創立天台宗的智顗禪師在玉泉山遇關公顯靈,表示願護持此處建為佛寺,並請求受戒為護法。從此天台宗門下寺院皆奉關公為伽藍神。宋代又出現蚩尤作祟,關公降蚩解旱,受封為崇寧真君的傳說,使關公進入道教神仙行列。而南宋對關公屢加封號,累至「義勇武安英濟王」,使關羽的儒家地位由侯追封至王,形象亦漸由人發展為神。此外隋唐五代亦有以三國故事為題材的「水戲」、「說話」等,至宋代勾欄瓦舍中亦常見三國題材的演出。

元明清的關公形象

元明時期關公故事的創作日漸興盛,元代刊刻的《三國志平話》是最早完整講述三國故事的小說,然其中關羽形象不及張飛生動。元雜劇以關公為主角的戲卻已多達十本,多強調關公的武勇。明代羅貫中以《平話》為基礎並融入了野史傳說而作《三國演義》,突出了關羽「義」的精神,並在其事蹟的描寫上趨於神性化,如桃園結義、夜讀春秋、溫酒斬華雄、過五關斬六將等都不符史實,卻為後人所津津樂道,奠定了關公的文學形象。明代關公信仰更盛,神宗加封為「三界伏魔大帝神威遠震天尊關聖帝君」,出現大量神蹟傳說,戲曲中也多以其為神明,負責懲戒不忠、保護善良和斬除妖怪。清代演關公的地方戲與關公顯聖之傳說持續蓬勃,也開始出現了關公出生、成長、事功、殞亡等種種生平傳說,使關公的民間形象愈趨清晰。

近代以來的關公形象

關公傳說漸少且神性淡化,但開始有意識地對形式完整的民間傳說加以採集。關公的民間信仰則依舊興盛,元明清流傳下來的關公歷史形象則逐漸定型,不斷出現在戲劇作品中。

關公的民間形象

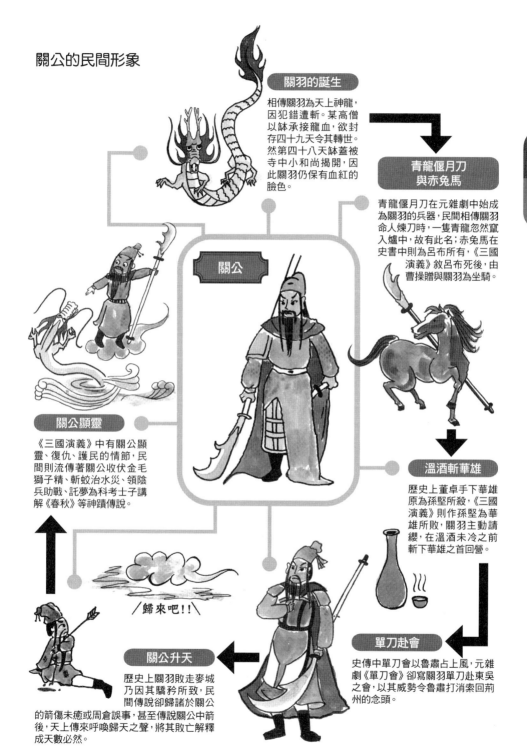

關羽的誕生

相傳關羽為天上神龍，因犯錯遭斬。某高僧以缽承接龍血，欲封存四十九天令其轉世。然第四十八天缽蓋被寺中小和尚揭開，因此關羽仍保有血紅的臉色。

青龍偃月刀與赤兔馬

青龍偃月刀在元雜劇中始成為關羽的兵器，民間相傳關羽命人煉刀時，一隻青龍忽然竄入爐中，故有此名；赤兔馬在史書中則為呂布所有，《三國演義》敘呂布死後，由曹操贈與關羽為坐騎。

關公顯靈

《三國演義》中有關公顯靈、復仇、護民的情節，民間則流傳著關公收伏金毛獅子精、斬蛟治水災、領陰兵助戰、託夢為科考士子講解《春秋》等神蹟傳說。

溫酒斬華雄

歷史上董卓手下華雄原為孫堅所殺，《三國演義》則作孫堅為華雄所敗，關羽主動請纓，在溫酒未冷之前斬下華雄之首回營。

歸來吧！！

單刀赴會

史傳中單刀會以魯肅占上風，元雜劇《單刀會》卻寫關羽單刀赴東吳之會，以其威勢令魯肅打消索回荊州的念頭。

關公升天

歷史上關羽敗走麥城乃因其驕矜所致，民間傳說卻歸諸於關公的箭傷未癒或周倉誤事，甚至傳說關公中箭後，天上傳來呼喚歸天之聲，將其敗亡解釋成天數必然。

UNIT 6-10
包公故事

圖解俗文學

包拯是宋代著名的文官,有「包公」、「包青天」或「包龍圖」等美稱。其因剛正無私而深受人民愛戴,逐漸發展成箭垛式人物,後世各種斷案故事不斷加諸其上,而成為中國清官的代表。

包拯的歷史原型

包拯為宋神宗時的進士,《宋史》載其因父母年老,棄官養親,卅九歲始出仕。歷任地方知縣、知州、知府、監察御史、知諫院、三司使、樞密副史等官職,以清廉公正著稱。其為官勤政愛民,懲治貪官減除賦稅;不畏權豪,多次上疏彈劾達官顯貴;在財政、軍事、水利、選才或是皇家立儲的諫言上都多有建樹。其為人峭直敦厚,嚴而不苟,一生節儉如布衣,最忌子孫為官貪贓枉法。仁宗嘉祐七年卒,年六十四,謚孝肅。值得注意的是,包拯出任開封府知府為期僅一年,史書及其墓誌銘記載的公案亦只見「盜割牛舌」、「判貴臣償債」、「酒醉託金案」三件,後世卻由此衍生出許多傳說,使「包青天」成為百姓心目中專斷奇案的清官象徵。

小說中的包公形象

宋話本中已有許多公案故事以包公為名,〈三現身包龍圖斷冤〉一篇便出現了包公能「日斷陽,夜斷陰」的說法。但大多話本仍僅將斷案者安上包姓,尚未凸顯包公其人的形象。明代出現包公辦案的小說集《龍圖公案》、《百家公案》,其中便交代了包公為文曲星轉世的身分,並充分展現其辦案與破案的智慧。辦案過程中常見憑異象和隱語找到線索的情節,另有十二篇包公斷陰案的故事,使包公形象更添幾分神通。清代據說書人石崑玉話本改編而來的章回小說《三俠五義》,則建構了包拯在謀士公孫策、展昭等三俠、白玉堂等五鼠、王朝、馬漢等四護衛的輔佐下,以龍頭、虎頭、狗頭三鍘懲奸除惡的故事,奠定今日包公故事的概貌。

戲曲中的包公形象

今見宋南戲中已有《小孫屠》一本出現包公,然戲份尚不多。元雜劇中開始出現大量包公戲,多描寫權貴欺壓百姓,包公用計使其伏法,為人民實現正義,如《魯齋郎》、《陳州糶米》等。反映了元代權貴橫行,人民飽受冤屈的實況。明清傳奇的包公戲,則以男女或夫妻關係為主,包拯的地位亦明顯得到提升,不但為皇上所信任,甚至能命令或與城隍合作查案。地方戲與京劇中的包公戲則大量取材於小說或雜劇傳奇,並發展出專屬的臉譜:墨黑的花臉,眉心一彎白色新月,象徵包公日審陽、夜審陰的本領。

傳說中的包公形象

包公除了在文學創作中占有一席之地,民間亦流傳著許多傳說。如包公的出生、黑臉、詩才、斷案的機智、辦案的寶器、為官的清廉公正、死亡的原因與死後封為閻羅王等。許多故事明顯受到民間故事母題的影響,形象則較文學中的包公更具神異色彩。

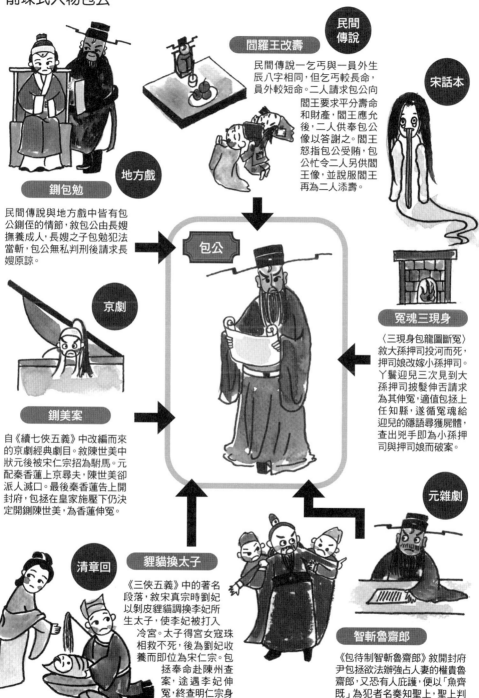

箭垛式人物包公

閻羅王改壽

民間傳說

民間傳說一乞丐與一員外生辰八字相同,但乞丐較長命,員外較短命。二人請求包公向閻王要求平分壽命和財產,閻王應允後,二人供奉包公像以答謝之。閻王怒指包公受賄,包公忙令二人另供閻王像,並說服閻王再為二人添壽。

宋話本

鍘包勉

地方戲

民間傳說與地方戲中皆有包公鍘侄的情節,敘包公由長嫂撫養成人,長嫂之子包勉犯法當斬,包公無私判刑後請求長嫂原諒。

包公

京劇

鍘美案

自《續七俠五義》中改編而來的京劇經典劇目。敘陳世美中狀元後被宋仁宗招為駙馬。元配秦香蓮上京尋夫,陳世美卻派人滅口。最後秦香蓮告上開封府,包拯在皇家施壓下仍決定開鍘陳世美,為香蓮伸冤。

冤魂三現身

〈三現身包龍圖斷冤〉敘大孫押司投河而死,押司娘改嫁小孫押司。丫鬟迎兒三次見到大孫押司披髮伸舌請求為其伸冤,適值包拯上任知縣,遂循冤魂給迎兒的隱語尋獲屍體,查出兇手即為小孫押司與押司娘而破案。

狸貓換太子

清章回

《三俠五義》中的著名段落,敘宋真宗時劉妃以剝皮狸貓調換李妃所生太子,使李妃被打入冷宮。太子得宮女寇珠相救不死,後為劉妃收養而即位為宋仁宗。包拯奉命赴陳州查案,途遇李妃伸冤,終查明仁宗身世,迎李妃還朝。

智斬魯齋郎

元雜劇

《包待制智斬魯齋郎》敘開封府尹包拯欲法辦強占人妻的權貴魯齋郎,又恐有人庇護,便以「魚齊即」為犯者名奏知聖上,聖上判斬,後復添幾筆回復其名,使之定罪,皇上事後得知亦得無可奈何。

第7章
民間故事

UNIT **7-1**
民間故事的定義與分類

圖解俗文學

民間故事的界定有廣狹二義：廣義指人民群眾以口頭創作並廣泛流傳的敘事性散文作品，包含神話、傳說與各種形式的敘事故事。然神話以神靈為中心，反映初民的原始概念；民間故事則結合了現實與幻想，以反映人民日常生活與集體願望為主。傳說是在特定歷史人物、地方風物之上附會而來；民間故事則可任意虛構新編，在虛幻性與普遍性中表現生活的真實性。因此狹義的民間故事指的是神話、傳說以外，結合幻想手法但卻表現出較強現實性的敘事故事，包含了動物故事、寶物故事、精怪故事、生活故事、家庭故事等。以下就其分類略作概述：

動物故事

以擬人化的動物為主角的故事。藉各種動物的型態與習性，反射人類社會的面貌。其特徵為結構單純、形式短小，富有趣味性。因其高度的幻想性與深刻的寓意，而常與寓言或童話重疊。

寶物故事

延續萬物有靈的神話傳統而來，以魔法寶物的尋找或運用貫串情節的故事。主角往往是現實中較為平凡或弱勢，卻具有善良勇敢等美好品格的人們，透過寶物或法術戰勝邪惡、解決難題，或達到致富、得妻或增壽等目的，反映出一般民眾的人生嚮往。

精怪故事

源於神話中人們對「物」的想像與認知，以自然萬物幻化而成的精怪為對象，描寫這些異類與人類的對立、情愛與糾葛。常反映了政治社會的變化，或道教的修煉觀念。

機智人物故事

以某個機智人物為核心的故事。表現機智的主題從勞資糾紛、社會案件到家庭瑣事都有，通常是下位者以機智戰勝上位者，藉辛辣的言辭和巧妙的手段打擊或嘲弄驕橫跋扈的權威形象，反映庶民智慧與反抗精神。

愛情故事

描述年輕男女優美浪漫的愛情，往往有第三方勢力從中阻攔，故事即描述男女主角歷經艱難終能廝守或雙雙殉情的過程。此類故事多見於仙話、鬼話或民族故事，前述單元多有敘及，故本章從略。

生活故事

現實性較強，以反映社會上各種人物關係和人們日常生活的事實、經歷為主要內容，包含工作、經商、公案、農牧生活、世情百態等主題，透過故事對某些人物形象或品格表現諷刺或表揚，也稱為「寫實故事」或「世俗故事」。

家庭故事

反映家庭內部關係的故事，表現婚姻家庭、人倫親情等主題，彰顯和睦慈孝的家庭溫情，或突出利益與人倫衝突時的家庭悲劇。往往帶有善惡有報的因果觀念。

民間故事的範疇

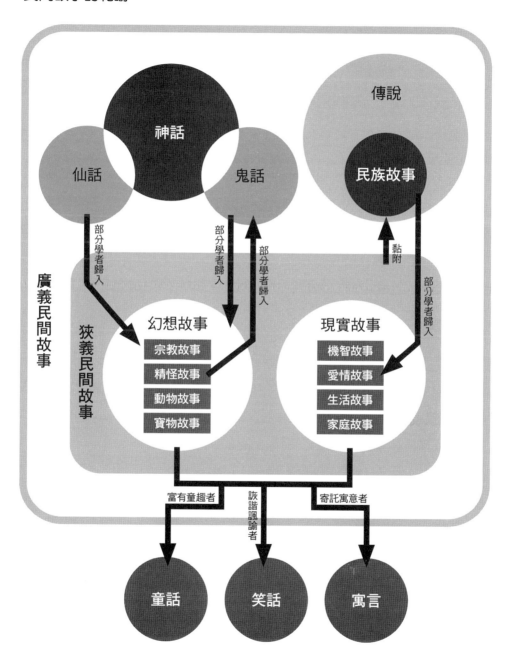

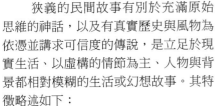

UNIT 7-2
民間故事的特質

狹義的民間故事有別於充滿原始思維的神話,以及有真實歷史與風物為依憑並講求可信度的傳說,是立足於現實生活、以虛構的情節為主、人物與背景都相對模糊的生活或幻想故事。其特徵略述如下:

情節多屬虛構

民間故事是由人們編造的虛構故事,在口頭流傳的過程中,可任意變換其中的細節。其故事背景往往是模糊的、泛指性的,通常沒有明確的時間地點,而以「很久以前」、「有個地方」等概念對故事的發生略作交代,重點在於情節本身的高潮迭起,以及背後的寓意。因此民間故事常善用幻想、誇張、對比、擬人等藝術手法,強烈凸顯善惡對應、因果報應,也富有豐富的想像力與象徵意象,展現出曲折離奇而浪漫的情節風格。

敘事架構模式化

較之神話或傳說,民間故事的敘事方式相對固定,常見以「從前從前……」開頭,而以「從此以後就……」作結的講述形式。其敘事結構也有一套固定的模式,即開頭為起因,中間敘述人物的離奇遭遇或解決問題的過程,結尾引申故事寓意。此外,民間故事表現人物事件常以「三」為單位,如三兄弟、三個考驗、三件寶物,或同一情節反覆出現三次。如土族「黑馬張三哥」的故事,敘述張三哥與石頭大哥、木頭二哥結為兄弟,三兄弟每次回家,都見家中有人替他們煮好了飯;後來發現是三隻鴿子變成的姑娘,便與三位姑娘成了親。其後出現了九頭吸血的妖魔,大哥和二哥都除妖不力,直到第三次張三哥出馬,才收拾了妖怪,展現民間故事三段式的複合結構。

情節定型化

不同地區的民間故事,常會出現類似的母題,在模式化的敘事結構下逐漸定型為各種情節公式,各情節間也會按照一定的順序搭配、組成、排列而形成故事脈絡。如中國各族都有「天鵝處女型」的故事,敘仙女下凡洗澡,羽衣被凡間男子藏起而不得回歸天庭,於是嫁予男子。後知羽衣藏處,披衣重歸天庭。不同故事中男子身分與婚後生活的細節不盡相同,部分故事另有男子上天尋找仙女的情節,但都具有類似的情節梗概。在牛郎織女的民族故事中,則可看到此則故事類型與「兄弟分家」、「動物報恩」類型的民間故事合流的結果。

人物形象類型化

民間故事的主角通常是小老百姓民間生活中的普遍形象,因此並不特別著墨於人物的差異性,故事中往往只交代人物關係與身分,甚至連姓名都不明確。如兄弟分家的故事中有哥哥與弟弟,傻女婿的故事則有女兒、女婿、岳父和岳母等。人物形象也傾向類型化,如在愛情故事中,女主角必然聰明勤勞而美麗,男主角則大多英俊勇敢。亦常見女主角有個善妒壞心且貌醜的姊姊,一開始欺壓妹妹、占盡便宜,最後則往往得到報應,如蛇郎君、葉限等故事。

從「蛇郎君」故事看民間故事特質

「蛇郎君」的故事敘述少女嫁給蛇精化成的美男子，引起姊姊妒忌殺害，最後又透過變形與蛇郎團圓的故事。由其情節發展可看出民間故事的敘事傾向：

老翁為女兒採花，誤採到蛇精的花，蛇精要求老翁把女兒嫁給他。

老翁有兩個女兒，大女兒不願意嫁，小女兒則自願嫁給蛇精。

蛇精化為俊美富有的蛇郎君與小女兒成親。婚後夫妻恩愛。

故事中的人物沒有名字，老翁身分可置換為農夫、商人、或拾荒者；女兒人數可為三到七個；所採的花亦可不同，如魯凱族的傳說中是百合花，法國故事裡則是玫瑰花。

小女兒美麗善良，蛇郎君英俊富有，是大眾對故事男女主角的基本期待。作為故事反派的姊姊則醜陋、自私而善妒，集人性缺點於一身。

大女兒嫉妒妹妹，趁小女兒回娘家時害死她，打扮成妹妹的樣子回到蛇郎君身邊，冒充他的妻子。

妹妹變成小鳥飛回，被姊姊煮來吃；鳥骨頭埋在土裡長成棗樹，姊姊摘下棗子吃，又砍下樹幹做成木凳……卻總吃到鳥骨頭、酸果子，坐凳子又老摔下來。蛇郎君卻安然無事。

姊姊將凳子燒了，自己溜回娘家避風頭。妹妹從灶中走出來與蛇郎君團圓，並揭發姊姊罪行。最後姊姊羞愧自盡。

蛇郎見妻子形貌不同，三次詢問，姊姊一一辯解才說服蛇郎君；妹妹死後變形又被姊姊殺害的情節亦重複三次，終於在最後恢復原形與蛇郎團圓。

姊姊與蛇郎做同樣的事（吃肉、吃棗、坐凳子等），結果卻大不相同。「狗耕田」、「猴子紅屁股」等民間故事也有類似模式，強調善惡有報。

UNIT 7-3
動物故事

　　早期人類社會與動物關係密切，因此將動物擬人化後編為故事的主角，其內容大致可分為三類：一為解釋動物外形特徵或習性之由來；二為描寫動物的生活，實際上投射了人類生活的縮影；三為透過動物人格化後與人的互動，反映人類社會的複雜關係。以下試舉數例以見之：

圖解俗文學

十二生肖

　　玉皇大帝舉辦一場動物渡河比賽，要以比賽結果定生肖的排行。老鼠與貓本是好友，相約一起早起，央求水牛載牠們過河。當牠們即將到岸，老鼠怕貓搶了第一名的位子，便將貓騙到牛尾，一把將牠推下水，再鑽進水牛耳朵，等到岸邊一躍上岸，順利得到第一名。隨後十二種動物陸續到齊，貓好不容易掙扎上岸，才發現已沒有名次，氣得撲向老鼠。從此貓見到老鼠就咬，老鼠見到貓就逃。

借角不還

　　從前狗的頭上有一對漂亮的角，而山羊頭上則是光禿禿的。有一天山羊向狗借角戴上一天，狗禁不住山羊百般哀求，只好答應。但山羊戴著角便捨不得拿下來，便千方百計地躲著狗。失去角的狗從此也見羊就咬。部分地區流傳的故事中，是蜈蚣幫好朋友鹿去向公雞借角，鹿要賴不還，蜈蚣氣得跳到鹿的身上咬牠，鹿身上因此被咬出一點一點的白斑。蜈蚣則被倒地掙扎的鹿給壓得扁扁的。而公雞則看到蜈蚣便啄，要牠把角還來！三則故事雖然對象不同，但都藉由「借角不還」的基本情節，解釋動物的特徵或相互關係。

老鼠嫁女

　　一對老鼠夫婦，想把女兒嫁給全世界最強的丈夫，便四處走訪尋找女婿。他們找到太陽，太陽說它怕雲掩蓋光芒，找到雲後雲說它怕被風吹散。風怕吹不倒的牆，牆則怕牆角打洞的小老鼠。老鼠夫婦於是恍然大悟，原來全世界最強大的就是老鼠自己，便替女兒選了一隻優秀的老鼠青年，歡歡喜喜嫁了女兒。許多地方都有慶賀老鼠嫁女的習俗，如臺灣正月初三夜裡不點燈，並要在地上撒米、鹽，即不驚擾並祝賀老鼠娶親之意。

中山狼

　　有個書生在森林裡遇到一隻被獵人追捕的狼向他求助，便將狼裝進書袋，等獵人離去後才放牠出來。沒想到狼一跳出袋子便要吃書生，書生情急之下，與狼約定要找三個長者評理。他們先找到一株老樹，老樹說它從前為人類開花結果，一旦枯老後卻被砍了作柴燒，所以狼應該吃了書生。接著他們問一頭老牛，老牛說牠曾幫人類拉犁耕田，老了之後人類卻想將牠送進屠宰場，因此狼該吃了書生。最後遇到一老人，假裝聽不懂書生與狼說的話，要他們實際重演一番。狼只好讓書生再次裝進袋子，這時老人便拿了把刀，將這頭忘恩負義的狼殺死了。故事藉由狼的狡猾陰險，告誡人們不可忘恩負義，也揭露人類自私利用萬物的一面。

「蛇吞象」故事解析

有句俗語說：「貪心不足蛇吞象」，這是來自一個從《山海經》演變而來的民間故事，描述蛇為了報答人類救命之恩犧牲自我，最後人類因貪心過度招致亡命的故事，其情節發展大致有兩個類型：

巨蛇吞人型　　　**情節母題**　　　**蛇女吞夫型**

一男子名象，偶然救了一條小花蛇，將之豢養為巨蛇。

動物報恩

一男子名象，偶然救了一條蛇，蛇化作美麗的女子嫁給他，並為他生了一子。

巨蛇為報恩，讓象到蛇腹中割下一片蛇肝，治好公主的病而做官。

巨蛇為報恩，讓象挖出一顆蛇眼獻給皇帝，以升官發財。

貪心不足

因蛇幫助做到丞相的象為了討好皇帝，聲稱能取得更多蛇肝（另一顆夜明珠），於是回到家鄉請求巨蛇再讓他割肝（挖眼）。

象為了作駙馬，狠心揭去蛇鱗給公主治病。做到宰相後又妄想殺死蛇女取出蛇肝獻給皇上。

心軟的巨蛇讓象再次割肝，最後忍痛不過闔上嘴，象便悶死在蛇腹內。

憤怒的巨蛇假裝答應讓象挖眼，趁象靠近時一口吞了他。

自取滅亡

蛇女憤而吞食了貪心不足的丈夫。

教化寓意：為人當知恩圖報，且不可貪求無厭，否則自取滅亡。

UNIT **7-4** 寶物故事

圖解俗文學

聚寶盆

從前有個樂於助人的少年，見到農夫捕青蛙，便用所有的錢買青蛙放生。當晚他夢見青衣童子前來道謝，並承諾將報大恩。隔天少年幫忙一個漁夫撒網，沒想到連續三次在不同地方都網到一個破泥盆。少年只好將泥盆帶回家，盛裝穀子餵鴨，沒想到鴨子吃了好多天穀子還是滿滿的。少年暗中觀察，發現盆中的穀子被吃掉後會自動填滿，他連忙拿了一枚銅錢投進盆中，頓時變出滿盆銅錢，取之不盡，少年便從此致富。這則民間故事黏附到明初鉅富沈萬三的傳說中，成為其致富的原因，亦使沈萬三成為民間信仰中的財神爺。

夜明珠

有個運氣不好的獵人，帶著一條大黑狗，常常三餐不繼，卻從沒讓黑狗餓著。有天他們打獵時救了一隻差點被蟒蛇吃掉的小花貓，在花貓的指示下，剖開蛇腹找到一顆發光的夜明珠。獵人把夜明珠帶回家後，日子過得越來越好。有一天夜明珠被偷走了，大黑狗和小花貓決心要替主人找回夜明珠，便結伴翻過許多山頭，終於打聽到有個暴發戶家的屋梁上，有這麼一顆發光的珠子。小花貓抓來一隻老鼠，命牠咬斷繩子取來夜明珠，便和黑狗急急踏上回程。途中要渡過河水暴漲的大河，黑狗讓不會游泳的花貓將夜明珠啣在口中，自己駝著牠過河。沒想到中途花貓一害怕，張嘴讓珠子掉進河中。貓狗過河後在岸邊難過得大哭，驚動龍王相助尋珠，終於把夜明珠順利帶回主人身邊。

神奇的石磨

海邊住著兄弟倆，哥哥懶惰貪心，弟弟勤勞善良。有天弟弟去工作，遇到一個老人來討飯，弟弟便將自己的午餐飯糰分給他。老人吃飽後，送給弟弟一個小石磨，告訴他只要對石磨念出咒語，它就能磨出想要的東西，念另一句咒語便能使它停下來。弟弟開心地帶著石磨回家，與哥哥飽餐一頓，兄弟倆並說好明天起要磨些鹽來賣。但哥哥卻想獨吞石磨，他趁著弟弟熟睡，帶著石磨乘船出了海。在船上他迫不及待念起咒語，石磨開始磨出雪白的鹽來。但哥哥卻忘了停止石磨的咒語，只能眼睜睜地看著船身漸漸被鹽的重量壓得下沉，最後被淹死在海裡。而石磨還在海裡不斷地磨出鹽來，從此海水也就從甘甜變為鹹的了！

三件寶物

貧窮的李黑蛋救了一隻狐狸，狐狸送他三樣寶物：能掘出銀子的鋤頭、能隱身的棉襖，和能使人飛行的扇子。有了寶物以後，黑蛋的生活好過了起來。財主命唆使女兒勾引黑蛋，騙走了三樣寶物，使他流落荒島。在荒島上黑蛋又得到兩顆神奇桃李，吃桃會變醜，吃李會變俊。黑蛋摘了一些桃李後在龍的幫助下回到家鄉，用計讓財主的女兒吃了桃子，變成渾身長毛的醜女；自己再吃李變成一個英俊的醫生，藉著替財主女兒治病的機會，將先前的寶物騙回來，再穿上隱身棉襖，用飛行扇子隱身飛去。

「煮海寶」故事類型

「煮海寶」有許多種類，可能是有魔力的石頭、銅錢、葫蘆或樹枝，只要將它放在盛著海水的鍋中煮沸，大海的水就會跟著被煮乾。這是民間故事中少年為爭取與龍女的婚姻幸福而向龍王挑戰的寶物，煮海故事的情節大致有以下幾類：

原型

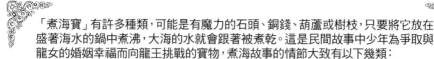

少年（可能是秀才、樵夫或貧窮的年輕人）邂逅龍女，二人一見鍾情，相約島上成親。然婚事遭到龍王反對，放水淹島。少年得龍女贈寶物，煮乾大海，使得龍王屈服，少年因此得以與龍女成婚。

煮海成婚型

擴充

原型故事擴充，少年煮海後龍王邀其入龍宮，挑選一樣禮物離開。少年在龍女暗示下挑選某種動物，回家後少年每天出門幹活，動物就化為人形為他操持家務。少年發現此即為龍女化身後二人成親。

煮海索禮型

擴充

上述故事擴充，少年與龍女成婚後，龍女被皇帝（或王爺）看上，出難題要逼少年讓妻。少年在龍女幫助下，多次煮海逼龍王拿出寶物相助，最後終於使皇帝打消念頭。

煮海求助型

擴充

變體

少年煮海而和龍女成親後，煮海的寶物被他人搶走或騙去，拿寶物如法炮製，卻無煮海的功效，反被龍王嚴懲了一番。

煮海寶失靈型

133

UNIT **7-5** 精怪故事

圖解俗文學

在古人的觀念中，萬物透過自我修煉、吸人精氣皆可成精。精怪往往有害人之心，但在後期的故事中也開始帶有人性，而產生與人婚嫁、交友、助人得道的故事。

豬兒精

有戶人家女兒要出嫁，老媽媽正在門口給女兒繡嫁妝。有隻胖豬變成的精怪到來，要求老媽媽將女兒嫁給牠，否則夜裡便要吃了她！老媽媽擔心地在門前哭了起來，陸續有雜貨小販、油漆商、捕蛇人、賣鱉人、煙火小販和鑿井工人經過門口，見媽媽愁容滿面，都停下腳步來問原因。聽聞此事後便送老媽媽一把針、一桶油漆、一隻蛇、一隻鱉、一捲煙火，又幫媽媽鑿了一口井。夜裡豬精到來，一敲門便被插在門上的針扎痛了手；又被塗在門上的油漆弄髒雙手。牠找到一口水缸想洗手，被缸裡的蛇咬了一口；又想用水盆裡的水清洗傷口，盆裡的鱉便牢牢咬住牠不放。豬精拿起一旁的煙火來燙鱉，沒想到卻炸瞎了自己的眼睛，牠又疼又驚地掙扎幾步，眼睛看不清楚便跌進井裡淹死了。隔天老媽媽將豬精打撈起來做成全豬大餐，感謝所有幫忙的人們，並歡歡喜喜送女兒出嫁。

人參精

盛產人參的東北流行著人參精的故事，敘述小和尚結識了人參精化成的娃娃，每天一起玩耍，身體越來越健壯。寺裡的大和尚覺得奇怪，要小和尚將針線別在人參娃娃的肚兜上，循線找到一株千年人參。有的故事讓小和尚試圖阻撓大和尚採人參，或因人參精的法力而使大和尚未能得逞，有的故事則是大和尚採回人參精煮成人參湯喝，卻在其後得到報應。小和尚則因與人參精的友情，得到道行或升天。

凶宅捉怪

一膽大書生聽說驛亭鬧鬼，借住之人都遭殺害，便存心去借住捉鬼。夜半兩度聽聞門外傳來聲音詢問：「亭長，書生是否安寢？」門內有一聲音答道：「還沒。」等門外的人走遠後，書生模仿其口吻，向「亭長」套問他們的身分來歷，方知是老母豬、老公雞與老蠍子化成的精怪。天亮後他一一殺去這些動物的原身，從此驛亭便再也不鬧鬼了。書生有時置換為打賭賭輸的人，精怪類型也各有不同，但都是主角運用智慧套出精怪身分，天亮後再除去原身，使凶宅不再鬧鬼。

精怪為妻

精怪常化為女子形貌，嫁人為妻。如書生崔韜至安徽遊歷，見一老虎褪下虎皮變為女子。女子自願為書生之妻，兩人成親數年並生有一子後，夫妻重遊舊地，妻子將當年拋入井中的虎皮重披在身上，頓時變回真虎，吃了丈夫與兒子。《宣室記》中的狐妻則相對人性化許多，敘計真娶友人之女李氏，結縭二十載而妻子容貌未改。至臨死前，李氏方道出自己是狐狸精，懇求丈夫善待子女，斷氣後才現出狐狸原身。計真重訪李氏舊居，則只見墟墓荊棘，連友人也不見蹤影。

「變婆」故事比較

臺灣客家　虎姑婆

深山裡住著一戶人家，父母要出遠門，交代姊弟倆看家。

↓

晚上有人敲門，自稱是小姊弟的姑婆，帶了點心來探望姊弟倆。

↓

弟弟聽說有點心，忙把姑婆迎進屋內。姑婆要求不坐椅子要坐水缸，為了把尾巴藏起來。

↓

姑婆說與她一起睡才有點心吃，弟弟自告奮勇。

↓

半夜姊姊聽到怪聲，姑婆說她在吃點心；姊姊向姑婆要一點來吃，一看才發現是弟弟的手指頭。

↓

姊姊假裝要去廁所，虎姑婆拿繩子綁在她腳上才讓她去，姊姊則偷偷把繩子綁在柱子上，爬上樹躲起來。

↓

虎姑婆發現後，到樹下要吃姊姊，姊姊要姑婆去燒一鍋油吊到樹上，假裝要油炸自己再跳下去給姑婆吃。然後把油倒向張開大嘴的虎姑婆，將虎姑婆燙死了。

雲南彝族　老變婆

母親要出遠門，找了外婆來照顧沒有父親的兒女。

↓

老變婆知道後，躲在路上吃了外婆，然後變成外婆的樣子來到小姊弟家。

↓

姊姊知道外婆手上有顆痣，老變婆拔掉手上的毛又黏上顆芝麻讓姊姊檢查。進門後老變婆討罈子坐，尾巴晃動敲響罈子讓姊姊起疑。

↓

老變婆要挑乾淨的小孩一起睡，姊姊故意把洗腳水弄髒，又假裝身上有蝨子。

↓

半夜姊姊聽到老變婆吃蠶豆，發現是弟弟的手指甲。

↓

姊姊假裝要去廁所，將老變婆綁在她腳上的繩子綁在石磨上，爬上花紅樹躲起來。

↓

隔天老變婆發現，姊姊便向她要犁頭，說要採花紅果給她吃。然後將犁頭扔向張嘴的老變婆，把她戳死了。

↓

老變婆死後變成一片蕁麻圍繞著花紅樹，幾天後一個賣氈的年輕人經過，才用氈救下姊姊。

浙江永嘉　熊外婆

母親要去接外婆回家，交代姊妹倆在家等待。

↓

黃昏時有人敲門，宣稱是被媽媽接來的外婆，而媽媽另外有事明日方歸。

↓

妹妹聽到外婆來了連忙開門，對於從未謀面的外婆格外熱情，姊姊則保持警覺。

↓

晚上妹妹睡在外婆和姊姊中間，到半夜姊姊感到一片潮濕，又觸到長長軟軟之物，竟是妹妹的血和腸子！

↓

外婆推說潮濕是妹妹撒尿，長條物是她的裹腳布，接著發出恐怖的笑聲，竟如熊叫一般！

↓

姊姊想逃走被熊外婆察覺，追逐中用計將熊外婆困在櫃子裡。熊外婆說她餓了，哀求釋放，姊姊則承諾去找食物。

↓

姊姊騙熊外婆要放食物進去，要她將嘴對著櫃子的通風口，隨即用鐵叉插進洞口，又死了熊外婆。

↓

隔天母親帶著真正的外婆回到家。

UNIT 7-6
機智人物故事

機智人物故事的主角通常是歷史上有名有姓的人物，因其機智風趣形象受人喜愛，而衍生出更多軼聞趣事，使其成為一個民族中機智人物的典型。其情節大致有三類：一是素有才名的主角解決難題或與人機智對答。二是社會地位較低的主角，以幽默的方式教訓高傲苛薄的上位者；三是受人敬重的長者或清官，排解人們的糾紛或案件。以下舉數例以見之：

幫大象秤重量

有人送曹操一頭大象，曹操想知道大象的重量，手下大臣卻沒有人能做得到。這時曹操的幼子曹沖想出一個辦法：他先命人將象牽到船上，記錄了船身沒入水中的位置；再把象牽上岸，改放石頭到船上，直到船下沉的位置到達剛剛的紀錄線為止。最後將這些石頭的重量加起來，就是大象的重量了。眾臣這才恍然大悟，都對小小年紀的曹沖佩服無比。

侍郎是狗

紀曉嵐是清代著名的才子。任禮部侍郎時，尚書和御史有天來訪。正聊著，外面跑進一隻狗，尚書有心開紀曉嵐的玩笑，便指著狗說：「你們看那是狼是狗（侍郎是狗）？」紀曉嵐不甘示弱，隨即回答：「要分別狼或狗得看牠尾巴，下垂是狼，上豎是狗（尚書是狗）。」尚書一聽不是滋味，一旁的御史則哈哈大笑。紀曉嵐接著說：「還有另一種方法是看牠吃什麼。狼是非肉不食，狗則遇肉吃肉，遇屎吃屎（御史吃屎）。」這下連御史也說不出話來了。

好極了

阿凡提是維吾爾族民間故事中最著名的機智人物。有則故事說阿凡提賣瓜給國王，國王收下後連說三句「好極了！」卻不給錢，就把阿凡提打發出宮。阿凡提靈機一動，去向人買包子不付錢，被老闆扯去見國王。國王質問阿凡提，阿凡提理直氣壯地說：「剛剛賣瓜給國王，您付的三個『好極了』，我已全付給老闆了！誰說我沒付錢呢！」弄得國王一陣尷尬，這才將買瓜的錢補給阿凡提。

升天的祕密

西藏流傳著許多阿古頓巴的機智故事，當地常將富有幽默感的人稱為「頓巴叔叔」，可見民間故事的影響深入人心。其中有個故事敘一個壞心的管家想占有木匠阿古頓巴的妻子，便偽造了一封書信，說是土司（或喇嘛）過世的父親寫來，要阿古頓巴上天為他建造宮殿。糊塗的土司相信了，下令某個吉日要用烈火送阿古頓巴上天。阿古頓巴暗中調查，發現是管家搞的鬼，便命人在生火的地點挖了一條地道，趁濃煙一起，躲入地道之中。一年之後阿古頓巴又重新站在地道口，聲稱自己幫老土司造好了宮殿，並受到老土司的熱情款待。又傳老土司的口諭，說新的宮殿需要一個管家。壞管家見阿古頓巴安然無恙，對於天上的生活滿懷嚮往，這便歡歡喜喜地準備上天，最後被燒死在熊熊烈火之中。

蘇東坡的機智故事

蘇東坡是北宋大文學家,關於其機智故事不勝枚舉,多是以對聯或機智問答的方式呈現,充分展現東坡的詩才與風趣,以下便略敘數則:

讀盡人間書

蘇東坡年輕時自視甚高,在門前寫下「識遍天下字,讀盡人間書」的對聯。一日有個老者拿本書來求教,東坡卻一個字也看不懂,方知人外有人。便將對聯各加二字,改成「發憤識遍天下字,立志讀盡人間書」。

東坡斜矣

蘇東坡與王安石政治立場不同,彼此卻是好友,一日兩人經過一座牆面東傾的建築,王安石戲言:「此牆東坡斜矣!」蘇東坡接著說:「此置安石過也!」

蘇東坡

退婚

東坡的小妹以文選婿,見豪門公子方若虛的求親詩作,只批:「筆底才華少,胸中韜略無」。東坡擔憂得罪豪門,便在二聯下各加一字,寫成「筆底才華少有,胸中韜略無窮」。但戲稱己妹其貌不揚,打消公子求婚念頭。

啞謎

蘇東坡與佛印泛舟長江,東坡指著岸上一隻正在啃骨頭的黃狗;佛印一看,笑著將題有東坡詩作的扇子丟入江中。原來這是一副啞謎。東坡作的是「狗啃河上(和尚)骨」,佛印則對「水流東坡屍(詩)」。

廟裡的字謎

東坡遊寺時方丈奉承地要他留下手跡,便揮筆寫下「一夕化身人歸去,八千凡夫一點無」的對聯。幾日後佛印見聯大笑,將對聯字謎拆解為「一夕匕,八千凡」,合起來就是「死禿」二字。

UNIT 7-7
生活故事

當良心

圖解俗文學

　　經商是生活故事中的重要主題，其中最著名的故事即為「當良心」。故事敘做生意的張掌櫃準備回家過年，路上遇到兩個落難女子，掌櫃便將身上銀兩盡數幫助女子，以致於沒有餘錢度過年關。他只好將自己的「良心」拿去典當，當鋪老闆得知此情，預支銀兩讓張掌櫃過年。過完年後張掌櫃到當鋪當差還債，卻讓人用一具屍首典當了五百兩銀子。當鋪老闆只好用屍首作為張掌櫃的工錢。張掌櫃帶著屍首回家，每天為他擦拭身體，有天屍首竟成了金身。張掌櫃要讓當鋪老闆將金身抬回當鋪，老闆則認為這是上天對張掌櫃品行善良的獎賞而拒收。於是張掌櫃便因自己的一片善心而致富。

好鼻師

　　民間故事中有種情節類型稱為「連環騙」，臺灣民間故事〈好鼻師〉、〈白賊七〉皆屬此類。〈好鼻師〉敘一個好吃懶做、嗜吃甜食的人，大家都叫他「紅鼻子」。這天紅鼻子的妻子要他去城裡學一些謀生的技能。紅鼻子卻用盤纏買許多甜食甜酒，喝得醉醺醺地回家。一進村中忽然有隻怪物從他身旁竄過，掉進糞坑裡，紅鼻子定睛一看，才發現是一頭母豬。這時村裡傳出李大媽尋找母豬的聲音，紅鼻子靈機一動，對李大媽說自己學到能嗅出遺失物的本領。說著果然就「嗅」出母豬在糞坑裡。許多人聽說都來請他幫忙找東西，但除非他剛好知道失物在哪，否則不輕易答應。有時他還會偷別人的東西藏起

來再替人找到。從此紅鼻子聲名大噪，大家都叫他「好鼻師」。這天皇帝下了一道聖旨，命好鼻師到宮中尋找遺失的玉印。好鼻師硬著頭皮上了轎，經過田埂看見一隻螃蟹想吃田螺，後面則有個農夫要抓螃蟹，不覺心有所感，說了一句：「田螺、螃蟹，死到臨頭還不知道啊！」殊不知兩個轎夫田洛、龐斜正是偷玉印的人，以為事情敗露，便說出藏印地點，跪求好鼻師放過他們。好鼻師便假裝用嗅覺找到玉印，贏得了皇宮一頓甜食做犒賞。這時他忽然異想天開要吃天上的甜食。丞相說用蝦鬚編成天梯能上天，皇帝立刻下令全國蒐集蝦鬚，編成梯後送好鼻師爬上天去。好鼻師爬上雲端，雷公看到有人擅闖天庭，便一槌劈斷了天梯。好鼻師頓時摔了個粉身碎骨，變成像粉末一樣、到處嗅嗅、尋覓甜食的螞蟻。

二母爭子

　　公案故事在生活故事中占有重要份量，其中許多故事會黏附到包公的史實中成為傳說，「二母爭子」的故事也不例外。故事敘一對妯娌同時懷孕，嫂嫂的胎兒小產，竟在弟媳產子後偷來弟媳的嬰孩，據為己有。二母爭子的案子鬧上公堂，訴訟三年，最後某縣官（或丞相、知府）想出一計，讓兩個母親各自拉扯孩子，誰扯贏了就判孩子歸誰。嫂嫂使勁地拉，三歲的孩子疼的哭叫。弟媳擔心骨肉有所損傷，放棄爭奪。縣官見狀，便判斷出這才是孩子的生母，將孩子判歸弟媳。此案後來也成為包公著名的傳說之一。

「奪妻敗露」故事類型

「奪妻敗露」是指預謀奪人之妻，後來事情敗露的故事情節類型，大部分包含三個元素：
1. 強占人妻　　2. 陰謀敗露　　3. 得到報應
此類故事可分為三種類型：

❶ 水泡作證型

惡徒為了強占人妻，將人推入水中溺死。被害者臨死前以水泡設誓揭露真相。數年後惡徒與妻子見大雨之下積水湧泡的庭院，笑說：「水泡奈我何？」妻子追問，惡徒不察而道出實情。妻方知前夫冤情，告官逮捕兇手。

異文

陽光作證
將水泡置換為陽光。

蛤蟆落水
惡徒見兒子以竹竿將上岸的蛤蟆推下水，隨口提及當年命案。

❷ 白羅衫型

夫妻乘船遠行，路上遇海盜將丈夫推下水，強占懷孕的妻子，後又逼迫妻子丟棄剛出生的嬰兒。妻子以白羅衫包裹嬰嬰，嬰孩後被收養，長大做官後偶遇親生母親或死裡逃生的父親，以白羅衫與父母相認並使強盜伏法。

異文

合衫認親
孩子偶經故鄉遇見祖母，認出祖母手中相同的白羅衫而知道自己的身世。

強盜收養
母親逃走，嬰兒被強盜收養，長大明瞭真相後手刃養父。

❸ 奸僧離間型

和尚看上他人之妻，故意製造假象讓丈夫以為妻子與他人有染而休妻，自己再還俗蓄髮、託人說媒，娶得此女。幾年後，和尚無意中說出實情，女子報官，和尚遭到嚴懲。

異文

夫妻團圓
女子聯合前夫揭露和尚陰謀，待其伏法後夫妻團圓。

殺夫報仇
女子原遭人謀害，女子假意接受兇手求婚，洞房中將其刺死。

UNIT 7-8 家庭故事

家庭故事描述家庭成員之間的互動，表現出孝親倫理、利益牽扯，或趣味橫生的主題，往往具有勸善懲惡、促進家庭融洽的教化意義。以下略舉數則家庭故事：

狗耕田

又稱「兄弟分家」型。描寫兩兄弟分家，貪心的哥哥霸占了多數的財產，忠厚老實的弟弟只分得一塊劣田與一隻無用的動物（如狗）。弟弟只好讓狗來耕田，想不到耕得又快又好，使田地豐收。哥哥見狀也借來狗要耕田，狗不肯依，便被哥哥打死了。弟弟傷心地將狗掩埋，狗墳上長出一株竹子。弟弟一搖就掉下金子來，哥哥一搖卻掉下爛果。哥哥一氣又砍了竹子，弟弟拿來做成魚簍，捕魚總是豐收，哥哥又借去魚簍，卻只捕到水蛭。……類似情節在不同故事中有不同變化。最後多以哥哥因貪心而害死自己作結。

賣香屁

有些故事延續上述兄弟分家情節，敘弟弟吃了動物變成的果實（或在動物指示下種出的食物）後，放出的屁奇香無比，因此受到縣太爺賞識，每日到衙門賣香屁而致富。哥哥聞知亦偷吃果實，然後跑到縣太爺面前放屁，不料臭氣沖天，縣太爺氣得將他重打二十大板，逐出衙門。常與「狗耕田」故事結合，或置換為別種動物。

傻女婿

一個傻子要回岳家拜年，妻子讓他帶了麵線、鴨子和布匹等賀禮先行上路，並叮囑他路上多聽好話，學習應對。沒想到傻子讓鴨子喝水、用麵線捕魚、怕竹子受凍而以布匹包裹，將三件禮物都弄丟了。到了岳家，親戚欺負他憨直，故意對他差別待遇。傻子以路上聽到的話回應，巧妙對應到親戚的惡作劇，遂讓眾人以為他意有所指，再也不敢嘲笑他了。

龍蠶

妯娌養蠶，弟媳向大嫂求助。大嫂故意在蠶紙上動手腳，使弟媳只養活了一條蠶。但這條蠶長得特別大，大嫂又設法害死了弟媳的蠶，沒想到這條蠶是龍蠶，大嫂的蠶於是全爬到弟媳的蠶房弔唁，並在那兒吐絲結繭，弟媳因此獲得大量蠶絲，大嫂則反而害自己損失了所有蠶繭。

老人是個寶

某國因糧食不足，國王下令將沒有生產力的老人棄置山上等死。有個青年不忍心害死父親，便將他藏在地窖裡奉養。幾年後國家遇到大難題，全國的人都束手無策，最後由青年想出辦法解決。國王問青年方法何來？青年答以老父所助，國王這才體悟老人見多識廣，廢除棄老政策。不同地區的故事中，所遇的難題與解決的方法有所不同，如敵國出難題由父親解開、旱災時父親指示水源處、怪物作亂而父親提出除害的方法等。此型故事也有另一種變體，為國王的兒子將祖母背上山後，帶回背祖母的竹簍，表示以後也要用它來背國王。國王這才意會到自己也終將變成老人，而廢除了這項政策。

「巧媳婦」故事類型

巧媳婦

此類故事描述女子以聰明才智解答公公所出的難題，或解決生活所面臨的困境，而通過考驗被選為媳婦，或託付持家大任。女子聰慧的表現大致有四種模式：

智解隱喻型

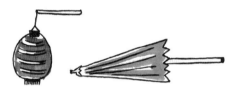

公公讓媳婦們回娘家，大媳婦回去三五天，二媳婦回去七八天，要同日往返並帶回「紙包火」、「紙包水」為禮物。兩個媳婦正不知所措，路遇一女子指點：三乘以五、七加八皆為十五天，兩個禮物則分別是燈籠和傘。公公聞知此女破解謎題，便選其為三媳婦。

巧解兩難型

公公要考驗三個媳婦的持家能力，命其以兩樣食材做十道菜。兩個媳婦束手無策，三媳婦以雞蛋炒韭菜，成了「一加九道菜」，破解公公出的難題，而成為當家媳婦。

巧妙避諱型

公公名字中有「九」字，晚輩說話需避言同音字。公公有意考驗眾人，故意在生活中大量提及此字，三媳婦以數字「三三」、「四五」代之、以「重陽」代稱「九月九日」、以「扁豆菜」代稱「韭菜」等。

反問難題型

縣官（或書生）故意出題刁難公公，半身跨在馬背上，問公公自己是要上馬還下馬？媳婦代為出面解決，雙腳踩在門檻內外，反問對方自己要出門或進門？縣官又要公公準備和天一樣大的布料、和海一樣多的油；媳婦則要對方先將天的尺寸、海的容量丈量出來。使出題的人啞口無言而被難倒。

UNIT **7-9** 童話故事

圖解俗文學

民間故事中，以兒童為接受對象、富有趣味與幻想元素的故事，即為「童話」。童話能為兒童帶來愉悅、激發其想像、陶冶其性情、增進其知識、促進其觀察力，對兒童具有道德、知識、文學與美學方面的教育意義。前述動物故事、寶物故事、精怪故事，或生活、家庭、愛情故事，甚至是仙話、鬼話中較具有幻想性的故事都可納入童話的範疇。以下再舉數則較著名的童話類型：

十兄弟

本領各異的十兄弟，以各自的本領同心協力度過某個難關，在不同的故事中，兄弟人數、各人本領及所遇難關各有不同，但情節大抵一致。如臺灣較流行的版本是：有十兄弟長得一模一樣，老媽媽根據他們的本領來取名，分別是大頭一、長手二、鐵骨三、銅皮四、大肚五、愛熱六、長腳七、千里眼、順風耳和愛哭十。有一天老媽媽生病了，需要鳳凰蛋才能醫治。千里眼四處張望，發現縣太爺後院養的鳳凰剛下了一顆蛋，長手二馬上伸出手把蛋偷了來，治好了老媽媽的病。但縣太爺這時卻派人來抓偷蛋賊，大頭一出面認罪，卻因他的頭太大進不了衙門。後來順風耳偷聽到縣太爺決定將大頭一斬首，便暗中讓鐵骨三與大頭一對調，使劊子手砍也砍不斷鐵骨三的頭；縣太爺要用剝皮、灌水、烹煮、丟到河裡等刑法，十兄弟就輪流以銅皮四、大肚五、愛熱六、長腳七調換，最後縣太爺無計可施，決定抓老媽媽頂罪。愛哭十知道後到衙門大哭一場，淚流成河，把縣太爺和捕頭們都

沖走了，十兄弟和老媽媽又可以過著平靜的日子。

火金姑

童話故事中有許多人變動物的故事，如答應嫁給馬兒卻不守信用的女孩被馬皮包裹變成蠶、兒媳受虐而死變成姑惡鳥、貪心的人變成猴子、懶惰的人變成老鼠等，都有警誡的意義。臺灣則流傳著一個小女孩變成螢火蟲的故事：農夫火旺仔有對年幼的女兒，姊姊叫金姑，妹妹叫金珍。一天火旺要入城，吩咐姊妹倆好好看家。夜裡金珍和姊姊打賭，若父親不回家過夜，自己就要將稻穀搬進穀倉。稍晚鄰居來告知姊妹，火旺仔因事耽擱，明天才能回家，好強的金珍聽了負氣就往外頭跑。金姑趕忙追去，在漆黑的夜色中甚麼也看不到。忽然她腳下踩空，就掉進池塘淹死了。金姑死後，變成一種小蟲，提著一盞燈籠，還在田埂間四處尋找妹妹。因此臺灣話的螢火蟲就稱為「火金姑」。

石門開

在中國的尋寶故事中，有一類故事敘述一好人無意間發現用某個口訣或一把鑰匙可以開啟一座石門，石門中有許多寶藏，而好人只取所當取，毫不貪心。後來某壞人得知此事，也用相同的口訣或鑰匙開啟石門，卻因為過度貪心，石門自動關上，使壞人再也出不來。這類故事與阿拉伯童話《阿里巴巴與四十大盜》有異曲同工之妙，是個世界性的童話母題。

中西「灰姑娘」故事比較

「灰姑娘」是世界性民間故事中最著名者，最早起源於希臘的故事，現今最為人所知的版本則是法國夏羅·佩爾的《仙杜瑞拉》。中國的版本則最早見於唐代《酉陽雜俎》中的「葉限」故事，以下比較中西故事，觀察「灰姑娘」型故事在中西的差異與情節母題的共同性。

情節母題

〔法〕夏羅·佩爾
《鵝媽媽的故事·仙杜瑞拉》

〔唐〕段成式
《酉陽雜俎·葉限》

後母虐待前妻子女

父親過世的仙杜瑞拉，被後母與兩個繼姊逼做家事，常渾身灰塵，被戲稱為「灰姑娘」。

葉限為洞主之女，為父親所疼愛。父親死後，後母常逼她上高山砍柴、涉深潭打水。

神奇動物或仙女助人

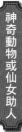

繼母帶姊姊們參加王子的舞會，卻命仙杜瑞拉在家工作。仙女變出馬車、禮服、玻璃鞋，讓灰姑娘也能盛裝赴會。

葉限養的金魚被後母殺害，她將魚骨收藏；洞節時後母帶自己的女兒去赴會，魚骨變出翠紋上衣與金鞋，讓葉限也能參加舞會。

參加盛會遺失鞋

仙杜瑞拉成為全場焦點，與王子共舞。為趕在午夜魔法消失前離開，匆忙中掉了一隻玻璃鞋。

葉限在舞會中被繼母與繼姊認出，匆忙離開時遺下一隻金鞋。繼母回到家則見到葉限穿著破爛地睡在大樹下。

以鞋驗婚

王子派大臣四處尋訪能穿這隻鞋的女孩，終於找到仙杜瑞拉，並向她求婚，從此幸福快樂。

葉限的金鞋被賣到陀汗國。國王遍尋鞋子的主人，終於找到葉限，帶回國內封后，同時帶回神奇的魚骨。

UNIT **7-10** 寓言故事

圖解俗文學

「寓言」一詞最早見於《莊子》，後來成為一種獨立文體的名稱，指作者別有寄託、用以倡導某種道理和概念的故事。寓言常與其他文體相結合，如先秦時依附在諸子講述哲理的史傳散文中，六朝時以笑話的形式寄託寓意，唐代則盛行以古文為寓言闡述政治主張。此外，筆記雜錄、古典小說、民間故事中別有寓意者皆可算是寓言故事。以下按時代順序列舉數則寓言為例，以略窺寓言的發展脈絡：

先秦哲理寓言

先秦寓言多為諸子闡述自家學派的哲理或政治主張，如莊子「混沌開竅」的故事，敘南海之帝「儵」與北海之帝「忽」為了感謝中央大帝「混沌」的招待，決定為他鑿七竅，使他能有感官的享受。不料七竅鑿完，混沌便死了。以此寄寓道家順應自然、不妄加干涉生命、不依賴感官享受的「無為」境界。

兩漢勸誡寓言

漢代思想統一、政治力圖長治久安，遂透過寓言勸誡遵守道德規範，有綜合百家、定於一尊的趨勢。如劉向《新序》中載魯哀公宣稱自己禮賢下士，孔子門生子張去面見，卻七天都沒能見到哀公。子張便託人向哀公說了這個寓言：葉公子好龍，屋梁石雕俱繪龍形。天上的龍聽說後探頭入葉公子的家中，葉公子卻嚇得失了魂魄。可見他並非真的好龍。以此勸誡世人不可言行不一，對事物本質認識不清而盲目追求。

唐宋諷刺寓言

唐宋受古文運動影響，寓言多諷刺現實社會，如柳宗元〈羆說〉敘一獵人能以竹吹出各種野獸的聲音。他吹出鹿的叫聲誘來獵物，想吃鹿的貙同時聞聲而至。獵人又吹出虎的聲音嚇走貙，卻又引來了專食虎的羆，將獵人撕碎吞食。以此寓言諷刺不善加管理國內（自我修養）而只想倚賴國外力量（只靠外在背景）的國君（人），最後終究只會自取滅亡。

明清詼諧寓言

明清因文字獄大興，文人只得以詼諧的故事寄寓對朝廷社會的不滿，因此明清寓言多滲透於小說、筆記與笑話集中。如馮夢龍《笑府》載一當官的慶壽，底下小吏聽說此官屬鼠，便鑄了一隻黃金鼠為壽禮。當官的喜出望外，對小吏說：「你知道我奶奶也要過生日了，她老人家是屬牛的！」以荒誕可笑的對話，揭露官場賄賂風氣之盛行，與為官者貪得無厭的嘴臉。

民間故事中的寓言

庶民百姓的寓言，常流傳在民間故事與童話中，動物故事更常以擬人化的動物影射人事、傳達旨趣。如猴子走進農田，摘了包穀在手；走到桃林便丟了包穀去採紅桃；看到瓜田又丟下桃子去摘西瓜；抱著西瓜要回家的路上看到一隻兔子，便丟了西瓜去追野兔。最後兔子跑了，猴子一無所獲。以此寓見異思遷、沒有主見與目標的人，最後終將一事無成。

先秦諸子寓言

儒家
做事勿急於求成，籲君王勿急功好利，應實行仁政。

道家
人與萬物本為一體，無需以知識區分真實與虛幻。

法家
不要因爭奪眼前的小利，忘了維護更大的共同利益。

《孟子·公孫丑》
揠苗助長

《莊子·齊物論》
莊周夢蝶

《韓非子·說林下》
三蝨相訟

宋國某人插秧，見秧苗不長，逐一拔高。其子聞之，到田裡一看，秧苗全已枯槁。

莊周夢中化蝶，翩翩飛舞，夢醒發現自己還是莊子，不禁疑惑是莊子夢見化蝶，還是蝴蝶夢為莊周？

三隻蝨子爭吵著要吸豬身上最肥的地方，另一隻蝨子提醒：等臘月豬被宰了，就什麼都沒得吸了，眾蝨子這才合力猛吸豬血，豬被吸瘦了就沒有被殺。

《戰國策·秦策》
曾參殺人

《公孫龍子·跡府》
尹文論士

曾參同鄉中有個與他同名姓的人殺了人，鄰人告訴曾參的母親，曾母不信；再一人告知，曾母略有所疑；第三個人再上門時，曾母便怕被牽連而跳牆逃走了。

齊王問尹文為何齊國無士？尹文反問齊王士的標準。齊王答以忠、孝、信、順。尹文知齊王好鬥，問若一人具備四德，卻遭辱而不敢鬥，是否為士？齊王否認，尹文遂指出其言行不一。

縱橫家
喻流言可畏，暗示國君：若超過三人進讒，自己也恐為國君所疑。

名家
凡事應講求名實相符，否則會遭致是非不分、賞罰不明之譏。

UNIT 7-11
笑話趣事

笑話指詼諧逗趣、引人發笑，並寄託諷刺的故事。其形式簡短，用詞淺俗，往往只描述一個事件的片段或一段對話，抖出笑料即達到目的，不追求首尾完整的藝術結構。但卻常用誇張、幽默的喜劇手法，寄託諷刺和勸誡之意。早在先秦時期，諸子寓言中有不少滑稽詼諧的作品，已有笑話的功能；至六朝始有笑話專書著述，並出現集眾多笑話於一身的箭垛型人物如東方朔、侯白等。宋代隨著「合聲」、「唱題目」盛行，笑話進入鼎盛期，專著大量出現。明代笑話更達巔峰，馮夢龍即編有《笑府》、《廣笑府》、《古今譚蓋》等笑話書，甚至將評點學引入笑話。以下略舉數則笑話為例：

羊踏破菜園

魏邯鄲淳《笑林》為最早的笑話專書，其中笑話多短小精練。有一則敘一茹素者忽食羊肉，當晚便夢到五臟神說：「羊踏破菜園了！」

子在回何敢死

隋代侯白《啟顏錄》是一本記錄自己滑稽言行的笑話集。其中一則敘侯白與楊素經一棵將死的槐樹下，楊素問侯白能否令樹活過來？侯白答：「取槐子懸在樹枝上樹就活了！」楊素不解，侯白說：「《論語》說：『子在，回（槐）何敢死？』」

獻苜蓿

宋代《艾子雜錄》舊題蘇軾所撰，書中有寓言亦有笑話，具以艾子為主角。其中一則敘一老者送艾子一筐苜蓿，表示此乃初生之物，自己尚未享用，先送艾子嘗鮮。艾子很高興地說：「承蒙您老人家看得起，那麼我嘗過後，您將要送給誰呢？」老者回答：「送給養驢的老先生吧！可以用來餵驢！」

有錢者生

明代輯錄笑話最著名者為馮夢龍，其《廣笑府》中的笑話常具諷刺意味。有一則敘一老翁種茄子老是種不活，便請教有經驗的老園丁。園丁要他在每株茄苗旁埋一銅錢，老翁問何故，園丁說：「你沒聽說過有錢者生，無錢者死嗎？」

照鏡

清代詩人俞樾也有笑話集《一笑》，其中一則敘丈夫在遠方做生意，給家鄉的妻子捎去一個鏡子為禮物。妻子沒見過鏡子，看到鏡裡的自己以為是丈夫娶的新婦，哭著將鏡子給婆婆看。婆婆一看大驚說：「娶妾也就算了，怎麼連對方的娘都帶來了呢？」

兄弟買鞋

民間故事中富有幽默感的故事也可視為笑話，如河南有一故事敘兄弟合買了一雙新鞋，說好誰出門就誰穿。哥哥常有事出門，弟弟覺得吃虧，便趁哥哥睡覺時穿在院中走來走去。日夜使用下鞋子很快便壞了，哥哥和弟弟商量再買一雙，弟弟忙說：「不了！我晚上還要睡覺呢！」

馮夢龍《笑府》卷目舉隅

說大話

有兩個人喜歡說大話。甲說：「我家鄉有個人個兒高，頭頂著天，腳踏著地！」乙也不甘示弱：「那算什麼！我家鄉的高個兒，上唇貼著天，下唇貼著地！」甲問：「那他的身子呢？」乙說：「我只見過他的一張大口！」

有在肚裡

一個士人連年科考不第，其妻嘆說：「你考個功名，跟我生孩子一樣難！」士人答：「我看還是科考難，你生孩子畢竟還有東西在肚裡！」

古艷部
26 則

日用部
45 則

腐流部
49 則

謬誤部
32 則

世緯部
55 則

形體部
50 則

方術部
35 則

閨風部
54 則

廣萃部
61 則

刺俗部
72 則

細娛部
25 則

殊稟部
54 則

馮夢龍

瞎子吃螺肉

有個瞎子吃螺肉，不小心掉到地上，低頭摸尋誤撿到雞屎放進嘴中，乃呸了一聲說：「天氣太熱了！東西怎麼才剛落地就臭掉了呢？」

添飯

一人留客午餐。客人吃完一碗飯後不好意思自己請添，便說：「我家有座房子要賣，屋梁有這碗口這麼大！」說著將碗口對著主人。主人見碗空，忙命童僕添飯，並問房價。客人說：「現在有飯吃了，不賣了！」

父子性剛

一對父子個性都很剛強。一日有客來訪，父親命兒子入城買肉。兒子買畢正要出城，窄路上迎面來的一人不肯相讓，僵持許久。父親尋子到此處，對兒子說：「你先把肉拿回去請客人，我來和他對看！」

147

第8章
小　說

UNIT 8-1
小說的定義與類型

圖解俗文學

「小說」一詞最早見於《莊子·外物》，指相對於大道的小技藝；東漢《漢書·藝文志》指出「小說家」是「出於稗官，街談巷語、道聽塗說者之所造」，乃先秦九流十家中唯一不入流的一家。可見較之詩、詞、古文等以文人為創作主體的文體，小說始終帶著俗文學的色彩。也可以說小說是以民間流傳的故事為基礎，加入作者的藝術創造，以散文寫成的虛構故事。中國小說的發展大致可分為志怪、傳奇、話本與章回，以下略述四體發展過程與特色：

志怪小說

劉葉秋指出志怪小說的淵源，是以「神話傳說開其端，諸子寓言廣其路，史傳雜記內的怪異敘述為其先河。商周巫術與秦漢神仙之說，復益其波瀾，於是志怪書以之形成」。志怪小說形成於漢代而興盛於六朝，形式多為筆記叢談，創作目的以「紀實」為主，情節較為簡單。通常篇幅短小，描寫神仙、鬼怪、妖異、方士等故事，內容多與仙話、鬼話或妖精故事互見。此外，同一時期盛行的志人小說，雖同為筆記小說的重要類型，但其上承史傳文學之傳統，而由士人清談風氣發展而來，故不置於本書「俗文學」範疇中討論。

傳奇小說

明代胡應麟指出，中國小說至唐代「乃作意好奇，假小說以寄筆端」，始有純粹的創作目的，脫離「傳錄舛訛」的筆記模式，而成為有意識的文學創作，故其內容「或亦託諷喻以紓牢愁，談禍福以寓懲勸，而大歸則究在文采與意想」。題材上除了繼承志怪小說的逑異傳統，經濟發展下造就的城市繁榮、打壓門閥、藩鎮割據的政治背景、文人透過結交娼妓攀附權貴所造成的愛情悲劇，以及佛道二教流行下的宗教思想，使唐傳奇不僅暗含文人的寄託，更反映了民間社會的現實面向。寫作技巧上，則已具備完整的敘事結構，並注意到人物刻劃，為中國小說的成熟階段。

話本小說

宋代隨著瓦舍勾欄中作為市民娛樂的「說話」興盛，由藝人說話內容寫為定本的「話本」逐漸盛行，而使中國小說由文言走向白話。其篇幅較傳奇擴大，以通俗淺白，甚至帶點粗獷、爽朗的語言風格，表現市民階層的生活、思想與情感，帶有濃厚的民間氣息。明代模仿宋元話本而作的「擬話本」，雖為文人創作，卻能保存話本小說的庶民風格，同時講究文學技巧，達到中國短篇白話小說之最高成就。

章回小說

說話中的「講史」不斷吸收野史傳說擴充題材，至元明發展為多至百回的長篇章回小說。羅貫中《三國演義》宣告章回小說的正式誕生，至明清章回小說發展極旺盛，而出現神魔小說《西遊記》、俠義小說《水滸傳》、世情小說《金瓶梅》等多種類型，至清代《紅樓夢》達到巔峰。其內容展現風俗人情與傳奇色彩，雅俗共賞。

中國小說成長史

發展階段			形式	特質
萌芽	原始社會	★神話	筆記叢談	敘事片段零散，散布於典籍。
	春秋戰國	★寓言		
童年	六朝	★志怪小說		紀實筆法，情節簡單完整。
成熟	唐代	★傳奇小說	中篇文言→白話	始具創作意識，故事始末俱全，人物性格突出。
轉變	宋元	★話本小說		敘事結構固定，情節起伏跌宕，富有教化意義。
巔峰	明清	★擬話本 ★章回小說	長篇鉅製	結構宏偉，布局嚴謹，人物成為民間典型形象。

UNIT 8-2
志怪小說

圖解俗文學

東漢末以來戰亂頻仍、社會混亂，加上道教形成、佛教傳入，宗教氣氛瀰漫，使人們轉往鬼神世界尋求寄託，於是造就了志怪小說的盛行。六朝時較著名的志怪專著有曹丕《列異傳》、張華《博物志》、干寶《搜神記》等，以下選幾則名篇略作介紹：

三王墓

出於東晉干寶《搜神記》，敘干將、莫邪為楚王鑄成一對雌雄劍，干將恐自己遭楚王殺害，便叮囑懷有身孕的妻子莫邪，倘若生男，便用雄劍為自己報仇，交代完才帶著雌劍去獻楚王。楚王得劍後果然殺了干將，多年後他夢見有個眉間有把尺那麼寬的少年要殺他，便以千金懸賞少年的人頭。這個少年便是干將之子赤比。赤比雖尋得父親所藏雄劍，卻因被懸賞而無法報仇，急得在山中悲哭。有個俠客聽說了他的遭遇，答應為他復仇，但要以他的人頭為餌。赤比立刻自刎，俠客帶著赤比首級去見楚王，表示勇士之頭需用大鍋熬煮才會瞑目，又說要楚王親自站在鍋邊看這顆頭才煮得爛。楚王照做，俠客隨即將楚王的頭砍落鍋中，自己也自刎入鍋。三顆頭在鍋中煮得面目全非，無法識別，旁人只好略分三份埋葬，合稱「三王墓」。

買粉兒

出於南朝宋劉義慶《幽明錄》。敘一富家公子愛上了賣胡粉的姑娘，便藉由每天買粉接近她，終於打動姑娘芳心，答應跟他約會。當晚，姑娘準時赴約，公子竟興奮過度而暴斃。當公子的家人整理遺物時發現一百多包的胡粉，循線查到賣胡粉的姑娘，便認定是她害死公子，將她扯到公堂上問罪。姑娘泣訴事情始末，並要求見公子最後一面。當她抱著公子的遺體痛哭時，公子忽然轉醒，說明真相，兩人結為夫妻。

陽羨書生

出於梁吳均《續齊諧記》。敘陽羨的許彥挑著鵝籠經過綏安山下，遇一書生，要求坐進鵝籠，而籠並沒有變大、變重，人也未變小。後來書生又口吐銅盒，變出山珍海味招待許彥，並吐出一女子同樂。隨即書生睡去，女子也吐出一男子私會，又變出屏風擋住書生。一會兒書生拉女子入屏風同寢，男子再吐一少女為伴。直到書生將醒，男子趕緊吞下少女，女子又慌忙起身吞下男子，書生才走出屏風吞下女子，最後將銅盒留給許彥為念。

袁相根碩

出於《搜神後記》舊題東晉陶潛撰，疑後人偽託，敘袁相、根碩追逐獵物，來到一個寬敞芳香的地方。在一間小屋內，他們遇見了兩個仙女，仙女說：「早就盼望你們來了！」袁相、根碩便與她們成了夫婦。住了一陣子，仙女出門慶賀其他姊妹得到夫婿，想家的袁相、根碩便偷偷溜走。這時兩個女子追了上來，送給他們一個腕囊，叮囑不可打開後放他們歸去。二人回鄉後，根碩的家人打開了腕囊，囊如蓮花層層剝落，最後有隻小青鳥飛了出去。過了幾天，根碩在田中耕種，便忽如蟬蛻殼般一動也不動了。

志怪小說中的異類婚戀

人類與異類婚戀的故事為六朝志怪小說中為數極多的題材,顏慧琪《六朝志怪小說異類姻緣故事研究》中,即按異類身分不同,將志怪小說中的婚戀故事分為四類:

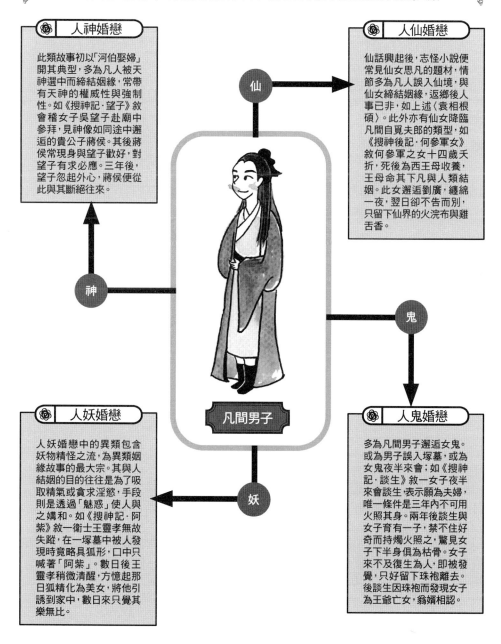

人神婚戀

此類故事初以「河伯娶婦」開其典型,多為凡人被天神選中而締結姻緣,常帶有天神的權威性與強制性。如《搜神記·望子》敘會稽女子吳望子赴廟中參拜,見神像如同途中邂逅的貴公子蔣侯。其後蔣侯常現身與望子歡好,對望子有求必應。三年後,望子忽起外心,蔣侯便從此與其斷絕往來。

人仙婚戀

仙話興起後,志怪小說便常見仙女思凡的題材,情節多為凡人誤入仙境,與仙女締結姻緣,返鄉後人事已非,如上述〈袁相根碩〉。此外亦有仙女降臨凡間自覓夫郎的類型,如《搜神後記·何參軍女》敘何參軍之女十四歲夭折,死後為西王母收養,王母命其下凡與人類結姻。此女邂逅後廣,纏綿一夜,翌日卻不告而別,只留下仙界的火浣布與雞舌香。

仙

神

鬼

妖

凡間男子

人妖婚戀

人妖婚戀中的異類包含妖物精怪之流,為異類姻緣故事的最大宗。其與人結姻的目的往往是為了吸取精氣或貪求淫慾,手段則是透過「魅惑」使人與之媾和。如《搜神記·阿紫》敘一衛士王靈孝無故失蹤,在一塚墓中被人發現時竟略具狐形,口中只喊著「阿紫」。數日後王靈孝稍微清醒,方憶起那日狐精化為美女,將他引誘到家中,數日來只覺其樂無比。

人鬼婚戀

多為凡間男子邂逅女鬼。或為男子誤入塚墓,或為女鬼夜半來會;如《搜神記·談生》敘一女子夜半來會談生,表示願為夫婦,唯一條件是三年內不可用火照其身。兩年後談生與女子育有一子,禁不住好奇而持燭火照之,驚見女子下半身俱為枯骨。女子來不及復生為人,即被發覺,只好留下珠袍離去。後談生因珠袍而發現女子為王爺亡女,翁婿相認。

UNIT **8-3**
傳奇小說

　　唐傳奇在文人的創作下，由六朝志怪內容擴大、藝術技巧提升而來，文字風格韻散夾雜、華美綺麗，標誌著文言小說的成熟。同時受史傳文學影響，多交代其故事來源或在結尾加以議論，仍可見「紀實」傳統的痕跡。其題材包含神怪、愛情、豪俠與宗教，以下各舉名篇為例：

補江總白猿傳

　　題為梁代武將歐陽紇撰，敘歐陽紇帶妻征戰，美麗的妻子被魔物抓走。歐陽紇尋找月餘，在山中見到一群衣著亮麗的婦人正在嬉笑歌唱。得知這群婦人與自己的妻子都被一隻大白猿擄來姦淫，而妻子正臥病在床。歐陽紇在婦人的幫助下除去了大白猿，並由婦人處得知，白猿生前喜看書簡，一日書簡無端遭焚，便料到死期將至。但妻子已懷了白猿的孩子，一年後產下一子，貌似白猿，卻聰穎過人，長大後以才學著稱。

霍小玉傳

　　隴西進士李益在鮑十一娘的牽線下，認識了由王府庶女淪落風塵的霍小玉。才子佳人，恩愛二載，小玉常擔憂色衰遭棄。李益得官將赴任，餞別之際，小玉請求李益相伴至三十歲再別選高門，屆時自己則遁入空門。李益寬慰之，承諾必與小玉偕老。然其上任後返鄉省親，方知家中已為他訂下與表妹盧氏的親事。李益畏懼母親嚴厲與盧家勢大，不敢拒絕，只好斷了與小玉的聯絡。小玉盼李益不至，到處求神問卜、遣人打聽，耗盡了身上的錢財，只好變賣首飾，甚至將父親昔年所贈的紫玉釵也賣了，終至相思成疾。李益回到京中準備迎娶盧氏，知小玉盼望，卻自覺愧對，不敢相見。有個黃衫豪客聽聞別人談論李益之事，便挾持李益至小玉家。小玉勉強支撐，對李益說：「我死後必定變為厲鬼，讓你的妻妾不安！」便痛哭數聲而氣絕。婚後李益常見盧氏與別的男子私通，終於休棄了她，對其他妻妾亦備加猜忌，三娶皆同樣的結果。

紅線

　　魏博節度使田承嗣想侵吞潞州節度使薛嵩的領地，薛嵩家的婢女紅線身懷絕技，一夜往返潞州與魏郡，盜來田承嗣床頭的金盒。翌日薛嵩命人歸還金盒，田承嗣驚疑萬分，知薛嵩身邊有高人，再也不敢動併吞之念。立功後，紅線向薛嵩坦承自己前世為江湖俠醫，因誤殺孕婦，被罰為女子。如今罪孽已償，將要遠離紅塵，專心修道。便拜別薛嵩，不知所往。

枕中記

　　功名未遂的盧生在邯鄲道上的旅店遇道士呂翁，當時店主人正在蒸黃粱飯，盧生枕著呂翁的青瓷枕入夢，夢中娶了清河富家崔氏女，身價水漲船高；又考上進士，任官建功，步步高升。一度遭忌被貶，又重獲重用而官至宰相；後遇同僚陷害遭流放，平反後封為燕國公，榮寵至極，窮極奢華，直至老死家中。一夢醒來黃粱還未熟，了悟人生榮辱不過如此，而勘破功名之念。

唐代傳奇的產生

志怪小說
延續六朝志怪小說的傳統，取材鬼神怪異之事，或逕以粗具梗概的志怪小說為藍本鋪寫而成。

文人創作
文人開始有意地運用文學想像與手法創作小說，具有明確的創作意識，而不再只是紀實錄怪。

城市繁榮
唐代商品經濟發達，使城市繁榮、市民階層興起，提供更多現實素材，使小說視野不再侷限於述異。

佛道盛行
佛道二教的盛行，使傳奇在志怪的基礎上，又出現更多煉丹服藥、飛升成仙，或因果輪迴的宗教素材。

文體發展
唐代詩歌、古文發展俱臻成熟，用於小說使其韻文、散文、敘事、議論眾體兼備，情節布局亦發展到新的高度。

市民娛樂
講唱、說話等市民娛樂興起，使變文、話本等通俗文學盛行，影響傳奇韻散夾雜的體製與曲折複雜的情節。

唐傳奇
★脫離雜錄體，具有嚴肅的創作目的。
★豐富而多元的創作題材，反映時代社會。
★敘事、抒情、議論融於一體的文體特性。
★情節布局、情感描寫、人物刻劃等寫作技巧達到新的高度。

UNIT **8-4**
話本小說

圖解俗文學

話本定義

「話本」是宋代說話藝人講說故事的底本，由書會編寫話本供說話人使用；另一說「話本」是元代以後，根據宋代說話內容編寫刊行的本子，而非藝人之底本。無論哪個說法，話本都是宋代庶民娛樂活動的體現。

話本體製

因應說書時的需求，話本體製大抵分為六部分：一為「題目」；二為「篇首」，以詩詞開頭；三為「入話」，解釋篇首，引入正話；四為「頭迴」，先說一個與正話相關或相反而篇幅較短的故事；五為「正話」，當人潮在前幾部分逐漸聚集後，再開始說主要的故事，亦即話本之主體；六是「篇尾」，由作者總結主旨，以評論或勸誡作結。

話本內容

宋代筆記中記載「說話有四家」，以「小說」、「講史」最受歡迎。「小說」即取材於現實的短篇故事，包含愛情、靈怪、傳奇、公案等題材，反映庶民生活思想。用語淺白、通俗，作者往往夾述夾議，寄寓濃厚道德教訓。「講史」則為講歷史故事，通常篇幅較長，分卷分目，韻散夾雜，是章回小說之前身。而現今所說之「話本」，則多專指前者。

擬話本

明代文人摹擬宋元話本的形式、口吻所創作的白話短篇小說稱為「擬話本」。其內容依舊是取材自庶民生活，但由演出考量轉移到閱讀考量，文學性提高，寓意與教化主旨也更加明確。其中成就最大者即馮夢龍整理、創作的話本集「三言」：《警世通言》、《喻世明言》、《醒世恆言》；與凌濛初創作之「二拍」：《初刻拍案驚奇》、《二刻拍案驚奇》。

錯斬崔寧

宋元話本名篇，見於《醒世恆言》。敘劉貴向岳父借得十五貫錢，酒醉返家對小妾陳二姊戲言此為賣妾所得。陳二姊信以為真，連夜逃跑，路遇販絲少年崔寧同行。當晚劉貴遭歹徒闖入家中殺死，十五貫遭竊，鄰人追得陳二姊，在崔寧身上恰搜出其販絲所得十五貫，兩人於是被屈打成招，以通姦殺人罪問斬。後劉貴妻子被強盜擄為壓寨夫人，多年後強盜無意間透露自己即為殺死劉貴的兇手，一樁冤案方得以昭雪。

賣油郎獨占花魁

馮夢龍所撰擬話本，見於《醒世恆言》。敘商人之女莘瑤琴因戰禍流落娼家，改名王美娘，長成後被評為「花魁娘子」，為尋覓從良對象勉強接客。賣油為生的秦重，見過美娘一眼後決心每日攢十兩銀子，要買美娘一夜春宵。積攢一年後終於得償所願，美娘卻大醉而歸。秦重不以為意，整晚服侍美娘，毫無踰矩，美娘酒醒後心裡感到歉疚又感動。一年後，美娘遭嫖客羞辱，流落街頭，又由秦重救回妓院，便自贖己身，委身秦重。

說話四家

南宋耐德翁《都城紀勝》與吳自牧《夢粱錄》中皆提到「說話有四家」，但因句讀解讀不同，學者對於四家的分類頗有爭議。以下圖解據陳汝衡《說書小史》之分類與曾永義《俗文學概論》之說明為基礎，並說明各家分類之歧異：

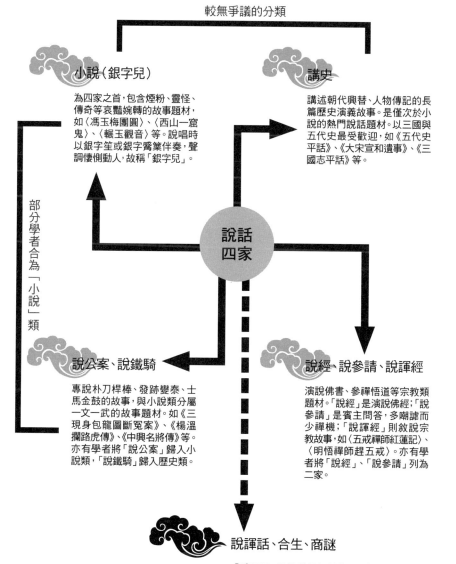

較無爭議的分類

小說（銀字兒）

為四家之首，包含煙粉、靈怪、傳奇等哀豔婉轉的故事題材，如〈馮玉梅團圓〉、〈西山一窟鬼〉、〈輾玉觀音〉等。說唱時以銀字笙或銀字觱篥伴奏，聲調悽惻動人，故稱「銀字兒」。

講史

講述朝代興替、人物傳記的長篇歷史演義故事。是僅次於小說的熱門說話題材。以三國與五代史最受歡迎，如《五代史平話》、《大宋宣和遺事》、《三國志平話》等。

部分學者合為「小說」類

說公案、說鐵騎

專說朴刀桿棒、發跡變泰、士馬金鼓的故事，與小說類分屬一文一武的故事題材。如《三現身包龍圖斷冤案》、《楊溫攔路虎傳》、《中興名將傳》等。亦有學者將「說公案」歸入小說類，「說鐵騎」歸入歷史類。

說話四家

說經、說參請、說諢經

演說佛書、參禪悟道等宗教類題材。「說經」是演說佛經；「說參請」是賓主問答，多嘲謔而少禪機；「說諢經」則敘說宗教故事，如〈五戒禪師紅蓮記〉、〈明悟禪師趕五戒〉。亦有學者將「說經」、「說參請」列為二家。

說諢話、合生、商謎

「說諢話」指詼諧逗趣的笑話；「合生」指音樂和舞蹈混合的唱本；「商謎」指猜謎。部分學者將此三類個別獨立或合為一家，但多數學者認為其並不在說話四家數之列。

UNIT *8-5* 章回小說

宋元時「講史」話本已發展出如《五代史平話》、《宣和遺事》等連貫為長篇小說的作品，至元末明初逐漸形成文人編纂潤飾、供人閱讀的章回小說，較講史話本結構完整、人物突出、情節曲折、篇幅鉅製，成為中國小說發展的巔峰。以下介紹有「四大奇書」之稱的四部章回小說經典：

三國演義

三國故事一直是民間文學的熱門題材，元末羅貫中以《三國志》為基礎，囊括各種有關三國的小說、筆記、傳說、平話、戲文、雜劇等，以高超的藝術手法，創作了氣勢磅礡、頭緒紛繁的《三國演義》。原著共二百四十則，今最流行的版本則為清康熙時的毛宗崗評本，共一百二十回。從東漢末年的黃巾起義到西晉統一為背景，以蜀漢為中心，全面描寫魏、蜀、吳三國之間政治、軍事、外交等方面的矛盾衝突。創造了梟雄曹操、忠義關羽、智謀孔明等流傳千古的經典形象，以及桃園三結義、三英戰呂布、草船借箭、千里走單騎、擊鼓罵曹等著名情節，甚至取代人們對三國歷史的認知，影響廣泛而深遠。

水滸傳

《水滸傳》的作者尚有爭議，一般認為是元末明初施耐庵根據民間傳說加工而成，羅貫中亦曾纂修，全書定型於明代，清金聖嘆則刪訂為七十回本，是目前流行最廣的版本。該書原名《江湖豪客水滸傳》，敘北宋末年梁山泊上以宋江為首的綠林英雄們從被迫落草、起義對抗朝廷，直到接受招安的過程。全書突出「官逼民反」的主題與表揚忠義的思想，塑造了一百零八個水滸英雄，如豹子頭林沖、花和尚魯智深等，各個性格鮮明，開長篇英雄小說之先河。

西遊記

唐代玄奘取經的故事在民間流傳下逐漸具有神異色彩，在宋元話本《西遊記平話》中初具規模，至明代吳承恩便據此加工創作為中國第一部神魔小說《西遊記》。內容分為三個部分：一到七回寫孫悟空出生到大鬧天宮的事蹟；八到十三回寫唐僧身世與取經原由；十四到一百回寫孫悟空、豬八戒、沙悟淨等伴隨唐三藏取經，途經八十一難的過程，是全書的主體。關於本書的主題眾說紛紜，可從宣道、勸學、政治諷刺、社會反映、滑稽詼諧等多重面向切入，並充分展現三教合一的思想複雜性。其中塑造的神魔形象，也成為家喻戶曉的經典人物。

金瓶梅

中國第一部文人獨立創作的長篇白話世情小說，作者署為蘭陵笑笑生，內容取《水滸傳》的二十三至二十七回西門慶勾引潘金蓮的情節為框架，著重描寫西門慶自發跡至淫亂而死的故事。書名為西門慶的三個女人：潘金蓮、李瓶兒與龐春梅名字各取一字而來，以西門慶的淫亂生活為核心，揭露北宋末年上至太師、地方官僚，下至市井流氓之間官商勾結的社會現實，以批判之筆寫出世俗中的黑暗腐朽，深刻諷刺了帝王昏庸、人性墮落、道德淪喪的現實世界。

《紅樓夢》中的木石前盟與金玉良緣

《紅樓夢》為中國章回小說的巔峰之作。原名《石頭記》，共一百二十回。清曹雪芹撰前八十回，後四十回則普遍說法為高鶚續作。內容以榮、寧二府的興衰為背景，揭露貴族社會的腐敗與衰落，寄託人世無常、榮辱幻夢之慨。並以賈寶玉、林黛玉、薛寶釵的愛情婚姻為主要敘事線索，象徵世俗與性靈的矛盾衝突。

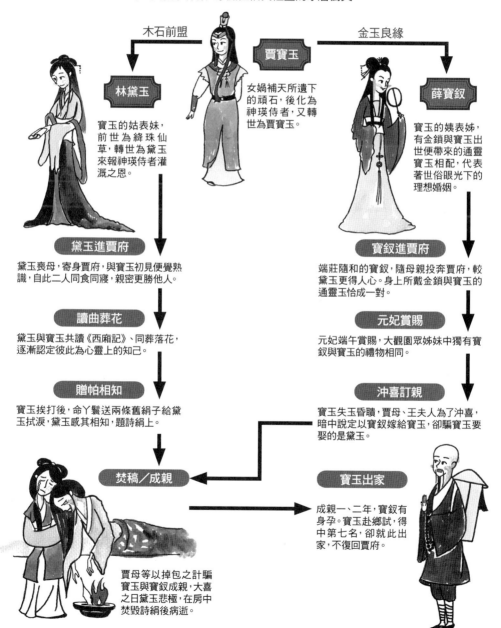

木石前盟

賈寶玉
女媧補天所遺下的頑石，後化為神瑛侍者，又轉世為賈寶玉。

金玉良緣

林黛玉
寶玉的姑表妹，前世為絳珠仙草，轉世為黛玉來報神瑛侍者灌溉之恩。

薛寶釵
寶玉的姨表姊，有金鎖與寶玉出世便帶來的通靈寶玉相配，代表著世俗眼光下的理想婚姻。

黛玉進賈府
黛玉喪母，寄身賈府，與寶玉初見便覺熟識，自此二人同食同寢，親密更勝他人。

寶釵進賈府
端莊隨和的寶釵，隨母親投奔賈府，較黛玉更得人心。身上所戴金鎖與寶玉的通靈玉恰成一對。

讀曲葬花
黛玉與寶玉共讀《西廂記》、同葬落花，逐漸認定彼此為心靈上的知己。

元妃賞賜
元妃端午賞賜，大觀園眾姊妹中獨有寶釵與寶玉的禮物相同。

贈帕相知
寶玉挨打後，命丫鬟送兩條舊絹子給黛玉拭淚，黛玉感其相知，題詩絹上。

沖喜訂親
寶玉失玉昏聵，賈母、王夫人為了沖喜，暗中說定以寶釵嫁給寶玉，卻騙寶玉要娶的是黛玉。

焚稿／成親

寶玉出家
成親一、二年，寶釵有身孕。寶玉赴鄉試，得中第七名，卻就此出家，不復回賈府。

賈母等以掉包之計騙寶玉與寶釵成親，大喜之日黛玉悲極，在房中焚毀詩絹後病逝。

159

第9章
民間說唱

UNIT *9-1* 民間說唱概述

圖解俗文學

「說唱」釋名

「說唱」是融合了文學、語言、音樂與表演為一爐的口語藝術,其淵源於先秦,成形於唐代,盛行於宋代,元明清至近代以來仍然蓬勃發展。「說唱」一詞,宋代即見於文獻。就表演上來說,是以說白夾雜歌唱的方式來敘說故事;就文學上來說,則指韻文與散文相間的敘事性文體。亦有學者將之分為「說書」與「唱曲」論之。1938 年鄭振鐸《中國俗文學史》中將此類文體總稱為「講唱文學」,1960 年阿英則以「說唱文學」代之。近代中國以「曲藝」概稱此類表演活動,強調說、學、逗、唱的「藝」;臺灣則稱之為「說唱藝術」,乃以「說唱文學」韻散相間以敘說故事的特色為基礎,二者內涵實則不謀而合。

說唱的形式

說唱體式有「以說為主」、「以唱為主」與「說唱相間」三種類型。唱的部分在音樂方面有「樂調體式」與「講念體式」兩種,前者是在說唱中以樂曲唱出韻文,如諸宮調、貨郎兒等,又可分為使用曲牌的「聯曲體」,與唱七字句或十字句的「板腔體」,亦有兩者綜合使用的體式;後者則是不加入曲牌,韻文只配上簡單的樂器講講念念,如寶卷、彈詞、子弟書等。另有全為散文、不配樂曲與伴奏的表演形式,如相聲、評書、說話等。表演方面,有坐唱、站唱、走唱、拆唱、彩唱等形式,多為一人主講,以敘事為主、代言為輔,具有「一人扮飾多角」的特點。也有部分是以代言為主、敘事為輔,二至三人分角色拆唱。其語言多為通俗淺白、音韻優美的方言。

說唱的題材

說唱的題材豐富,最常見的是歷史故事與民間傳說。如宋代說話的「說三分」、「講史」;明代詞話中大量的包公故事;清代子弟書的英雄傳說等。其次是宗教方面,如唐代寺廟中的俗講,是將佛教故事敷演為通俗的變文,以說唱形式宣傳經義;宋代以後流行的寶卷、道情,更是僧、道在民間宣傳教義所衍生的說唱形式。其三是取材於生活,反映社會現實,或寄寓教化勸世之意的故事,如宋元民間流行「叫果子」,模仿各種叫賣的市聲,編成詞章加以演唱;元代「貨郎兒」是說唱藝人扮作貨郎的樣子,持串鼓、打板,說唱人間悲歡離合的故事;臺灣唸歌則有勸人為善的勸世歌,與敘述民間生活百態的事物歌等。其四是趣味性的對話、答辯、幽默故事等,以滑稽詼諧為主,如相聲、大鼓、快板快書等。足見說唱內容之多元性。

說唱的價值

說唱對於知識、教育、社會與民間文學的流播,具有高度價值。古代庶民對於歷史的了解,多來自於說唱的內容;其中寄寓的忠孝思想,更對人民有教化的作用。許多民間傳說、故事與少數民族的史詩,都藉說唱代代相傳;許多經典的章回小說與戲曲,無論在題材內容或文學體製上,皆自說唱文學醞釀而來。

歷代說唱文學

時代　　　　　　　　　　　盛行的說唱類型

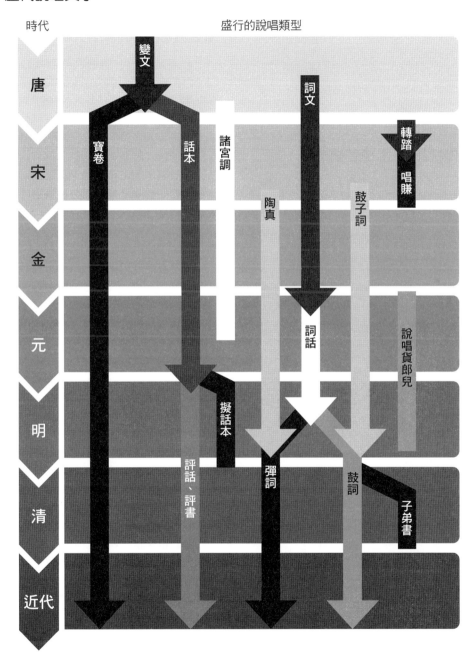

時代：唐　宋　金　元　明　清　近代

變文　寶卷　話本　諸宮調　陶真　詞文　鼓子詞　轉踏　唱賺　詞話　說唱貨郎兒　擬話本　評話、評書　彈詞　鼓詞　子弟書

UNIT *9-2* 民間說唱的淵源

圖解俗文學

民間說唱雖形成於唐而盛行於宋，然其既說且唱的表演形式，早在漢代以前就可在瞽矇、稗官、方士或俳優身上窺見雛形。以下略敘幾種具有說唱元素的文學或活動形式，觀察說唱自周代至唐代以前的醞釀過程：

《逸周書·太子晉解》

先秦史籍《逸周書》中有〈太子晉解〉一篇，記春秋時晉國主樂太師師曠在太子晉「聘周之年」（即十五歲時）朝見太子，以反覆問答試探其才，而太子晉則對答如流。全篇形式為主客問難的遊戲性文字，平易淺近。曾永義以此為先秦散說，劉光民則指出此為「先秦時代民間的客主賦」，由此亦可考查出敦煌俗賦如〈晏子賦〉、〈孔子項託相問書〉、〈茶酒論〉等俗賦的形式源頭。

荀子〈成相〉

戰國時荀子作〈成相〉，開頭即說：「請成相，世之殃，愚闇愚闇墮賢良！人主無賢，如瞽無相何倀倀？」，「相」是舂米用的杵，「成相」便是從杵歌（以杵擊地打節拍伴奏歌曲）發展而來的民間說唱。荀子借用此種說唱形式的韻文宣傳政治主張，闡述為君、治國、為臣之道，引述桀紂失國、武王建業、比干死、箕子出，以及伍子胥、百里奚、孔夫子的遭遇，夾敘夾議，頗有講史的味道。其體製為每段一韻，作三三七四七句式，一、二、三、五句為韻腳，全篇是一支完整曲調的「重頭」，也是目前所能見到最古老的說唱。

漢魏六朝樂府詩歌

曾永義指出，漢魏六朝時採自民間、可配合音樂而歌唱的樂府詩，從其形式與內容上看來，俱為說唱中的唱詞。如〈陌上桑〉、〈孔雀東南飛〉、〈木蘭辭〉等作品中，皆有敘事、對話、抒情、寫景，既能渲染氣氛，又有人物性格的描寫。配合音樂唱來即為優美而具感染力的說唱故事，對後世說唱的正式形成也有一定的啟發。

俳優小說

俳優表演至三國特別興盛於宮廷、官府與軍中。如《三國志》載吳質於京師宴請上將軍、中領軍等武將，見上將軍與中領軍身材一肥一瘦，乃召優伶即興說笑取樂，稱為「說肥瘦」；這樣的俳優技藝演出甚至流行於文人之間，如《三國志》注引《魏略》，載邯鄲淳首次晉見曹植，曹植延其入座後竟先「科頭拍袒，胡舞五椎鍛、跳丸、擊劍、誦俳優小說數千言」，然後才與他品評談論史事。此「俳優小說」或為俳優之流常用的故事笑話，並與胡舞、跳丸、擊劍等雜技並列，可見亦被視為供人玩樂的技藝。《魏書》又記載侯文和「滑稽多智，辭說無端，尤善淺俗委巷之語」；《北史》載李崇「性滑稽，善諷誦，數奉旨詠詩，並使說外間世事可笑樂者」；《隋書》載侯白「好為誹諧雜說，人多愛狎之，所在之處，觀者如是」。凡此俱可看出唐代以前，文人即有述說滑稽笑話的傳統，甚至帶有表演技藝的意味，已具說唱的雛形。

「說話」的源流

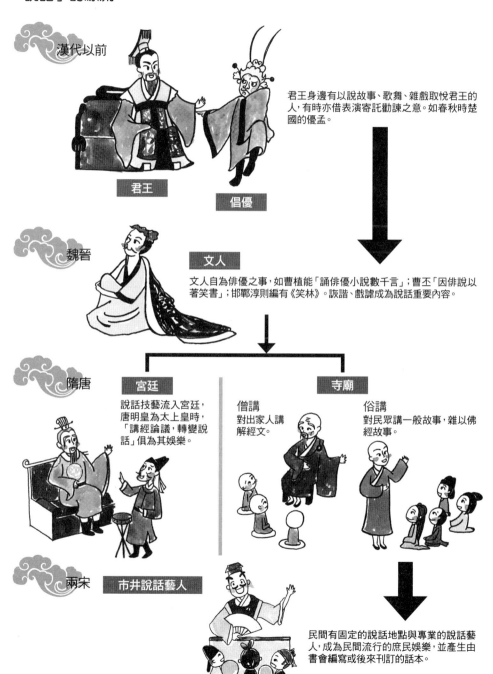

漢代以前

君王　**倡優**

君王身邊有以說故事、歌舞、雜戲取悅君王的人，有時亦借表演寄託勸諫之意。如春秋時楚國的優孟。

魏晉

文人

文人自為俳優之事，如曹植能「誦俳優小說數千言」；曹丕「因俳說以著笑書」；邯鄲淳則編有《笑林》。詼諧、戲謔成為說話重要內容。

隋唐

宮廷

說話技藝流入宮廷，唐明皇為太上皇時，「講經論議，轉變說話」俱為其娛樂。

寺廟

僧講
對出家人講解經文。

俗講
對民眾講一般故事，雜以佛經故事。

兩宋　**市井說話藝人**

民間有固定的說話地點與專業的說話藝人，成為民間流行的庶民娛樂，並產生由書會編寫或後來刊訂的話本。

UNIT 9-3
唐代的說唱文學

將說唱視為專業的技藝始於唐代寺院。唐代佛教盛行，印度佛經有韻有偈的誦唱方式流入中國，寺僧以此講解翻譯的佛經，稱為「僧講」；將佛經故事改編為通俗故事，邊說邊唱地向一般人述說，則稱為「俗講」。俗講使說唱的聽眾由宗教界深入民間，從敦煌遺書中可看出僧講與俗講大致分成以下幾種形式：

講經文

僧講對象為出家僧侶，其源自六朝時講經說法、宣唱開導的「唱導」，內容則為轉譯佛經、宣揚教義的講經文。如〈金剛般若波羅蜜講經文〉、〈佛說阿彌陀經講經文〉、〈妙法蓮華經講經文〉、〈維摩詰經講經文〉等。講經有一定的形式，除了講解經文中的奧義，或以佛教故事為喻，還要以梵文吟唱與誦讀經中的偈語，加上佛樂伴奏。韓愈詩云：「街東街西講佛經，撞鐘吹螺鬧宮廷」，可見講唱經文未必皆是莊嚴肅穆，亦有熱鬧盛大的景況。

變文

對一般民眾講說的通俗故事稱為「變文」，取其「轉變佛典為民間故事」之意。雖本意仍在宣揚佛教，內容則不限佛經故事，大致有演繹佛經、敷演歷史傳說、歌詠時事、敘懷或遊戲等。其形式以散文敘事說明，再重複以韻文歌唱強化記憶，有時並配合圖畫。散文部分或為駢偶體、淺近文言或幼稚的白話，韻文則以七言為主，夾雜四、五、六、八、九言。主講的僧人稱為「俗講僧」，趙璘《因話錄》載俗講僧文敘（淑）和尚「公為聚眾談說，假託經論，所言無非淫穢鄙褻之事，……聽者填咽寺舍，瞻禮崇奉，呼為『和尚教坊』，效其聲調以為歌曲。」可見俗講內容之通俗鄙俚，以及在民間極受歡迎。

俗賦

賦在漢代為流行於貴族文人階層，介於韻文與散文之間的文體。至唐五代則流入民間，故謂「俗賦」。如敦煌遺書中的〈韓朋賦〉、〈燕子賦〉、〈䴏鵲書〉等篇，以賦體敘述民間故事；〈晏子賦〉、〈孔子項託相問書〉、〈茶酒論〉等篇，則為主客問難答辯的形式。通篇韻散夾雜，多為四言或四六言相間的整句。《漢書・藝文志》謂賦體乃「不歌而誦」，故俗賦的表演形式應為只說不唱，但講究語言的旋律與節奏之美。

詞文

敦煌遺書中有一類作品稱為「詞文」，其形式全為七言韻文，隔句押韻，一韻到底，是從漢魏六朝樂府五言唱詞的基礎上發展而來，其後陶真、寶卷、詞話、彈詞、鼓詞、子弟書等七言詩讚系說唱文學皆受其影響。

話本

「說話」作為說唱技藝，始見於隋代侯白《啟顏錄》，其中「說一個好話」的「話」即是全以散文述說的故事。唐代則有「新昌宅說〈一枝花〉話」，指說李亞仙與鄭元和的故事。可知唐代說話已從寺院移至民間。

敦煌變文的形式與內容

作品　醜女緣起

文言散文，四字句居多。故事敘波斯匿王有一女波闍羅，相貌奇醜，成年後嫁給一個沒落貴族，波斯匿王要求女婿將波闍羅幽閉在室，不讓她見人。波闍羅心中悲苦，虔敬求佛悲憫，佛憐憫之，改其容貌並為其說法，波闍羅乃知貌醜乃因前世造業所致，自此誠心向佛。

作品　王昭君變文

韻散夾雜，散文以第三人稱敘事，韻文以昭君、單于或漢使的第一人稱抒情。內容敘昭君出塞，與單于成親，在塞外望鄉思歸。單于不知其心思，未加以呵護，使昭君抑鬱而亡，死前自作遺書。單于見書痛哭厚葬。漢朝派使臣來弔，並作祭詞。

演繹佛經

歷史傳說

押座文

講經前講師先說唱一段文字，隨意抒懷或隱括故事，使聽眾安靜下來後方進入正題，稱為「押座文」，為宋話本「入話」前身。

緣起

佛經中說明因果報應者多題為「緣起」，發展至變文，凡搬演因果或說明事情因由的多稱為「緣起」。形式較一般變文短小。

歌詠時事

敘懷遊戲

作品　張義潮變文

韻散夾雜，敘唐代抗吐蕃的義軍首領張義潮率領漢將起義的時事。以散文敘述激烈的戰事過程，以韻文形容戰士的英勇雄心，與慘烈的戰爭場面。

作品　百鳥名君臣儀仗

四六文夾雜七言韻文，將眾鳥比附朝中百官，如宰相、忠臣、侍御、將軍等，並形容其狀貌樣態與特徵，擬人化的筆法十分活潑有趣。

UNIT 9-4
宋金的說唱文學

圖解俗文學

唐代的俗講流入民間後，兩宋城市的繁榮與勾欄瓦舍的興起為說唱提供絕佳的表演場域，遂蔚為盛況，發展出繁多的類型，成為重要的市民娛樂。宋代的說唱除了前文已述及的「說話」之外，尚有如下幾種類型：

轉踏

興於北宋初，又稱「傳踏」，開頭為散文式的「致語」，中間分為若干節，每節以一詩一詞詠一故事。詩句為朗誦，詞句為演唱，唱時伴以舞踏。開演前有「放隊詞」，末尾則有「收隊詞」，可知其為隊舞的演出形式，在民間宴會時邊舞邊唱。現存作品如無名氏〈調笑集句〉，分詠巫山、桃源、洛浦、明妃、班女、文君、吳孃、琵琶等八事。

唱賺

轉踏至北宋末演變為「纏令」、「纏達」，為唱賺的早期型態。「纏令」為引子之後以兩支曲子相互交替循環；「纏達」則是在引子之後接若干曲牌，以【尾聲】收束。相傳唱賺為南宋初年臨安藝人張五牛創立，演唱時以鼓板、拍板伴奏，音樂複雜多變，包含慢曲、曲破、大曲、嘌唱、耍令、番曲、叫聲等各家腔譜。今見唯一賺詞為《圓社世語》，開唱前先以【鷓鴣天】開場，內容乃歌詠蹴鞠，由九支曲牌組成。至南宋末，又有將賺詞逐套重複運用，稱為「覆賺」，多以男女愛情與戰爭故事為題材，可惜今日已無賺詞留下。

鼓子詞

演唱宋代流行的詞調，並以鼓伴奏的說唱形式。多以同一詞調重複演唱，也有運用十二支曲調者。有的作品只唱不說，也有夾入說白，邊說邊唱者，以北宋趙令時《商調蝶戀花鼓子詞》最典型，即在唐傳奇〈鶯鶯傳〉中穿插十二首〈蝶戀花〉詞，韻散夾雜說唱西廂故事。由說轉唱之處常有「奉勞歌伴」等詞。而今民間鼓子詞雖多數散佚，但北宋時曾傳入士大夫階層，作為筵席間演唱的小型樂曲，因此還留有部分文人作品，如歐陽修《十二月鼓子詞漁家傲》、侯寘《金陵府會鼓子詞新荷葉》等。

叫果子

又稱「叫聲」、「吟叫」，是以藝術化的方式模仿市井各種叫賣之聲，並編詞章、譜入宮調加以演唱。常以敲碗盞伴奏，稱為「打拍」；若搭配鼓伴奏，則為「嘌唱」；不加伴奏只唱四句者則稱為「散叫」。叫果子最初為市井娛樂，後亦有邀請藝人至宅院演唱者，甚至有專門研究叫賣聲藝術化的藝人團體，可惜未見作品留下。

諸宮調

北宋末由汴京藝人孔三傳創立，盛於金朝，至元代沒落。乃以不同宮調的曲子連綴，穿插說白，夾敘夾唱述說故事。其體製宏大，曲調來源豐富，包括唐燕樂大曲、宋教坊大曲、唐宋詞調、民間說唱音樂等，適合敘述曲折複雜的長篇故事。今存董解元《西廂記諸宮調》、無名氏《劉知遠諸宮調》等作品。

鶯鶯故事演變

金元諸宮調現存三本，為《劉知遠諸宮調》、《西廂記諸宮調》與《天寶遺事諸宮調》。其中董解元所作《西廂記諸宮調》（又稱《董西廂》）改編自唐傳奇〈鶯鶯傳〉，卻為故事賦予了新的生命，為王實甫所著元雜劇《西廂記》（又稱《王西廂》）的重要藍本。以下圖解三本故事的情節變化，以明「董西廂」在西廂故事演變中的重要地位：

唐傳奇〈鶯鶯傳〉

張生在蒲救寺為鄭氏姨母解兵亂之危。

◀張生作情詞挑動鶯鶯。

▶兩人月下偷情，私下來往。

姨母命女兒崔鶯鶯拜見，張生對鶯鶯一見鍾情。

張生赴考落榜，決心拋棄鶯鶯。

金元諸宮調《董西廂》

將〈鶯鶯傳〉始亂終棄的主題思想，翻轉為張生與鶯鶯共同追求自由婚戀、反抗傳統家長勢力的愛情故事，並增加情節如下：

張生為鄭氏解危之前，二人便隔牆唱和，互有好感。

鄭氏命二人結為兄妹，婢女紅娘建議張生彈琴挑動鶯鶯。

鶯鶯聽琴、傳詩，心情在情感與禮法之間矛盾掙扎。

鄭氏發現私情，拷問紅娘。紅娘據理力爭，鄭氏方答應張生中舉後迎娶鶯鶯。

元雜劇《王西廂》

在諸宮調的基礎上，加強鄭氏與崔張之間的衝突，以及紅娘的機智正義。如使鄭氏在亂中曾許鶯鶯給張生為妻，後又賴婚，才引出紅娘一番見義勇為的獻策傳書。其五本的情節大致如下：

張君瑞鬧道場
張生遊殿見鶯鶯，向寺僧借住東廂房。

崔鶯鶯夜聽琴
張生解圍，鄭氏許婚又賴婚，紅娘仗義助張生。

張君瑞害相思
鶯鶯見張生情詩佯作發怒，寫詩約其見面又對張生斥責一番。

◀草橋店夢鶯鶯
二人月下幽會，鄭氏得知私情，逼張生赴試。

▶張君瑞慶團圓
鄭氏欲將鶯鶯改嫁未果，張生中舉歸來，崔張終成眷屬。

UNIT 9-5
元代的說唱文學

　　元代對民間娛樂頒布了諸多禁令，說唱不如兩宋興盛，但卻依舊繁榮。除了延續宋金傳統持續發展的說話與諸宮調外，尚有下列說唱活動或文學的出現：

詞話

　　淵源於唐、五代的詞文，興於元初而盛於明代。元初曾禁止正式樂人以外的農民、市戶、良家子弟搬演詞話，足見其受歡迎的程度。學者胡士瑩認為詞話之體「兼樂曲與詩讚」，並將鼓子詞《刎頸鴛鴦會》、諸宮調、說唱貨郎兒、陶真等宋金元說唱伎藝都歸為詞話。今未見完整的元代詞話作品流傳，但元雜劇中多有引用詞話作為訴詞、斷詞或總結，多為七字句、十字句的詩讚體。明成化年間則有說唱詞話十六種的刊本流傳，大致符合元雜劇所引體式，而以傳奇、公案、靈怪題材為主，如《石郎駙馬傳》、《包龍圖斷歪烏盆傳》、《鶯歌孝義傳》等作品，此外亦有講史詞話如《大唐秦王詞話》等，可見詞話至明代依舊流行。

蓮花落

　　又稱「蓮花樂」、「落子」，宋代時已產生，為乞丐所演唱的七言韻文，但尚未造成流行。至元雜劇中才大量被記載，其形式為七言韻文，每句後加上合聲「哩哩蓮花」或「打打哈蓮花落」，並以「撒搖槌」伴奏，即以搖動夾竹片與槌鼓打節奏。蓮花落自元代一直流行至明清，明代蓮花落多為妙齡女子演唱，形式較元代自由，多為即時創作，唱詞與曲調隨口成章。唱詞句式字數不固定，亦可換腔換調，全依情感而發。直至民國初年，尚有扮作乞丐、花衣敷粉、手持串著銅錢的竹竿、旋轉舞蹈作乞討狀的表演。

說唱貨郎兒

　　流行於元明之際，今不見作品傳下，卻在元雜劇《風雨像生貨郎旦》、明章回小說《水滸傳》、《金瓶梅》中有不少記載。其表演時裝扮為貨郎的樣子，腰插一把串鼓。一手拈串鼓、一手打板，以信口腔配蛇皮鼓說唱，在韻文中夾雜說白。內容多取材於現實，為人間悲歡離合的故事。其表演者多為貧窮村夫、俗女寡婦等。初流行於農村，後多為富人喚入府中表演，有時亦穿插雜技。元大都曾因說唱貨郎兒「充塞街市，男女相混」而禁止。

馭說

　　僅見於元王惲〈鷓鴣引贈馭說高秀英詞〉：「短短羅衫淡淡妝，拂開紅袖便當場。掩翻歌扇珠成串，吹落談霏玉有香。由漢魏，到隋唐，誰教若輩管興亡。百年都是逢場戲，拍板門槌未易當。」曾永義據此推論「馭說」為說唱史書的一種，表演時有扇助其舞態，有拍板門槌為其節奏。但未見其他作品與文獻流傳。

琵琶詞

　　僅見於《元典章》：「在都唱琵琶詞、貨郎兒等，聚集人眾，充塞街市，男女相混……依上禁行。」高國藩據此推論此為沿街就地之說唱，但未見其他作品與文獻流傳。

歷代「道情」發展特色

源自道士宣傳教義與募捐化緣時所唱的曲詞。演唱時右手拍打「漁鼓」，即竹筒底端蒙上羊皮為鼓，又稱「道情筒子」；左手打簡板，與漁鼓筒的拍擊聲相配合，口中演唱抒情或敘事的曲調。後則演變為說唱形式，不限於道士或行乞者演唱。

唐代

最初為道觀所唱經韻，可能為道人行乞時所唱。唐代君王信奉道教，命宮廷樂工仿此譜製「道曲」、「道調」，內容多言道士飛升幻化之術，或為朝廷歌功頌德。

明代

脫離道教宣教作用，由一般藝人演唱，亦可由兩人演唱。內容除了抒情，也講唱民間通俗故事，或寄寓諷刺於嘻笑怒罵，突破道教思想限制。

宋代

吸收詞牌、曲牌，演變為道教在民間佈道時演唱的道歌。南宋始創製漁鼓，搭配簡板伴奏，類似鼓子詞。

清代

民間與文人道情分道揚鑣，民間道情重敘事，文人道情則以抒情為主。文人道情作者以鄭板橋為代表，其作品風格清新、境界優美，也十分受民間歡迎。

元代

道情發展已成熟，多於茶樓酒肆中演唱。開唱前先唱一段引子，後為十字句曲詞，內容為勸化或抒情。另元代人將簡板稱為「筒子」，「漁鼓」稱為「愚鼓」。

現代

道情流傳各地，南方流行詩讚體，以曲白相間唱道情，如金華道情、溫州道情；北方則流行曲牌體，採秦腔、梆子的鑼鼓與唱腔，發展為道情戲，如江西道情、湖北道情等。

171

UNIT 9-6
明代的說唱文學

明代繼承宋元民間說唱的發展，承先之外又變化出新的說唱文學形式。較具代表性者略敘如下：

圖解俗文學

陶真

又稱「淘真」，產生於南宋，至明代始大量流行。多由男女瞽者說唱，以琵琶伴奏，說唱古今小說、平話，內容多為宋代時事。其唱詞為七言詩讚體，是彈詞的前身。今已不見傳本，然清俞樾《茶香室叢鈔》引明郎瑛《七修類稿》所記陶真，斷言「明代當尚有其書，故郎氏得見之也。」

彈詞

明中葉有彈唱詞話，又稱彈唱說詞、搊彈說詞，簡稱彈詞。最早的記載見於元末，而流行於嘉靖萬曆年間的江浙地區，又稱「南詞」。臧懋循《負苞堂集》記載其多為瞽者於市衢演唱，用小鼓、拍板伴奏；亦有婦女伴以弦索，由此可看出與陶真的關聯。原為民間說唱，流行後亦有文人仿作，如梁辰魚《江東二十一史彈詞》、吳興《續二十一史彈詞》等，然皆未傳至今。今見彈詞作品則皆為清代所作，彈唱之前先有一段開場的「開篇」，接著進入「本書」。「本書」分為說白與唱詞，唱詞部分是七字句或十字句為主的詩讚體，有純粹七言句式者，如《再生緣》；亦有上加三言襯字為十字句者，如《筆生花》。演唱時以三弦與琵琶伴奏，個人的自彈自唱稱為「單檔」，兩人的互相問答說唱則為「雙檔」，著名的演唱者如乾隆時的王周士、嘉慶、道光年間的陳遇乾、毛菖佩、俞秀山、陳瑞廷，與同治年間的馬如飛、姚士璋等。

評話

宋代說話發展至元代，稱為「評話」。明代說書大家柳敬亭將評話藝術推向高峰，而至清代發展為兩大系統：北方稱為「評書」，南方稱為「評話」。評話通常一個人獨說，以醒木一塊、紙扇一把，佐說書之抑揚頓挫。柳敬亭在寧南軍中說書時則用敲板唱弋陽腔。評話有「大書」與「小書」之分。大書專講《三國》、《水滸》、《封神榜》、《西遊記》等篇幅宏大、氣勢磅礴的長篇演義故事。小書則專講《珍珠塔》、《描金鳳》、《白蛇傳》、《玉蜻蜓》等短篇民間通俗故事，纖巧含情，詼諧逗趣。講評話者要將各色人物聲口模擬得維妙維肖，在插科打諢中寄寓忠孝節義之教化意義，流行於軍營、民間、宮廷等各階層，影響深遠。

木魚歌

又稱「摸魚歌」、「沐浴歌」，是中國廣州地區和東粵的民間說唱，起源於明末，清代後盛行。就其篇幅可分為兩種，長篇者稱「南音」，多至數百、千言，多改編自彈詞、鼓詞、寶卷、通俗小說，如《二荷花史》、《二度梅》等；短篇者稱「龍舟」，如《十二時辰》、《十思起解心》等。早期唱詞隨編隨唱，晚明後始傳抄或刻印曲詞流傳。以粵語演唱，二胡、琵琶、三弦、古箏等弦樂器伴奏，有時亦以木魚或竹板擊節。其形式多為七言敘事詩，間雜三、五、九言句，至多可達十二言。用語半文半俗，夾有大量俚語。

「寶卷」的發展歷史

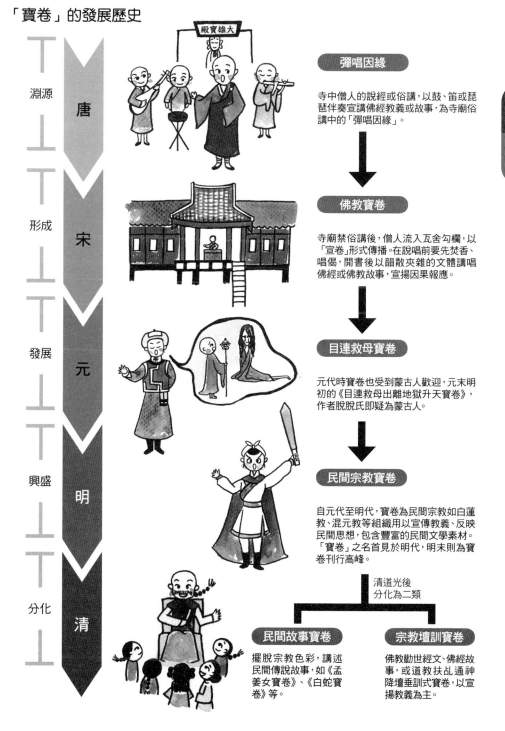

淵源 — 唐

彈唱因緣

寺中僧人的說經或俗講，以鼓、笛或琵琶伴奏宣講佛經教義或故事，為寺廟俗講中的「彈唱因緣」。

形成 — 宋

佛教寶卷

寺廟禁俗講後，僧人流入瓦舍勾欄，以「宣卷」形式傳播。在說唱前要先焚香、唱偈，開書後以韻散夾雜的文體講唱佛經或佛教故事，宣揚因果報應。

發展 — 元

目連救母寶卷

元代時寶卷也受到蒙古人歡迎，元末明初的《目連救母出離地獄升天寶卷》，作者脫脫氏即疑為蒙古人。

興盛 — 明

民間宗教寶卷

自元代至明代，寶卷為民間宗教如白蓮教、混元教等組織用以宣傳教義、反映民間思想，包含豐富的民間文學素材。「寶卷」之名首見於明代，明末則為寶卷刊行高峰。

分化 — 清

清道光後分化為二類

民間故事寶卷

擺脫宗教色彩，講述民間傳說故事，如《孟姜女寶卷》、《白蛇寶卷》等。

宗教壇訓寶卷

佛教勸世經文、佛經故事，或道教扶乩通神降壇垂訓式寶卷，以宣揚教義為主。

UNIT *9-7*
清代的說唱文學

圖解俗文學

　　清代的說唱多承前代發展，或其支流蛻變為新的說唱形式。亦有清代形成而流傳至今者，略敘如下：

鼓詞

　　指以鼓板與擊節說唱的表演形式。其名稱起於明代，另有源自唐代變文、宋代鼓子詞與明代詞話等說法，至清代興盛。其發展為南北兩大系統，以北方為主。北方鼓詞或為藝人自擊鼓板，無伴奏樂器，演唱中篇鼓書；或為藝人自彈三弦說唱，偶有琵琶、箏、琴伴奏。南方鼓詞則有不同源流：如揚州鼓詞流行於乾隆年間，由漁鼓簡板演變而來，以鼓琴合奏；溫州鼓詞則始於明代，源於祀神時演唱的【唱太平】、【娘娘詞】，曲調由古代詞曲與民間小調發展而成。鼓詞形式韻散夾雜，唱詞多為詩讚體，亦有以樂曲演唱者。有說有唱的成套大書，通常為長篇講史，另有只唱不說的小段，稱為「大鼓書」，至今仍有流傳。其內容較彈詞更為豐富，包含戰爭、歷史、公案、英雄、愛情婚姻等題材。

子弟書

　　又稱為「清音弟子書」、「子弟段」、「絃子書」等，起於清乾隆年間。由滿族民間創始，清人稱滿人為「八旗子弟」，故名「子弟書」；又一說為鼓詞支流蛻變而來，可說是漢滿說唱文學相互交流合併產生的說唱形式。多流行於北京、瀋陽、東北各地，至清末衰落。初創時皆用滿語演唱，後逐漸發展出「滿兼漢」的唱詞。最後因滿人漢化，與漢人加入創作，始見全用漢字的

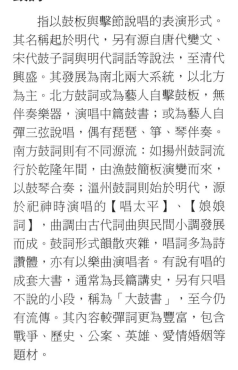

子弟書。大部分子弟書有唱無說，唱詞為七字或十字句，但多加襯字，有散文化傾向，而講究節拍，散中帶韻。此外受章回小說影響，子弟書分回敘事，一至十三回者皆有。其作者多為無名氏，少數則為民間下層藝人。

快板快書

　　快板分為兩種，長的稱「數來寶」，短的稱「順口溜」。初為清代藝人在廟會、集市、街頭空地表演，通常以竹板打拍伴奏，只念不唱。分為單口、對口與群口三種表演方式，群口快板又添以鑼鼓，而稱為「鑼鼓快板」。在藝術技巧上，快板快書講究「扣子」，即製造懸念；增加「包袱」，即幽默笑料；注重「插白」，即以問答方式加強扣子與包袱的藝術魅力。至今仍廣受歡迎，有山東快書、陝西快書、金錢板等地方說唱形式。

相聲

　　繼承古代笑話的傳統，源於清咸豐、同治年間的北京，初為在戲劇中模仿人聲的「相聲伎」。同治年間又有北京藝人黃輔臣發明「雙簧」，即一人在前作滑稽動作，另一人在後說滑稽詞，兩相配合的表演方式，影響後來以說、學、逗、唱為主的「相聲」形成。清末以來，相聲表演成了兼具口條、口技、模仿、抖包袱，與唱曲等種種技巧的演出形式，內容以詼諧幽默為主，不配樂器伴奏，而以說話的頓、遲、急、錯掌握節奏，發揮笑料或寄託諷刺。至今仍廣為流行。

鼓詞的流播發展

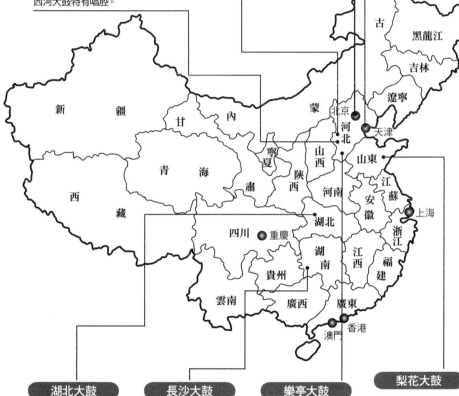

西河大鼓

由河北農村流行至山東、河南、東北及西北部分地區。道光年間馬三峰在木板大鼓與弦子書的基礎上結合了彈詞、民歌曲調,加入小販叫賣聲,再以大三弦和鐵板來伴奏,形成西河大鼓特有唱腔。

木板大鼓

流行於河北農村,清同治間傳入京津。演唱時自擊木板與鼓,入城後又加入三弦伴奏。

京韻大鼓

流行於河北、華東、華北地區。民國年間藝人劉寶全、白雲飛等在木板大鼓的基礎上,吸收京劇發音吐字方法和民間曲調創製成新腔,並增加四胡和琵琶,改良為京韻大鼓。

梅花大鼓

起源於北京,發揚於天津,一人自擊鼓板演唱,兩三人持三弦、琵琶、四胡和揚琴伴奏,俗稱「梅花五瓣」。曲詞古雅,腔調悠長。

湖北大鼓

流行於武漢、孝感、黃岡等地。原名「鼓書」、「打鼓說書」,為道光年間丁鐵板至武漢等地演出而形成。最初以鋼簾與大鼓擊節伴奏,後改為雲板與小鼓。以四平調為基本曲調,曲目多為歷史故事。

長沙大鼓

形成於五〇年代中期,歷史較短,為長沙說書藝人結合湖南民間喪歌、常德漁鼓、湘劇調、北方太平歌詞曲調發展而成。

樂亭大鼓

起源於河北樂亭,清初藝人弦子李將流行於當地的「清平歌」以三弦伴奏,改革腔調,稱為「樂亭腔」。初以木板與書鼓擊節,光緒時藝人溫榮創製鐵板,改作鼓弦,訂定板式與規範唱腔。故又稱「鐵片大鼓」。

梨花大鼓

起源於山東農村,清末傳入河北南部。初以農具犁鏵鐵片擊拍伴奏,故由「犁鏵大鼓」之名而來。今為一人或兩人敲擊鐵片演唱,另有三弦四胡伴奏。

UNIT 9-8 臺灣說唱藝術

圖解俗文學

　　臺灣自明代以來，陸續有來自大陸的漢人移民，初以福建閩南與廣東客家人為主，原鄉的語言文化與當地民間文化融合，又經歷清治、日治與國民政府遷臺等政治背景之影響，發展出以福佬語系與客家語系為主的說唱形式，成為臺灣說唱獨有的特色：

臺灣講古

　　評話流行於臺灣，以閩南語說書、只說不唱的表演形式稱為「講古」，藝人通常徒手表演，稱為「講古仙」或「講古先生」。最早見於文獻是清道光年間，講古在臺灣就已盛行。清代時講古多在艋舺龍山寺、祖師廟等商業重地進行，日治時期則以西門町媽祖廟為臺北的職業講古場，已有職業的講古藝人。國民政府遷臺後，講古集中在萬華與大稻埕一代的「文化說書場」，後來書場凋零，則透過廣播或電視傳播。講古的內容，包含歷史、演義、公案、武俠，以及臺灣的民間傳說等。

臺灣唸歌

　　又稱「閩南唸歌」、「唸歌仔」。明末清初閩南漳州、泉州的民間歌謠「錦歌」傳入臺灣，結合臺灣風土民情與民間歌謠，而形成具有濃厚地方色彩的敘事歌或勸世歌，即「臺灣唸歌」。傳統唸歌為「單曲體」，只唱不說，通篇韻文，曲調以【江湖調】為主，也常出現【雜唸仔】與【七字調】。後增加口白而發展成有說有唱的「口白歌仔」，被稱為「改良式歌仔」。曲調也逐漸發展為「多曲體」，如加入由民間歌謠發展成的【都馬調】、【恆春曲】、【乞食調】等；與戲曲常用曲調如【更鼓調】、【霜雪調】、【文和調】等。演唱時唸歌藝人自彈自唱，伴奏樂器以月琴為主，有時亦搭配大廣弦。

相褒歌

　　簡稱「褒歌」，為閩南語歌謠的一種，由採茶時即興對唱的山歌演變而來。清嘉慶年間流傳臺北，隨茶葉擴張遍及全臺。內容多為男女相互酬答或打情罵俏，亦有敘述個人經驗、排遣鬱悶而取樂者。演唱時一人唱四句，一句七字，雙方一來一往對答，即為「相褒」。唱詞由「唸四句」發展而來，有長腔與短腔，似吟似唱，稱為「褒歌調」。演唱時以月琴伴奏，由藝人自彈自唱。

傳仔

　　指以客語記錄、傳播的七言詩讚系說唱文學，廣義說法則包括敘事歌謠。內容初以民間傳說、人物傳記為主，後亦擴及男女情愛、教化勸世、趣味諷刺、社會時事或志怪宗教等方面。形式上分為短篇敘事的歌謠體與長篇敘事的故事體；唱詞部分為齊言韻文，音樂體式為板腔體。大多旋律簡單，上下句重複運用，配合唱腔以變化曲調之字數，也有搭配當時的流行曲調者。亦可依情節需要而穿插悲傷、歡愉等不同調性之音樂。有說有唱的故事體之說白部分雖為散文，但也是有一定節奏的唸誦，或帶有音調的吟誦，仍具音律性。此外傳仔也可以改為代言體的唱詞，成為戲曲搬演。

近代說唱藝術分類

近代說唱藝術上承明清時期的說唱類型，流播不同地域又受其語言文化特色影響，
發展出不同的流派。論者分類的基準不一，大致可粗分為四大類，再細分成十餘種
類型；臺灣除了本土發展的說唱類型之外，對傳統說唱亦有繼承與發展：

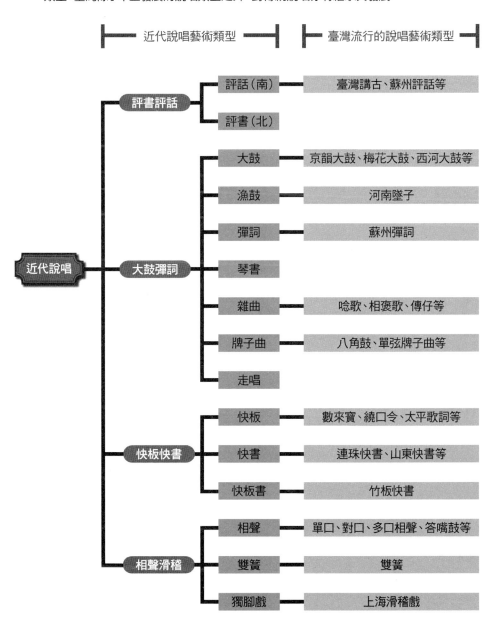

第10章
民間戲曲

UNIT 10-1
民間戲曲的定義

圖解俗文學

「戲曲」之定義

　　「戲曲」是中國古代傳統戲劇，乃透過歌、舞、樂結合的方式，代言以演故事的綜合性藝術，包含文學、音樂、舞蹈、歌唱、雜技等多方面元素。自先秦以來多源並起，漢唐時已可見民間有角觝戲〈東海黃公〉與歌舞戲〈踏謠娘〉等。至元代戲曲發展成熟後，出現了元雜劇、明清傳奇等足為一代文學代表的體製劇種，與崑山腔、梆子腔、皮黃腔等流播各地，甚至發展出腔系的腔調劇種，以及具有地域特色的地方大戲。表演上以唱、念、做、打為藝術手段，而以虛擬性、象徵性與程式性為藝術特色。

「小戲」與「大戲」之定義

　　曾永義指出，中國戲曲形成與發展的過程中，早期藝術型態較不成熟的戲曲稱為「小戲」。其故事情節較為簡單，表演上則尚未脫離鄉土歌舞之形式，通常只有一到三個演員。一人單演稱「獨腳戲」，小旦、小丑合演稱「二小戲」，加上小生或另一丑腳則為「三小戲」。演出時演員除地為場，穿著當地的民間服飾，唱著旋律簡單的民間歌謠，以反覆的步法身段演出，可說是戲曲的雛形。而「大戲」則是相對於「小戲」，在藝術內涵上更為提升，且包含故事、詩歌、音樂、舞蹈、雜技、講唱文學敘述方式、代言體與狹隘劇場等九個元素的戲曲型態，也是戲曲藝術發展完成之指標。

「民間戲曲」界定

　　據統計，中國戲曲的劇種多達三百餘種，百分之八十皆為民間戲曲。「民間戲曲」是相對於文人創作而言，指的是流行於民間、根植於鄉土，廣受地方百姓所喜愛，具有濃厚地域特色的戲曲形式。其往往形成於一地人民的勞動或休閒生活，最初多為形式簡單的小戲，運用當地方言與民間曲調，劇情則以調笑娛樂為主。其後部分往大戲發展，甚至流播外地；部分則始終維持小戲的型態至今。亦有論者將民間戲曲稱為「地方戲曲」，乃相對於流布較廣的全國性主流劇種而言。事實上即便是曾遍及全國的崑劇、京劇或梆子戲，最初也是屬於地方性的聲腔。然一旦流播到各地，與其他聲腔相互影響、交融，藝術也更臻成熟後，地方性特色會相對淡化，甚至雅化而脫離民間生活。因此本書論及民間戲曲的情節、表演、腔調與劇目時以較貼近民間的小戲為主，論其歷史、習俗與臺灣民間戲曲則兼及大戲。

民間戲曲藝術特色

　　民間戲曲的內容題材貼近人民的生活，主題思想亦有十足的庶民風格。以小戲而言，其情節通常結構單純，集中表現一個事件或主題，是民間生活的直接反映。劇中人物通常關係簡單，形象質樸生動。透過單一事件中的情感表現及因應態度，突出某一性格側面，常帶有濃厚的幽默感與趣味性。表演上以「踏謠」為基礎，將生活動作美化與節奏化後，搭配歌謠載歌載舞，並搭配誇張的表演，呈現民間小戲滑稽詼諧的藝術性格。

戲曲的分類

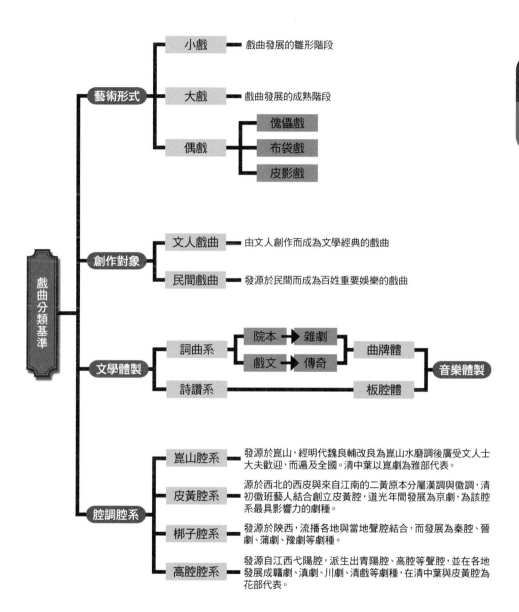

藝術形式
小戲 —— 戲曲發展的雛形階段
大戲 —— 戲曲發展的成熟階段
偶戲 —— 傀儡戲 / 布袋戲 / 皮影戲

創作對象
文人戲曲 —— 由文人創作而成為文學經典的戲曲
民間戲曲 —— 發源於民間而成為百姓重要娛樂的戲曲

文學體製
詞曲系 —— 院本 → 雜劇 / 戲文 → 傳奇 —— 曲牌體
詩讚系 —— 板腔體 —— 音樂體製

腔調腔系
崑山腔系 —— 發源於崑山,經明代魏良輔改良為崑山水磨調後廣受文人士大夫歡迎,而遍及全國。清中葉以崑劇為雅部代表。
皮黃腔系 —— 源於西北的西皮與來自江南的二黃原本分屬漢調與徽調,清初徽班藝人結合創立皮黃腔,道光年間發展為京劇,為該腔系最具影響力的劇種。
梆子腔系 —— 發源於陝西,流播各地與當地聲腔結合,而發展為秦腔、晉劇、蒲劇、豫劇等劇種。
高腔腔系 —— 發源自江西弋陽腔,派生出青陽腔、高腔等聲腔,並在各地發展成贛劇、滇劇、川劇、清戲等劇種,在清中葉與皮黃腔為花部代表。

戲曲分類基準

UNIT 10-2
民間戲曲的起源

中國戲曲的成熟雖遲至宋元時的南曲戲文、北曲雜劇，但早自先秦即可溯其源頭。曾永義論戲曲起源提出「長江大河」之說，即故事、詩歌、音樂、舞蹈、雜技、講唱文學、俳優裝扮、代言體、狹隘劇場等元素漸次結合為「小戲」，多源並起的小戲再匯聚為「大戲」並發展出許多流派，如諸多源流匯聚為長江後又分派為多條支流。本單元即就小戲中源自民間的元素略作介紹：

鄉土歌舞

民間百姓勞動或娛樂時，常伴隨著民間歌謠、雜曲小調與簡單而節奏性強的舞蹈，稱為「踏歌」或「踏謠」。唐代民間小戲〈踏謠娘〉就是以踏謠的方式，代言演唱一個妻子遭喝醉的丈夫毆打後的心聲。近代亦有從勞動歌舞演變為小戲者，如定縣秧歌戲是由農民插秧時演唱的曲調而來，贛南採茶戲則是由婦女採茶時唱的採茶歌演變而來。

民間說唱

說唱是以講唱的方式敘述故事，當藝人改以代言的第一人稱表演故事，便成為戲曲。南宋永嘉戲文即是雜劇汲取說話、諸宮調、唱賺與覆賺等說唱文學之養分演變而來；元雜劇一人獨唱到底的體製也是受到說唱文學的影響。近代更有劇種直接源於說唱。如越劇最早就是由浙江嵊縣農民沿街乞討時的「沿門唱書」而來。清中葉時流播至杭嘉湖地區，進入茶樓酒肆賣藝，藝人打尺板主唱，敲篤鼓幫腔，稱為「落地唱書」。清光緒年間，藝人高炳火、李世泉、錢

景松則以唱書形式演出《十件頭》、《雙金花》等劇目，自稱「小歌文書班」，簡稱「小歌班」，使唱書由說唱轉化為小戲。後又向餘姚姚劇、江西大班取法，遂演變為今日的越劇。

角觝雜技

漢代以來雜耍特技被稱為「角觝」或「百戲」，今見最早以角觝雜技搬演故事的小戲是〈東海黃公〉，演人虎搏鬥的故事。其後無論是小戲中打鬥、耍刀、吐火等特技，或是大戲中的毯子功、把子功，都是從雜技演變而來。

宗教儀式

先秦時便有歌舞娛神的傳統，如戰國時代屈原所作〈九歌〉便是楚國民間祭神時，由男女巫師分別扮演巫覡與神，歌舞對答，可說是最早的小戲群。周代宮廷中驅鬼逐疫儀式，由方相氏身披熊皮，戴著四眼面具，手持戈、盾，各處跳躍，口唱祭歌，是為「儺舞」，後來漸演變為儺戲，至今仍是部分地區重要的民間習俗。

偶戲演變

偶戲自漢代以來便受到民間歡迎，宋代更達於鼎盛。近代即有小戲以模仿偶戲為其表演特色。如孝義皮腔依據皮影戲特點真人演出；福建泉州法事戲的音樂、唱白與科白都嚴格模仿木偶戲，突出跳躍撲疊和舞蹈雜技的動作；河東線腔、河北絲絃戲、陝西線戲等皆由模仿傀儡戲而來。

民間小戲發展為大戲之路徑

民間小戲在上述元素的直接影響或結合產生後，有的始終維持小戲的型態，有的則逐漸發展為大戲。據施德玉在《中國地方小戲及其音樂》書中所分析，小戲發展成大戲大抵有四種途徑，以下圖解並舉例說明之：

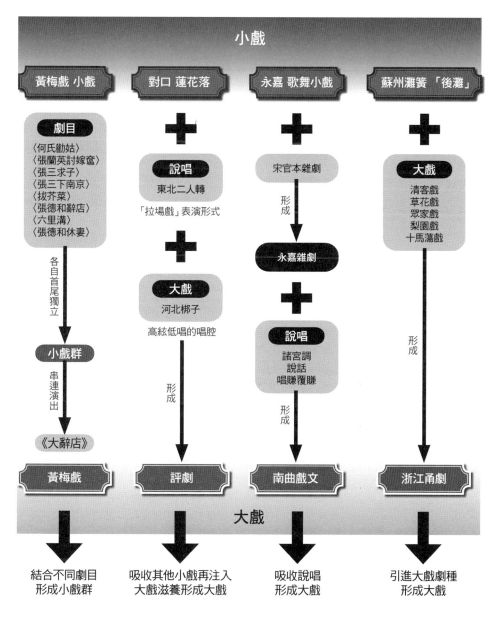

183

UNIT **10-3**
民間戲曲的歷史發展

在戲曲發展史上，每個階段的重要戲曲文學或聲腔往往產生於民間，流播漸廣後逐漸雅化而進入廟堂，最後僵化衰落，民間又產生新的戲曲潮流取而代之。本單元即略述各階段中民間代表性戲曲的發展：

漢代角觝百戲

民間戲曲的發展始於漢代，以雜技、競藝為主要元素的小戲型態稱為「百戲」或「角觝戲」。其表演形式包括舉重爬竿、跳高走索、吐火吞劍等種種技藝，並以此敷演故事。最著名的劇目即上述〈東海黃公〉，搬演人虎博鬥的情節以展現雜技，從中可看出這時的小戲已有情節、人物、裝扮與角觝等元素。

唐代歌舞戲

唐代宮廷出現參軍戲，而民間則流行歌舞戲。前述〈踏謠娘〉即歌舞小戲之代表作；《教坊記》中記載該戲演出時，由男演員扮作女子行歌，哭訴遭夫醉後毆打之苦。每歌一疊，觀眾便齊聲附和：「踏謠和來！踏謠娘苦，和來！」又有丈夫上場與妻對毆，以搏笑樂。可看出此時的小戲除了歌舞踏謠，尚有裝扮、和聲、鬥毆、調笑等表演元素，且已是十足的代言體。

宋金元雜劇院本

宋代民間歌舞、說唱和雜戲在瓦舍勾欄中交流融合，並受到內廷雜劇影響，逐漸形成宋雜劇四段式的表演結構。即由招徠觀眾的「豔段」、表演故事的「正雜劇」二段，與滑稽調笑的「散段」組成，每段各自獨立。雜劇至金代改稱院本，演出大多由末泥、引戲、副淨、副末、裝孤五人組成，故又稱為「五花爆弄」。至元代北曲雜劇則繼承宋金雜劇四段式結構，並汲取說唱文學養分，發展為一本四折的連貫性故事，使小戲發展為大戲，並由民間文人組成書會創作劇本。

宋元南戲

北宋末，官本雜劇自宮廷流入民間，以里巷歌謠與詞調為樂曲，在溫州形成小戲。流播的過程又吸收說唱文學，形成大戲南曲戲文。表演上以「出」（明代後稱「齣」）為單位，行當增為生、旦、淨、末、丑、外、貼七個行當，且不限一人獨唱，奠定戲曲的腳色體製，使民間戲曲真正成熟。元代最著名的南戲劇目有《荊釵記》、《拜月亭》、《白兔記》與《殺狗記》，合稱「四大南戲」，多以家庭倫理與婚戀生活為題材。元末之後由文人介入創作而雅化為「傳奇」，則漸脫離了民間戲曲範疇。

清代花部諸腔

明代有弋陽、海鹽、餘姚、崑山四大南戲聲腔，其中崑山腔被改良為水磨調，受到文人歡迎並風行全國，卻因逐漸雅化而至清中葉趨於衰落。而弋陽腔流行於民間，流播至北京形成京腔，幾乎有壓倒崑腔之勢。乾隆年間又有秦腔、徽班入京，道光年間徽班吸收漢調而形成的皮黃戲更是風靡民間。於是民間盛行的「花部」諸腔與文人喜愛的「雅部」崑腔展開幾回合的「花雅之爭」，終於由民間興起的花部亂彈取代崑腔，成為戲曲發展的主流。

戲曲的雅俗消長

清乾隆年間，兩淮鹽務轄下的七大內班，將較為雅緻而受宮廷與文人喜愛的崑腔稱為「雅部」，較為通俗而受民間歡迎的地方諸腔稱為「花部」，自此展開戲曲的「花雅之爭」。然而自明代四大聲腔流播以來，民間與上層社會所盛行的主流劇種便幾經嬗變，其間盛衰亦互有消長：

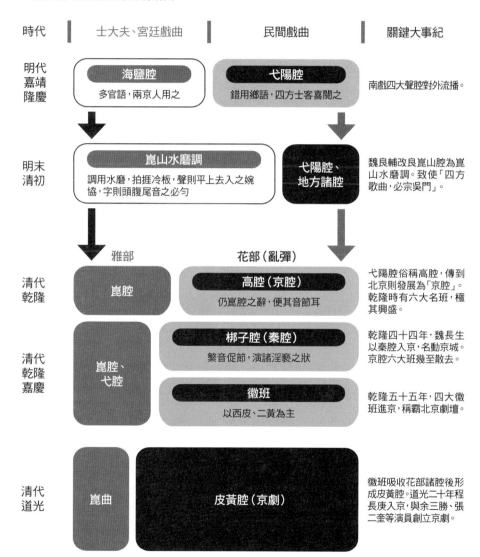

時代	士大夫、宮廷戲曲	民間戲曲	關鍵大事紀
明代嘉靖隆慶	**海鹽腔** 多官語，兩京人用之	**弋陽腔** 錯用鄉語，四方士客喜閱之	南戲四大聲腔對外流播。
明末清初	**崑山水磨調** 調用水磨，拍捱冷板，聲則平上去入之婉協，字則頭腹尾音之必勻	**弋陽腔、地方諸腔**	魏良輔改良崑山腔為崑山水磨調。致使「四方歌曲，必宗吳門」。
	雅部	*花部（亂彈）*	
清代乾隆	**崑腔**	**高腔（京腔）** 仍崑腔之辭，便其音節耳	弋陽腔俗稱高腔，傳到北京則發展為「京腔」。乾隆時有六大名班，極其興盛。
清代乾隆嘉慶	**崑腔、弋腔**	**梆子腔（秦腔）** 繁音促節，演諸淫褻之狀 **徽班** 以西皮、二黃為主	乾隆四十四年，魏長生以秦腔入京，名動京城。京腔六大班幾至散去。 乾隆五十五年，四大徽班進京，稱霸北京劇壇。
清代道光	**崑曲**	**皮黃腔（京劇）**	徽班吸收花部諸腔後形成皮黃腔。道光二十年程長庚入京，與余三勝、張二奎等演員創立京劇。

UNIT **10-4**
民間小戲的題材

圖解俗文學

　　民間戲曲中，小戲的題材最接近人民的生活與思維，其情節與人物十分簡單，往往取材於日常生活，亦有部分題材來自民間傳說，或從小說、戲曲移植而來的素材。其通常以直線性的敘事方式，帶出人物單純而熱烈的形象與情感，帶有濃厚的喜劇特色。以下略敘小戲題材的幾種類型：

戀愛婚姻

　　小戲中有許多改編自男女對唱歌謠的作品，婚戀情節也十分受到民間的歡迎，因此有許多描述少年男女相遇、調情、擇婿、幽會、思念、分離的戀愛情節，或是對於婚姻的爭取、經營、爭執、反抗等。如雲南花燈戲《捶金扇》由小曲發展而成，敘生、旦互送捶金扇與茉莉花定情，載歌載舞地互訴情意。河北梆子《小放牛》則寫村姑向牧童問路，兩人調謔唱曲而別，以丑、旦表演為主。除了歌舞小戲，亦有主題較為嚴肅者，如福建三腳戲《雇長工》寫長工被財主虐待，財主之女同情他並時常暗助，二人萌生情感，最後相偕出走；呂劇《藍橋會》則為一齣愛情悲劇，敘少女被賣為妾，遇書生討水，互訴身世而生情，相約夜半藍橋相會。書生先至藍橋，遇山洪暴發，書生竟抱柱而死。少女後來趕至，投水殉情。

家庭關係

　　以家庭內部與鄰里關係構成情節主體，描述夫妻、婆媳、妯娌、手足、父子、親族之間的衝突或對話，表現民間百姓的家庭生活與成員互動。夫妻關係的小戲為數最多，如花鼓戲《打懶》演丈夫教訓懶妻、或秧歌戲《勸吃菸》妻子規勸丈夫；花朝戲《賣雜貨》則寫丈夫拈花惹草，被妻子斥責一頓，都細緻地反映了民間夫妻的生活。姻親間的互動，如黃梅戲《砂子崗》演惡婆婆虐待養媳婦，媳婦之兄找婆婆理論；山東五音戲《親家婆頂嘴》則演親家相互鬥嘴的趣事。而五音戲《安安送米》，演姜文奉母命休棄媳婦龐三娘，三娘寄居尼庵，其子安安送米慰母，是勸人行孝的故事。

日常生活

　　除了夫妻與家庭生活，民間百姓的工作、娛樂、節俗、習性等，皆為小戲的表演素材。如睦劇《南山種麥》、花鼓戲《打鐵》、五音戲《拐磨子》、漢劇《鳳陽花鼓》等，描述麥農、鐵匠、豆腐商與民間藝人在謀生工作中的勤奮、辛酸或趣事；花鼓戲《夫妻觀燈》、揚劇《看燈記》演元宵節觀燈趣事；花鼓戲《南莊收租》、花燈戲《楊老爺收租》揭露地主剝削佃戶的嘴臉；徽劇《借靴》、武安落子《借髢髢》則諷刺小人物愛慕虛榮或吝嗇習性。

神怪傳說

　　除了取材於生活，部分小戲題材來自民間傳說或神怪之事。如曲劇《鋸大缸》取材自明傳奇《缽中蓮》之一折，演百草山旱魃化身的王大娘與觀音老母鬥法之事；二人轉《丁郎尋父》取材自歷史傳說，演丁郎之母為嚴嵩之子嚴祺霸占，丁郎尋得其父，同赴海瑞堂前告狀，終將嚴祺繩之以法。

反映民間生活的小戲情節

民間小戲充分反映了庶民的生活型態與人際關係，雖然情節單純，卻都是民間生活的真實片段。以下就不同的生活側面略舉數種情節模式，從中一窺小戲對民間生活的反映。

調情

男子路遇女子，與之調情。

探望

戀人幽會訴情，或探望對方試探心意。

誤會

男女因誤會而邂逅、相戀。

誇夫

妯娌間彼此炫耀自己的丈夫，流露幸福。

試妻

丈夫假作紈褲子弟調戲其妻，以試其忠誠。

陪嫁

待嫁姑娘向媽媽討嫁妝。

男女戀愛　婚姻家庭
生活艱難　休閒調笑

偷瓜

一人因飢餓而偷瓜，瓜園主人察其苦衷予以同情。

受雇

借主雇間的對話諷刺地主、東家之苛刻。

借討

一人向另一人求借錢糧或物品，與物主展開衝突或笑料。

雇腳

女子雇船或驢趕路，沿路與船夫或趕腳人趣味對答。

玩耍

姊妹外出玩耍，載歌載舞。

節慶

主角在節日中觀燈或參與慶典，多為歌舞或逗趣小戲。

UNIT **10-5**
民間小戲的著名劇目

圖解俗文學

上節述及民間小戲幾種情節類型，本單元則介紹其中幾個著名劇目：

《借靴》

又名《張三借靴》，敘窮秀才張三（或張旦）為了赴宴，向友人劉二借靴。劉二惜財如命，本不想借，經張三苦苦哀求後方才答應，卻又一下要祭靴，一下要叮嚀穿法，百般囑咐張三不可弄壞靴子。最後張三匆匆赴宴，卻已散席，一氣之下索性穿著靴子睡於街頭。劉二尋至，二人大吵一架。今之徽劇、京劇、豫劇、贛劇、崑劇、川劇皆有此一劇目。

《劉海砍樵》

又名《劉海戲金蟾》，是湖南花鼓戲的名篇，今已列為非物質文化遺產。劇敘山居青年劉海終日砍柴奉養盲眼的老母親。在山中修煉的狐仙愛上了孝順的劉海，便化名胡秀英嫁給他，並用修煉成的寶珠治好了劉母的眼睛，一家生活美滿。不料山中修煉的金蟾精（或說十羅漢）用計奪走了狐仙的寶珠，以湊足千年道行。秀英寶珠被奪，擔心現出原形嚇到家人，遂趁夜離開。劉海得知後不畏風雨黑夜，追入林中，終於在護身蛇神（或說斧神與狐仙姊妹）的幫助下打敗金蟾，搶回寶珠，夫妻團圓。

《一文錢》

劇敘窮秀才走投無路，向老財主借錢。老財主一毛不拔，不肯相借，還推了秀才一把，沒想到秀才卻因此撿到地上的一文錢。老財主見錢眼開，硬說一文錢是他失落的，二人爭執不下，告上衙門。縣官聽說是吞沒錢財案，以為有贓可貪，得知贓款為區區一文錢，勃然大怒，最後仍將一文錢沒收入官府。福建高甲戲及道情小戲有此劇目，是著名的諷刺喜劇。

《打麵缸》

劇敘妓女臘梅想從良，縣衙裡的縣官、師爺與書吏都因年紀過大而遭拒絕，最後他們作媒將臘梅嫁給年輕的衙役張才。但縣太爺隨即派張才赴遠地出差，書吏、師爺趁機告假，分別至張家欲接近臘梅，縣官准假也同懷此心。書吏正和臘梅歪纏，見師爺來到，慌忙鑽進鍋洞；不久後師爺見縣官到來，亦躲進麵缸；而縣官尚未得手，聞得張才回來，也趕緊躲到桌下。張才假裝趕貓，拿棍子搗向鍋洞，使書吏狼狽爬出；又佯裝大怒地打破麵缸、翻倒桌子，使師爺與縣官都暴露行蹤，官威盡失，夫妻倆以機智懲罰了這些醜惡的官員。京劇、揚劇、盧劇皆有此劇目。

《小放牛》

傳統歌舞小戲，又名《杏花村》。劇敘小牧童放牛時遇到小村姑，村姑問牧童要到哪兒買酒，牧童借帶路之便，要小村姑唱曲，自己幫腔；又與小村姑對對子。二人對唱歌舞，互表愛慕之意。京劇、川劇、滇劇、湘劇、徽劇、漢劇、秦腔、同州梆子、晉劇、河北梆子、豫劇、梨園戲、雲南花燈皆有此劇目，京劇舞蹈繁複，為四大名旦之荀慧生代表作。

《思凡》、《下山》劇目之源流與發展

　　《思凡》又名《尼姑思凡》，劇敘碧桃庵小尼姑色空自幼出家，不堪空門寂寞，嚮往世俗情愛，於是扯破袈裟，逃下山來。又常與《下山》合演，劇敘小尼姑逃下山後，遇見同樣從仙桃寺逃下山來的小和尚，兩人一番歌舞，約為夫妻，又稱《僧尼會》、《雙下山》、《僧尼共犯》、《雙辭庵》等。二齣原本皆為民間歌舞小戲，後被傳奇與清宮大戲的目連戲吸收，再發展為精緻的折子戲，京劇、崑劇、徽劇、漢劇、桂劇、秦腔等俱有此劇目。以下據廖奔〈目連戲文系統及雙下山故事源流考〉一文，圖解此劇之源流發展：

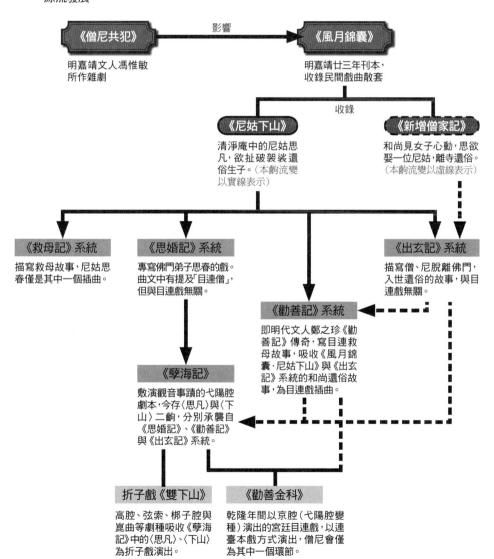

189

UNIT **10-6**
民間小戲主要劇種（一）

圖解俗文學

中國民間小戲的種類繁多複雜，同樣聲腔流播到不同地域也會產生不同的劇種，或過渡為大戲。以流傳廣遠的程度而言，花燈、花鼓、採茶與秧歌戲為小戲流傳最廣的四大系統：

花燈戲

花燈戲形成於四川，後流播於雲南、貴州。最初起源於農民春節或慶祝豐收時擺燈圍地，聯臂踏歌的「跳燈」歌舞，後演變為丑旦對唱，而漸漸發展成表演故事的花燈戲。其音樂主要吸收當地民歌小調，唱腔由胖筒筒腔、神歌腔、小曲雜調三部分曲調組成。行當腳色以丑、旦為主，丑腳稱賴花子、花鼻子或唐二；旦腳則稱么妹子、包頭妹。上場人物較少，表演節奏明快，動作誇張，載歌載舞。

花鼓戲

花鼓戲是由江南農村中打花鼓、鬧花燈的習俗，結合民間歌曲與舞蹈發展而來。演唱時以人聲幫腔，並有鑼鼓伴奏，有時也加入胡琴、笛、板等樂器。最初花鼓戲以一丑一旦的「對子戲」為主，後來增加小生的表演而出現「三小戲」。其劇目貼近日常生活，語言俚俗，被士大夫斥為淫褻之曲，但在南方卻有相當大的勢力。花鼓戲主要流行於湖北、湖南與安徽等地，分別稱為湖北花鼓戲、湖南花鼓戲與皖南花鼓戲。三地的花鼓戲系統又分出不同的流派，如湖南的長沙花鼓、安徽的鳳陽花鼓等。

採茶戲

採茶戲起源於粵北，傳入贛南後趨於成熟，又流播至江西、福建、兩廣、湖北等地。初為農民採摘茶葉時演唱的小調，與民間歌舞結合後，逐漸變為載歌載舞的表演形式，又稱「採茶燈」或「茶籃燈」，在燈會等民俗活動中演出。由一丑一旦的兩小戲，發展成加入小生的三小戲，後又吸收大戲，增加了青衣、正生、花臉的行當，腳色體製愈趨完備。採茶戲的舞蹈動作豐富，常以扇子為道具，丑的矮子步與旦的扇子花獨具特色，表演中也吸收許多民間雜耍、特技，透過輕盈的身段塑造人物。音樂曲調則汲取採茶山歌、花鼓戲、燈彩詞調、民歌小調等，曲詞則多襯字。節奏較歡快，帶著濃厚的喜悅抒情氣氛。

秧歌戲

秧歌戲主要分布於山西、陝西、河北、內蒙古等地區。其起源於農民的勞動生活，在南方為插秧時的歌唱，有時並搭配鑼鼓；在北方則為農閒或新年時化妝歌舞的娛樂活動，以舞蹈扭擺為主。後與民間舞蹈、雜技、武術等結合，並穿插情節、扮演故事，便成了秧歌小戲，常在歲時社火中演出。秧歌戲系統龐大，按表演方式可分為地秧歌、高蹺秧歌、武秧歌等；按音樂體製可分為民歌曲調、板腔體與兩者結合；按分布地區可分為山西秧歌、山東秧歌、河北秧歌等，山西一地又有祁太秧歌、太原秧歌、沁原秧歌等支派。秧歌戲的表演風格粗樸奔放，多演農家生活與莊稼瑣事，受梆子戲影響，也逐漸向大戲靠攏。

花燈戲系統的劇種類型

「四大小戲」並非單一的四個劇種，其各自流播不同地域而派生出不同的劇種，形成一龐大的小戲系統。以花燈戲為例，就有四川燈戲、貴州燈戲、雲南燈戲等，三者又各自流播形成不同的表演特色。以下圖解以見花燈戲系統所派生的劇種類型：

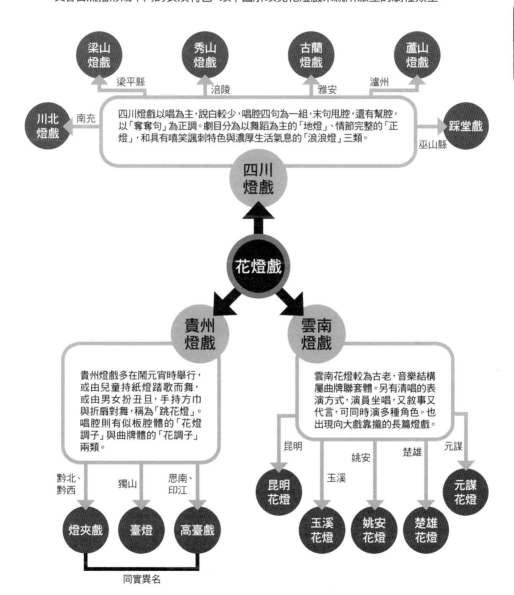

四川燈戲以唱為主，說白較少，唱腔四句為一組，末句甩腔，還有幫腔，以「奪奪句」為正調。劇目分為以舞蹈為主的「地燈」、情節完整的「正燈」，和具有嘻笑諷刺特色與濃厚生活氣息的「浪浪燈」三類。

梁山燈戲 ← 梁平縣
秀山燈戲 ← 涪陵
古藺燈戲 ← 雅安
蘆山燈戲 ← 瀘州
川北燈戲 ← 南充
踩堂戲 ← 巫山縣

花燈戲

四川燈戲

貴州燈戲

貴州燈戲多在鬧元宵時舉行，或由兒童持紙燈踏歌而舞，或由男女扮丑旦，手持方巾與折扇對舞，稱為「跳花燈」。唱腔則有似板腔體的「花燈調子」與曲牌體的「花調子」兩類。

燈夾戲 ← 黔北、黔西
臺燈 ← 獨山
高臺戲 ← 思南、印江

同實異名

雲南燈戲

雲南花燈較為古老，音樂結構屬曲牌聯套體。另有清唱的表演方式，演員坐唱，又敘事又代言，可同時演多種角色。也出現向大戲靠攏的長篇燈戲。

昆明花燈 ← 昆明
玉溪花燈 ← 玉溪
姚安花燈 ← 姚安
楚雄花燈 ← 楚雄
元謀花燈 ← 元謀

UNIT *10-7*
民間小戲主要劇種（二）

　　除了上述四大小戲系統以外，中國尚有幾種小戲類型，或由說唱演變而成，或非真人表演的形式，但亦流傳廣泛，衍生出各地不同劇種，本單元概述如下：

道情戲

　　道情戲由道情說唱為基礎發展而來，演唱時主唱者懷抱漁鼓、手持簡板擊節說唱，並有竹笛、四胡等樂器伴唱。曲牌體的道情說唱在陝西、甘肅、河南、山東等地發展為戲曲道情，並吸收皮影戲、晉劇等劇種發展為廣場演出的坐班戲形式。道情戲的劇目可分為宗教色彩濃厚的升仙道化戲、勸化世人的修賢勸善戲、反映庶民生活的民間生活小戲，以及歷史故事和傳奇公案戲四類。山西道情還曾有職業戲班，分為晉北道情、臨縣道情、洪洞道情與永濟道情四路；陝西道情源於皮影戲；河南道情戲則由漁鼓道情吸收河南墜子發展而成。

二人臺

　　二人臺流行於山西、陝西、內蒙古一帶，為民歌小調與民間舞蹈結合形成的表演方式。常在民俗活動如社火花會中演出，演員在演出中常有打霸王鞭的表演，因此又稱「帶鞭戲」；而其靈活粗獷的演出方式，使其又有「火爆曲子」之稱。其表演形式以丑、旦的化妝演出為主，運用鞭、扇、手絹等道具載歌載舞，生活氣息濃郁。而其音樂唱腔則多取自民歌，初期專曲專用，後也為了適應演出劇目豐富的需要，逐漸發展為多曲聯用。男聲演唱多用真假聲結合，女聲則全用真聲。伴奏樂器有梅笛、四胡、揚琴、四塊瓦等；劇目則多為反映民間生活內容的三小戲。

二人轉

　　二人轉源於東北地區，其起源有多種說法，或謂源於東北的大秧歌，或謂源於蓮花落，也有受到百戲和梆子影響的說法，總之是種海納百川的藝術形式。其傳統劇目有「四梁四柱」之說。「四梁」指大四套曲目：《剛鑒》、《清律》、《潯陽樓》、《鐵綱圖》；「四柱」指小四套曲目：《西廂》、《藍橋》、《陰魂陣》、《李翠蓮盤道》。表演上通常有二演員，稱為「上裝」與「下裝」，分別扮演女與男，以幽默滑稽的對話和表演為主，並與觀眾有頻繁的交流。二人轉在東北廣受歡迎，有「寧捨一頓飯，不捨二人轉」的諺語。

皮影戲

　　皮影戲自唐代以來即有演出記載，宋代臻於成熟，元明多用以表演歷史傳說故事。戲偶初以紙張製作，後改用獸皮，通常是驢皮、牛皮或羊皮。戲偶又稱「頭楂」，其顏色帶有不同的象徵意義，如紅色代表忠誠，綠色代表勇敢，黃色代表神靈等。皮影戲使用不同聲腔而形成不同流派，按地域大致有山陝皮影戲、冀東皮影戲、青海皮影戲與江南皮影戲四大區域，每個區域又據其聲腔與表演特色發展出不同的皮影戲劇種。如山陝皮影戲就有老腔、弦板腔、碗碗腔、遏工腔、弦子戲等不同聲腔類型，而碗碗腔亦發展出東路、西路、南路、北路、河東碗碗腔等不同流派。

傀儡戲的由來與類型

先秦	漢代	唐宋	現代

古代葬禮中用以殉葬的「俑」，為傀儡的雛形。

相傳漢高祖被冒頓之妻閼氏圍困於平城，謀臣陳平知閼氏善妒，便以傀儡製成美女，舞於郫間，閼氏誤以為真人，擔心冒頓納其為妾，遂棄城退兵。此後樂戶以此為戲，據說即為傀儡戲之源頭。

唐代傀儡開始用以演故事，宋以後傀儡戲愈趨繁盛，發展出多種類型的傀儡表演，並流播各地，發展至今。

杖頭傀儡

以木杖操作傀儡動作，頭部中空，眼嘴可活動，表演者一手舉偶，一手操作兩根木杖，故又稱「舉偶」。

懸絲傀儡

又稱「提線傀儡」，以絲線繫於戲偶的頭、身、四肢關節，扯動絲線控制戲偶動作，絲線愈多動作愈細緻。

手袋傀儡

明代時源於福建泉州，戲偶除了頭部與四肢外俱以布料作成偶衣，表演時將手置於布袋中操作，故又稱「布袋戲」、「掌中戲」。

藥發傀儡

流行於北宋，以火藥爆發配合木偶表演，故又稱「火戲」、「竿火」、「架子火」。今僅見福建閩西客家人間流行。

水傀儡

宋代重要的宮廷娛樂。表演時使木偶浮於水上，以水的力量與水下機關推動木偶表演。中國在清代之後漸失傳，然今越南仍可見水傀儡的演出。

UNIT **10-8**
臺灣民間戲曲

圖解俗文學

臺灣民間流行的戲曲，部分為土生土長，部分則由中國流入而發展出臺灣特色。以下即介紹幾種較具代表性的臺灣民間劇種：

客家戲

臺灣客家戲又稱作「採茶戲」，有「客家三腳採茶戲」與「客家大戲」兩種形式。前者最初隨大陸客家移民傳來臺灣，由山歌演變為「採茶唱」的歌舞形式，再發展為「三腳採茶戲」的民間小戲。通常在農閒之時，以落地掃的形式演出。由一丑二旦敷演幾段以「張三郎賣茶」為主軸的故事，並有藝人端茶給觀眾或拋茶盤到戲臺下討賞，稱為「扛茶」與「拋採茶」。民國之後因應時代環境需求，逐漸吸收客家山歌與外來劇種，而形成客家大戲，也稱為「改良戲」，加入了「平板」唱腔與武打的場面，人物編制與劇目都有所擴張，但仍保留客家傳統曲調「九腔十八調」的風格韻味，及三腳採茶戲丑腳詼諧逗趣的喜劇特質。

布袋戲

清代道光、咸豐年間，漳州、泉州、潮州等地的「唐山師傅」來臺賣藝，將布袋戲傳入臺灣。早期布袋戲藝人挑著戲籠到各地演出，前臺操偶的演師分為「頭手」（主演）與「二手」（助演），頭手常需一人兼演數個腳色，須具備生、旦、淨、末、丑「一口五音」，注重「八聲七情」的運用，念白重於曲唱，後臺則有負責伴奏與唱腔的樂師。傳統布袋戲野臺演出的形式，在臺灣經歷了進入戲園演出的「內臺戲」時期、運用誇張特效，劇情離奇的「金光戲」時期、電視臺錄影，運用寫實布景的「電視布袋戲」時期；到與流行文化結合、引起年輕人風靡的「霹靂布袋戲」，成功走出了臺灣布袋戲的在地特色。

南管戲

南管原為樂種名稱，是指以絲竹簫弦等樂器為編制伴奏，可奏可唱的音樂。在臺灣則用為劇種名稱，包括梨園戲與高甲戲。梨園戲又稱七子戲，約於明末清初傳入臺灣。以南管音樂為主要曲調，有生旦淨末丑外貼七個行當，故稱「七子班」。又分為成人演出的「大梨園」與童伶演出的「小梨園」，各有其代表劇目，稱為「十八棚頭」，以才子佳人悲歡離合與歷史故事為主。高甲戲又名九甲戲、交加戲、交甲戲或戈甲戲，是以閩南地區的民間遊藝如粧人、粉閣、宋江陣、打花操等為基礎，結合閩南民歌與七子班文戲身段唱腔，並採用北方武戲鑼鼓，形成「南北交加」的演出方式。自清代以來流行於福建各地，並隨著閩南移民帶來臺灣。

北管戲

北管戲包括扮仙戲、古路戲與新路戲，三者唱腔各成系統，表演型態則基本相同。扮仙戲屬於吉慶劇，唱腔為崑腔，古路戲淵源於清初的亂彈戲，新路戲則與皮黃有密切的關係。北管戲的演劇型態以迎神賽會場合為主，早期有許多職業戲班，民國四、五十年代歌仔戲興起後逐漸取代了廟會中北管南戲的演出，北管戲則轉為業餘的子弟館閣，以排場清唱的活動形式為主。

臺灣歌仔戲發展歷程

歌仔戲為臺灣最具代表性的本土劇種，發源於宜蘭的「唸歌仔」，是福建移民以閩南發音說唱民間故事的方式。後在臺灣逐漸發展為小戲，再成熟為大戲，經歷外臺、內臺、廣播、電影、電視、劇場等不同階段的演出環境或媒介，發展出不同的藝術風貌。以下即就臺灣歌仔戲的發展歷程作一圖解：

形成

宜蘭 老歌仔戲

明末清初，以閩南「錦歌」的曲調為基礎，吸收竹馬戲、車鼓戲、採茶戲等民間小調，在宜蘭形成本地歌仔戲。以落地掃、陣頭或草臺的形式演出。

成熟

野臺 歌仔戲

吸收京劇、亂彈戲、採茶戲、高甲戲等曲調與表演身段發展為大戲，在酬神、廟會等場合搭臺演出，也出現職業戲班。演出時演員僅知故事梗概，唱詞與說白即興發揮。

內臺 歌仔戲

1920 年代日治初期，歌仔戲廣受歡迎而進入內臺劇院。民眾必須買票進場，藝人則配合劇院進行商業宣傳，演出時更出現精巧的機關布景。

變體

胡撇仔 歌仔戲

1937 年後日本實施皇民化運動，禁止臺灣人演出傳統戲曲，於是歌仔戲被迫改穿和服、持武士刀、說日語、唱日本歌演出，形成「胡亂一氣演出」的「胡撇仔」歌仔戲。

廣播 歌仔戲

1954 年左右，臺灣本地許多廣播電臺開始延攬歌仔戲演員製作廣播歌仔戲，曲調較內臺歌仔戲更加豐富繁多。以正聲電臺的天馬歌劇團最享盛名。

轉型

電影 歌仔戲

戰後福建都馬班來臺演出，1955 年拍攝第一部歌仔戲電影《六才子西廂記》，拱樂社陳澄三跟進拍攝《薛平貴與王寶釧》引起轟動，引發此後電影歌仔戲的風潮。

電視 歌仔戲

1960 年代各電視臺紛紛成立歌仔戲團，競相聘請名角如楊麗花、葉青、小明明等拍攝歌仔戲連續劇，因應拍攝環境改為實景演出，並減少唱段，表演趨於寫實化。

精緻化

現代劇場 歌仔戲

1980 年代初期，歌仔戲開始進入國家戲劇院等現代劇場演出，力求在主題思想、情節關目、音樂曲調、表演技藝等方面都追求更高的文學性與藝術性。

UNIT 10-9
民間戲曲演出習俗

民間戲曲與信仰文化密切結合，戲班演劇也根據社會風氣或行業生態，衍生出許多相關的習俗，本單元列舉數項說明：

戲神崇拜

戲神指梨園界供奉的神祇，平時奉祀於班主家中，演出時則奉祀於後臺，藝人上下場均需向戲神禮敬。各種戲曲依其劇種、師承、地區，祭祀的戲神各有不同。如高甲戲、四平戲、歌仔戲、亂彈、南管戲、採茶戲、皮影戲、布袋戲等供奉田都元帥；京劇、梆子班供奉老郎神、二郎神；崑曲戲班供奉唐明皇李隆基、後唐莊宗李存勗，或天神翼宿星君；民間目連戲供奉老郎星君、金花大姐、梅花二娘；祁劇、桂劇供奉焦德侯爺等，各有其文化淵源與歷史典故。此外，演戲時用以作為嬰兒的木製人偶，亦是戲班中的「喜神」，除了在臺上作道具，平時供奉於後臺，演員上臺前要燃香叩拜，且用畢忌諱仰面安放做死屍狀。

後臺規例

民間戲班在演出時，各行當在後臺亦有許多規例。以崑曲為例，因戲神唐明皇為丑腳，因此戲班以丑行為大，開臺時必由丑腳先踏進後臺，化妝時亦須由小丑先開面。用以盛裝戲衣的衣箱可供演員起坐休息更衣，但每個行當各有規定：旦行坐大衣箱（文扮服裝），生行坐二衣箱（武扮服裝），淨行坐盔頭箱（盔帽），末行坐三衣箱（靴、旗），武行坐把子箱（武器道具），丑行則任坐不限。

封箱

民間戲班演劇至農曆年底，便要停鑼幾日過年，此時便有封箱儀式。首先演一場封箱戲，開戲前由戲班主人將祖師爺淨身、更衣、請至臺上看戲，並準備象徵著生、旦、淨、末、丑五大行當的花生、雞蛋、蠶豆、鹽、豆腐五樣祭品供奉。再由丑行擔任祭司，團員向祖師爺上香跪拜，祈求來年演出順利。封箱戲由各行當主演一折拿手戲，最後全團合演一場反串戲壓大軸。散戲後將衣裝放進箱子，貼上「封箱大吉」的封條，待來年正月開戲方能再度開啟。

打三通

許多地方小戲在外臺演出前，有「打通」或「吹通」的習俗，或稱「鬧場鑼鼓」，即開戲之前要打三通鑼鼓或以嗩吶吹三次曲牌。第一遍稱「打頭通」，演員要開始化妝；打第二通鼓全體須扮戲完畢，打三通鼓即準備開演，有招徠觀眾、提醒演員的作用。

要彩錢

民間戲曲常有即興演出與觀眾互動，如東北二人轉有「要彩錢」習俗，即藝人在唱苦戲時把大鑼反過來放在地上，並當場流下眼淚，觀眾見此便將賞錢扔入鑼中。臺灣歌仔戲亦有類似習俗，只要臺上演員唱起乞討的「乞食調」，觀眾便會拿出錢來「救濟」該角色，而演員也要即興編出感謝的唱詞、四句聯或吉祥話，稱為「做活戲」。

民間戲班一年習俗規例

民間戲班按其經營方式與文化信仰，每年特定日子都會有例行的習俗活動。不同地區、劇種的習俗略有不同，大致有以下幾個時程。以下圖解為傳統農曆日期中，戲班一年中的例行習俗：

戲神焦德爺（昭德侯爺）生日，所有戲班至祖師爺廟燒香參拜，聽老藝人訴說焦德爺事蹟，並交流技藝。

臘月廿三日劇團在臺上祭拜祖師爺後演出最後一場「封箱戲」。演畢後將行頭裝進衣箱，貼上封條，象徵一年演劇到此完結。

團員返鄉過年須在這天返回，由團主將祖師爺與諸神像請至戲臺中央，設香案供品敬拜。至子時燃放鞭炮、敲鑼打鼓迎接財神，隨後至大工房吃餃子，俗稱「搶元寶」。

大年初一開鑼演戲前，先跳神跳鬼以「破臺」，避免妖魔鬼怪纏著戲班。開演首場前必先演〈大賜福〉或〈跳靈官〉等吉祥劇目開臺，以為新的一年禳災祈福。

12/23 封箱

12/30 拜臺

1/1 開臺

11/2 焦德爺生日

3/18 祭祖

9/1~9/9 九皇會

6/24 分班

5/23 祭五昌

翼宿星君即道教九皇大帝，九月九日為其誕辰。崑劇藝人初一至初九在後臺設牌位齋祭，稱「九皇盛會」。京班則在九皇會期間茹素念經，奉祀九皇神。

每年 6/24 與 12/24 為戲班決定成員去留的日子。每到這天，班主會發給團員一條紅繩，得紅繩者發款結帳，未得紅繩者即須另謀高就。

某些劇種的武行供奉「五昌神」，乃附會史實上白起、王翦、廉頗、李牧、孫武五個武將而來。每年這天武行即舉行「祭五昌」大典。

戲神唐玄宗誕辰紀念日，各戲班皆抬著祖師爺神像，一路吹打至某地點，舉行慶典與聚餐，再將神像護送回原處。

UNIT 10-10
民間戲曲與民俗活動

圖解俗文學

民間戲曲源生於老百姓的生活，常與民間的歲時節慶、宗教信仰或禮儀民俗有密切關係。以下列舉數例見之：

扮仙戲

臺灣民間演出習俗，凡與宗教相關的演出，如廟會、神誕、酬神、還願等，只要在野臺演出，正戲演出前都會先演一段吉慶戲開場，民間俗稱「扮仙」。即扮演天上神仙，向神明祈求賜福。無論什麼劇種，扮仙戲多使用北管的音樂與官話，並有一套特定的表演程式，與正戲無需相關。其多為二十至三十分鐘的短劇，情節簡單，儀式性大於藝術性。內容分為神仙戲與人間戲兩部分：神仙戲演某神明壽誕，眾神連袂前往祝賀；人間戲則演人間吉祥之事，多為歷史人物功成名就或封官進爵。較常見的劇目如《三仙白》、《三仙會》、《醉八仙》、《天官賜福》、《蟠桃會》等，演出劇目由廟方決定，但在廟方指定的劇目演完後，通常會接《加官》、《金榜》作結。

目連戲

佛教傳入中國後，每年農曆七月十五中元節要舉行「盂蘭盆會」，超渡法界眾生，並將功德迴向父母。會期中要演出《目連救母》的劇目，劇敘目連之母劉青提作惡多端，被打入地獄，目連歷經艱辛上西天求佛救母，又赴地獄尋母。故事源出佛經，唐代以來多有與目連故事相關之變文，明代則有目連傳奇行世，最著名即鄭之珍所作《目連救母勸善戲文》一百二十齣，清乾隆時內廷也將目連故事編演為兩百四十回的連臺本戲《勸善金科》。目連戲劇中融入了民間說唱、裝扮、武術、雜技等多種表演形式，又因演期長達幾天幾夜，故事在此框架下不斷擴增，而由一個劇目演變為民間戲曲的一大類型。其發源於江西弋陽地區，後流播各地也形成不同的表演風格。

禳災戲

古代認為自然、人為災害或疫情都是鬼魅作祟，因此民間常進行種種驅鬼逐疫的儀式，其中包括禳災戲。如杭州、寧波等地在重大火災發生後，要上演幾日夜的「謝火戲」，祈求火神庇佑，劇目則多為《水淹七軍》、《水漫金山》等，意在以水克火。紹興在農曆五六月間，農村易生蟲害，故要演出「蚰蟲戲」，由一演員扮做蚰蟲精，作殘害稻苗狀，另一演員則扮作稽山大王，與蟲精搏鬥，最後將之殺死，象徵完成除蟲儀式。凡此皆有禳解災害、祈求平安的意義。

唱堂會與紅白喜事

民間戲曲與中國人的人生大事密不可分，如慶祝壽誕常會請戲班來家中演劇，邀賓客共賞。由雇主點戲，多演出喜慶吉祥的劇目，稱為「唱堂會」。而在婚喪喜慶的場合上也有演劇的習俗，藝人稱之為「唱紅白喜事」，通常在院中搭棚演出，觀眾現場點戲。喜事通常演婚戀嫁娶的熱鬧喜劇，如《穆柯寨》、《天仙配》、《西廂記》等；喪事則演悲惻哀絕的悲劇如《孟姜女哭倒長城》、《大祭椿》、《六月雪》等。

歲時演劇活動與劇目

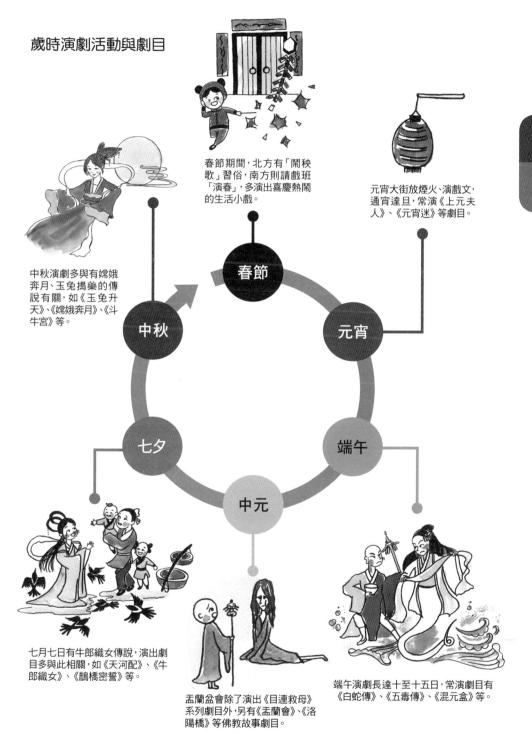

春節期間，北方有「鬧秧歌」習俗，南方則請戲班「演春」，多演出喜慶熱鬧的生活小戲。

元宵大街放煙火、演戲文，通宵達旦，常演《上元夫人》、《元宵迷》等劇目。

中秋演劇多與有嫦娥奔月、玉兔搗藥的傳說有關，如《玉兔升天》、《嫦娥奔月》、《斗牛宮》等。

七月七日有牛郎織女傳說，演出劇目多與此相關，如《天河配》、《牛郎織女》、《鵲橋密誓》等。

盂蘭盆會除了演出《目連救母》系列劇目外，另有《盂蘭會》、《洛陽橋》等佛教故事劇目。

端午演劇長達十至十五日，常演劇目有《白蛇傳》、《五毒傳》、《混元盒》等。

199

第11章
民間歌謠

UNIT *11-1*
民間歌謠概述

圖解俗文學

歌謠可說是民間最早的韻文學,也是最原始的詩歌。其起於人們勞動吆喝的簡單節奏,或是心有所感,歌詠誦嘆的抒情旋律。不但充滿了老百姓的生活氣息,更流露著真摯純樸的情感。以下就民間歌謠的定義與特色加以說明:

歌謠的定義

《毛傳》:「曲合樂曰歌,徒歌曰謠。」意即有樂器伴奏者為歌,徒由人聲唱之,不以樂器伴奏者為謠。二者合為一詞,大致可定義為由人民集體口頭創作,用於勞動吆喝、敘述事件、抒發情感、口唱及合樂的歌。它滿心而發,肆口而成,流傳於民間的口耳相傳之間。篇幅短小,形式自由,富有特殊的節奏音韻。在不同地區、不同語言、不同生活環境的人民,便有不同體裁與風格的創作。

歌謠的藝術特色

歌謠在內容方面取材於社會各階層的現實生活,描寫的題材廣泛而豐富,充分反映人民的所見所感與價值思想,並帶有強烈的地域特色;形式方面則為質樸而俚俗的語言風格,帶有自然而優美的語言旋律,運用齊言、複沓與音律的抑揚頓挫和押韻,使歌謠節奏性強、音韻鏗鏘;藝術風格上無論敘事或抒情皆直率真摯,不假雕飾,散發出清新自然、熱烈而帶點潑辣的鄉土性格;藝術手法上則形式多樣,如《詩經》中的「賦」、「比」、「興」,山歌中的對答、複沓,民謠中的擬人、誇飾等手法,呈現多元的藝術面貌。

歌謠的蒐集與刊行

從民間歌謠中可知民間風俗文化,因此中國歷代都有蒐集歌謠的活動或機構。先秦有採詩之官,上位者藉此「觀風俗,知得失」;漢魏六朝採詩的官方機構稱為「樂府」,因此後來「樂府」也成了漢魏民歌的代稱;唐代由教坊採集各民族民間歌曲,宋代以後俗文學愈受重視,開始有文人編輯民歌總集,如宋代郭茂倩編《樂府詩集》、明代馮夢龍編《山歌》、《掛枝兒》、清代鄭旦編《天籟集》、杜文瀾編《古謠諺》等。民國以後,有劉半農在民國七年出版《歌謠選》,廿一年又在中研院史語所的蒐集下出版《中國俗曲總目稿》;沈兼士、周作人主持「歌謠研究會」,民國十一年至廿四年共發行《歌謠周刊》九十九期。而中國大陸近年亦深入各地方採集歌謠,編成《中國歌謠集成》與《中國民間歌曲集成》,是有史以來最大規模的歌謠採集活動。

歌謠的價值

歌謠的價值可由四方面論之:一、其為詩歌的起源,藝術技巧更為中國韻文學之濫觴,故有文學價值;二、在位者透過採集歌謠了解民心向背,或運用歌謠達成政治目的,如儒家以美刺之說附會《詩經》中的民歌並奉為經典;劉邦令兵士「四面楚歌」使項羽自刎等,故有政治價值;三、先民藉由歌謠傳遞生活經驗、傳達道德教訓,故有教育價值;四、從歌謠的內容中可見民間語言、風俗、歷史、音樂、文化的反映,故有其文化價值。

民間歌謠的分類

民間歌謠種類繁多,內容豐富,依據不同的分類基準,可看出民間歌謠不同的特色。如按時代分類,可見其源遠流長;按地域或族群分類,可看出歌謠濃厚的地方性與民族性特色;按體裁分類,能見出歌謠形式與功能之多樣化;按內容分類,則能一窺歌謠所反映的廣泛而深刻的生活樣貌。以下就各種分類標準,各舉數種歌謠類別為例:

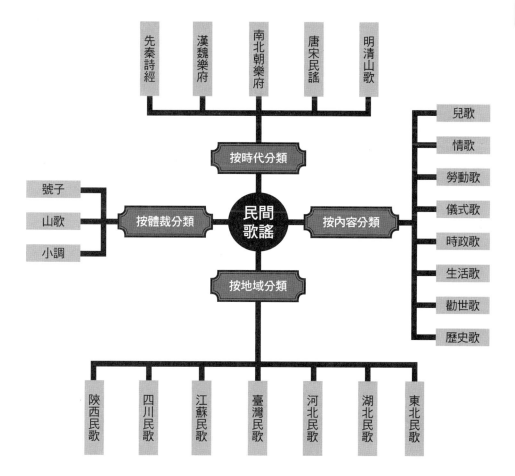

UNIT **11-2**
古代民間歌謠

早在人類尚未發明文字以前，歌謠便流行在先民的口頭之間。而自先秦以降，歌謠一方面流傳於民間，一方面隨著採詩之官進入廟堂，成為詩歌的源頭。以下即選取歷代較具代表性之歌謠略加介紹：

原始歌謠

殷商的金文與卜辭中，已可見類似歌謠的文字，如《吳越春秋》中所記載的〈彈歌〉：「斷竹，續竹。飛土，逐肉。」被認為是黃帝時代的歌謠；《周易》：「女承筐，無實；士刲羊，無血。」則是描寫男女牧人剪羊毛的情景。可看出此時期歌謠雖然文字簡單，但已有自然韻律。

先秦詩經

《詩經》中的「十五國風」，蒐集了西周至春秋約五六百年間各國的民間歌謠，可說是最早的民歌總集。句式以四言為主，夾雜二至八言，多為重章疊唱的章法結構。內容包括男女愛戀、勞動生活、婦女悲苦、對時政的諷刺控訴等，為中國韻文學之祖。

漢魏六朝樂府

漢代朝廷設置「樂府」採集民間歌謠，至魏晉南北朝遂將採集而來的民歌稱為「樂府詩」。漢魏樂府多為長短句，內容或寫女子情愛之熱烈，或寫戰爭之殘酷、生活之艱難。北方為胡人政權占領後，南朝與北朝的民歌則呈現出迥異的風格。北朝樂府多描寫征戰之苦，語言直爽而激昂豪壯；南朝的吳歌西曲則多為情歌，或書寫都市生活及商旅情懷，風格較為柔婉綺麗。

隋唐歌謠

隋唐時的歌謠社會性強，常用以批判或歌頌當政者，形式上則多為五言或七言的齊言句，較六朝更為成熟。而唐代的山歌〈竹枝詞〉則為船夫、樵夫、漁夫或牧童所唱，清新自然，引起許多詩人仿作。佛教傳入後，又有敦煌俗曲，內容除了宗教題材外亦有思婦抒情等，更奠定了「五更調」、「十二時」等連章形式的歌謠體製。

宋元歌謠

宋元民間歌謠多短小精悍，受兩宋朝廷積弱不振與元代異族統治的影響，歌謠內容以政治諷喻為主，具有強烈的現實性。而宋詞、元曲最初也由文人創作、民間傳唱，後逐漸發展為該時代的代表性文學。

明清歌謠

明代歌謠空前繁榮，除了傳統的山歌民謠，都市文化興起更帶動了時曲小調的發展，並演變出「一歌一調」的音樂體式，題材、思想方面也較前代更為廣泛深刻。連文人都加入了輯錄歌謠的工作，其聲勢甚至壓倒素以正統文學自居的詩歌。清代延續明代繼續發展，以俗曲為較重要的歌謠形式，創作與輯錄數量較明代更多，反映了當時農村、城市、酒樓、茶館等地的風俗生活。

「樂府」名義的演變

在中國文學史上,「樂府」一詞的名稱與涵義幾經變化,其名義演變與作品圖解如下:

漢代

朝廷機構

漢武帝時設置「樂府」官署,是朝廷掌管音樂的機構,負責編製樂曲、訓練樂工與採集民間歌謠。

漢樂府詩〈上邪〉

上邪!
我欲與君相知,長命無絕衰。
山無陵,江水為竭,
冬雷震震,夏雨雪,
天地合,乃敢與君絕!

六朝

民間歌謠

魏晉以後「樂府」作為詩歌體裁的名稱,專指該機構採集而來、可入樂的民間詩歌。風格樸實自然,充滿民間生活氣息。

例

北朝樂府〈地驅歌樂辭〉

驅羊入谷,白羊在前。
老女不嫁,塌地喚天。

南朝樂府〈子夜歌〉

始欲識郎時,兩心望如一。
理絲入殘機,何悟不成匹。

唐代以後

文人仿作

自漢魏至唐代,許多文人仿民間樂府的形式或風格創作詩歌,又分為三種形式:

依舊題仿作,可入樂。

例

魏·曹操〈短歌行〉(節錄)

對酒當歌,人生幾何?譬如朝露,去日苦多。
慨當以慷,憂思難忘。何以解憂?唯有杜康。
青青子衿,悠悠我心。但為君故,沉吟至今。
呦呦鹿鳴,食野之苹。我有嘉賓,鼓瑟吹笙。
……

依舊題仿作,不可入樂。

例

唐·李白〈蜀道難〉(節錄)

噫吁戲,危乎高哉!蜀道之難難於上青天。
蠶叢及魚鳧,開國何茫然。
爾來四萬八千歲,始與秦塞通人煙。
西當太白有鳥道,可以橫絕峨眉巔。
地崩山摧壯士死,然後天梯石棧相鉤連。
……

模擬樂府風格,精神,不按舊題,不可入樂。

中唐新樂府運動

例

唐·白居易〈杜陵叟〉(節錄)

杜陵叟,杜陵居,歲種薄田一頃餘。
三月無雨旱風起,麥苗不秀多黃死。
九月降霜秋早寒,禾穗未熟皆青乾。
長吏明知不申破,急斂暴徵求考課。
典桑賣地納官租,明年衣食將何如。
……

UNIT **11-3**
民間歌謠的體裁

漢族民間歌謠按體裁大致可分為「號子」、「山歌」、「小調」三類。中國藝術研究院音樂研究所編《民族音樂概論》，則在此之外另立第四類「長歌及多聲部歌曲」，囊括音樂篇幅較長的「長歌」，以及運用特殊唱法的「多聲部歌曲」。以下即就上述類型略作介紹：

號子

指人們集體勞動時所唱的歌曲，有助於提振精神、統一節奏。北方稱為「吆號子」，南方稱為「喊號子」。號子的演唱方式通常沒有伴奏，純由人聲一唱眾和，領唱者即是勞動中領頭之人，群眾則以交替呼應、重疊、綜合等方式幫腔唱和，也有獨唱、齊唱等形式。號子的音樂節奏、曲式結構、歌唱形式與勞動型態密切結合，而有搬運號子、工程號子、舂米號子、拉縴號子等區別。其歌詞往往是勞動者即興編造，簡樸而直接，夾雜大量語助詞。內容不限勞動本身，而遍及生活中敘事的、詼諧的、愛情的種種素材，表現勞動者的樂觀精神與英雄主義。

山歌

指人們在山野之中、空曠之處，自由表現思想、抒發情感的歌謠小曲。因其不受勞動型態限制，形式更為自由，通常曲調高亢，節奏悠長，曲調可隨情感變化。有獨唱、對唱、領唱、和腔等唱法。山歌具有濃厚的地方特色，通常高原地區的山歌較為粗獷嘹亮，平原地區的山歌較為流暢秀麗，草原地區的山歌則較熱情奔放。為使歌聲傳得更遠，山歌常在前面加上歌頭或吆喝性的領句或襯字，內容則多為反映生活，常是即興創作，具有濃厚的抒情性。

小調

又稱小曲、雜曲、小令等，是人們休閒娛樂或喜慶活動中自娛娛人的歌唱，有獨唱、對唱、齊唱等形式，並有樂器伴奏。由職業或半職業的藝人演唱，歌詞通常是事先寫定或由人傳授，因此形式較為固定，旋律較為流暢，節奏也更富於變化。整體而言，藝術性較山歌和號子更為提升，流播的區域、階層也較為廣泛。因此其內容所反映的社會生活與社會意識便較為複雜，小至日常生活中的遊戲風俗，大至社會政治重大事件，更深刻地反映了民間的精神思想。

長歌及多聲部歌曲

長歌是相對於小調而言，指結構、篇幅較為大型的民歌體裁。內容主要有兩種，一為描述各民族風俗活動，如〈哭嫁歌〉、〈攔路歌〉等，二為描述歷史的史詩歌曲，如雲南彝族的〈阿詩瑪〉、〈梅葛〉等。其體製通常長達十幾個段落，音調上則結合語言，朗誦性較強，亦常以多聲部演唱。多聲部歌曲指同時由一對或一組歌手唱出兩個以上聲部的歌曲，又稱為雙音、雙聲、公母聲。此種唱法之歌謠主要分布於中國南方或西南少數民族，除了在長歌中演唱，有時也會出現在號子之中。

「號子」、「山歌」、「小調」作品舉隅

 船工號子是在行船中配合航運、船務等勞動過程而傳唱的歌謠。
如下面這首湖南的〈澧水船工號子〉：

領唱人

群眾

太陽哪地個出來呀哎，
紅似啊的個火囉呵，
駕起呀的個船兒哪哈，
走江哎河囉呵呵呵！

嗨！也沙哦的嗨！也沙
哦的嗨！也沙哦的嗨，
喔呵！耶沙哦的嗨嗨
呵的嗨！

 流行於陝西北部、寧夏東部、晉西、內蒙西南部等地高原地區的山歌稱為「信天游」，
代表曲目如男女訴情的〈蘭花花〉：

青線線那個藍線線，
藍格瑩瑩的彩。
生下一個蘭花花，
實實的愛死個人。
五穀裡那個田苗子兒，
數上高粱高。
一十三省的女兒喲，
唯有那個蘭花花好。

正月裡說媒，
二月裡訂，
三月裡交大錢，
四月裡迎。
三班子吹來，
兩班子打。
撇下我的情哥哥呀，
抬進了周家。

小調 小調又有吟唱調、謠曲和時調之分。其中以時調的流傳時間最悠久、地域最廣泛，常由職業藝人在
城鎮市集、酒樓茶館賣唱，其形式也較成熟。如源於明代的〈銀絞絲〉：

親家母你請坐，
細聽我來說。
你的女兒嫁到我家來，
一張嘴光會說，什麼也不做。
一雙繡鞋做了半年多，哎咳！
提起來這個日子可是怎麼過！
提起來這個日子可是怎麼過！

UNIT **11-4** 民間歌謠的題材

圖解俗文學

歌謠的題材內容是最常見的分類標準，也可看出歌謠對於諸多生活面向的反映。本單元大致分為幾類介紹：

情歌

指青年男女以歌頌、傳達愛情為主題的歌謠，隨各地民風不同，情歌風格或含蓄或直率，卻一樣質樸真誠，熱烈而纏綿。或直接抒發情意，如江西情歌：「一把扇子兩面花，哥哥愛我我愛他。我愛哥哥人勤快，哥哥愛我會管家」；或借物起興，如崑山情歌：「南天落雨北天晴，白手巾包塊青糖餅，糖餅雖粗情意在，請阿哥吃仔點心長精神」。

兒歌

指兒童唱的歌謠，通常內容簡單、活潑易誦，並富有想像力與教育意義。如臺灣兒童琅琅上口的〈蝴蝶〉以擬人化介紹動物特徵；〈數蛤蟆〉助兒童學習算數；〈倫敦鐵橋垮下來〉則常伴隨遊戲。

勞動歌

指人們勞動時所唱的歌謠。除了前述勞動時眾聲吆喝的號子以外，〈採茶歌〉、〈插秧歌〉、〈放牛歌〉、〈捕魚歌〉等描述勞動內容的歌謠也屬此類。簡單而寫實地反映了社會各階層多采多姿的產業生態。

儀式歌

指某些特殊儀式或風俗進行時所唱，或是以描述該儀式及風俗內容為主題的歌謠。人生儀禮如婚喪、壽誕等皆有〈婚禮歌〉、〈祝壽歌〉、〈喪葬歌〉等；過年過節有〈唱月令〉、〈龍舟歌〉、〈賞月歌〉等；祭典驅邪則有〈訣術歌〉、〈上梁歌〉、〈驅邪歌〉等。充分反映民間風俗。

時政歌

指人民對當政者批評諷刺或歌頌讚揚，或宣達革命及反抗思想的歌謠。如浙江歌謠：「八字衙門朝南開，有理無錢莫進來。有錢官司包打贏，無錢官司打屁眼。」揭露官場貪賄的惡習。又如國共戰爭時，雙方陣營都有宣傳政治意識的歌謠，如〈抗日全憑共產黨〉、〈反共抗俄歌〉等。

生活歌

指反映日常生活、社會生活或家庭生活的歌。或訴說生活的艱難，或控訴財主的剝削，或表達童養媳被虐、婆媳不合、寡婦孤苦、世態炎涼等，抒情性較強；當然也有較愉快輕鬆的題材，如描述休閒娛樂、生活趣事，或讚嘆生活美好的歌謠。

勸世歌

指帶有教誨意味，勸諭世人行孝道、戒酒色、務農工、尚節儉、講和睦等的歌曲。如〈善惡謠〉、〈酒色財氣〉等。

歷史歌

指用以唱述歷史、傳說故事，或講述英雄人物事蹟的歌謠，如〈歷史名女歌〉、〈孟良搬兵〉等。許多少數民族也有傳唱於部落間的史詩歌謠。

臺灣傳統社會的工作歌謠

民國二、三十年代，臺灣族群以閩南人為大宗，人民的生活多以勞力為生，因此出現許多描述各行業勤奮或辛酸的工作歌，可劃歸「勞動歌」或「生活歌」一類。以下介紹幾首代表性的工作歌謠：

〈農村曲〉

由陳達儒作詞，蘇桐作曲。整首歌分為三段，描述農人一天生活。從清晨時分，天色尚未全亮便要來到田裡，忍著冰冷的田水開始上工，只為一天三餐有著落；直做到日正當中，頂著當頭烈日，仍然努力地踩著水車、除著雜草，都沒發現自己已汗流浹背。黃昏太陽下山，一天的工作才算告一段落。務農人家的耕作不顧風雨、不分寒暑，唯有稻禾長大，才能讓一家老小都過上好日子。

農夫

〈母啊喂〉

由陳達儒作詞，蘇桐作曲。以一個煙花女子的口吻，娓娓道出自己淪落風塵的心聲。首段寫父母為貪金戒指，出賣自己的身體給別人當「七逃物」（玩物）；次段寫自己在風塵中雖看似享盡榮華，卻不是真正的愛情；末段寫自己出門有車代步，看似好命，但心底猶如枉死城般絕望。每段末句都以「母啊喂」開頭，控訴母親愛錢卻不顧女兒的終身和名聲。唱盡煙花女子的淒楚悲哀，令人鼻酸。

雛妓

〈收酒矸〉

拾荒者

由張邱東松作詞、曲。描寫一個貧家少年，十三歲便為了家計，每天去撿破爛、收酒瓶。整首歌分三段，首段寫少年拾荒是因父母貧窮，為維持生計；次段寫少年每天清早出門，家家戶戶去詢問，為了三餐不畏艱苦；第三段則寫少年從太平通到大龍峒，風雨無阻的收購酒瓶與破銅爛鐵。每段都以少年拾荒的叫喊收尾：「有酒矸，通賣否？歹銅、舊錫，簿仔紙，通賣否？」

肉粽小販

燒肉粽唷~

〈燒肉粽〉

由張邱東松作詞、曲。描寫小販賣肉粽的辛苦與無奈。整首歌分三段，一、二段說明小販原本也是父母疼愛、受過教育的讀書子弟，卻因一時失業，想做生意又沒有本錢，也不願作「不正行為」，因此暫時賣肉粽為生；第三段則寫物價上漲，家中需撫養的人口又多，只好跑遍大街小巷賣肉粽，跑到雙腳「鐵腿」，還要承擔賣不完賠上本錢的風險。每段末句皆以賣肉粽的叫賣聲作結，唱出小攤販為生活奔走的心酸。

UNIT **11-5**
臺灣歌謠的創作者

圖解俗文學

臺灣早期民間流行的歌曲中，有「自然歌謠」與「創作歌謠」二類。自然歌謠指沒有作者，由民間小調自然演變而成的歌曲，如〈思想起〉、〈天黑黑〉等；創作歌謠則是指詞人創作，抒發人民心聲、反映社會生活的歌曲。自民國二十年代到七十年代，出現許多膾炙人口的作品。五十年代國民政府遷臺後，以華語作為官方語言，臺灣歌謠的流傳漸衰，七十年代校園則興起民歌的風潮。直到八十年代後，民間歌謠方逐漸被商業化的流行歌所取代。以下介紹幾位在臺灣歌謠史上有重要地位的作詞人，以及其代表作品：

詹天馬

臺灣歌謠首位創作者。民國三十年代，臺灣電影流行黑白默片，需賴電影「辯士」解說劇情。詹天馬是當時的著名辯士，1932 年業者引進《桃花泣血記》電影，詹天馬為這首歌自填閩南語主題曲的歌詞，內容即為劇情發展與評述，隨著電影播放，因電影賣座轟動一時。也開啟了臺灣歌謠創作的第一頁。

李臨秋

1909 年出生於臺北，原為富戶，十八歲因家道中落至臺北永樂座戲院任職。1932 年為上海電影填了首支閩南語主題曲，自此開啟他創作歌謠的生涯。名聞國際的〈望春風〉即其代表作，除此之外還有〈四季紅〉、〈補破網〉、〈一個紅蛋〉等知名歌謠。儘管學歷不高，然所作歌詞婉約柔順，以臺灣社會與市井生活為主軸，堪稱臺灣閩南語歌謠的代表作家。2009 年李臨秋百歲冥誕，臺北市文化局設立了李臨秋紀念公園，紀念李臨秋對於臺灣本土歌謠發展的貢獻。

周添旺

1910 年生於萬華，六歲習漢文，具有深厚的漢學基礎，所作的閩南語歌謠也十分注重韻腳的使用。周添旺的歌詞背後常有動人的故事，如最為膾炙人口的〈雨夜花〉一首歌，是他聽聞酒家女訴說自己尋覓男友至臺北，卻被男友拋棄，淪落風塵的遭遇而寫成，後來還被改編為故事、錄製成唱片。而其〈河邊春夢〉一曲，則讓他與主唱的女歌手愛愛譜出戀情，共結連理。此外他的名作還有〈孤戀花〉、〈月夜愁〉等，直到民國七十年代仍創作不懈。

陳達儒

1917 年出生於萬華，在日本統治下，除了接受「公學校」教育，同時也在私塾習漢文。十九歲時，創作的閩南語歌詞獲得勝利唱片公司採用，從此成為公司臺柱，少年即寫出了〈白牡丹〉、〈青春嶺〉、〈南都夜曲〉、〈港邊惜別〉等名曲。1938 年後受皇民化運動打壓，唱片公司紛紛歇業。直至二戰之後為了生活，陳達儒重拾創作的筆，並以「新臺灣歌謠社」的名義發行歌本。1954年後又因國民政府對閩南語與臺灣歌謠的限制，作品銳減，甚至棄歌從商。直至 1989 年，在首屆金曲獎中獲頒「特別獎」，對臺灣歌謠界的貢獻始得到肯定。

臺灣歌謠發展史

清朝末年

以自然歌謠為主，旋律簡單輕快，表現人民的勤奮樂天。如〈牛犁歌〉、〈丟丟銅〉、〈五更鼓〉等。

日治時期

日治初期出現一些激憤或哀怨的自然歌謠，如〈一隻鳥仔哮救救〉，唱出臺灣人民遭殖民的悲憤與無奈心聲。

1932 年詹天馬為電影寫出同名主題曲〈桃花泣血記〉，為臺灣第一首創作歌謠。

日治時期

1941 年日本推行皇民化運動，臺灣歌謠被迫改作日本軍歌，如〈月夜愁〉被改寫成〈軍夫之妻〉。

民國時期

1945 年臺灣光復，臺灣創作歌謠充滿擺脫異族統治的歡欣鼓舞，如〈淡水暮色〉、〈安平追想曲〉、〈滿山春色〉等。

1947 年發生二二八事件，閩南語創作被打壓，僅存的作品也添上悽慘悲苦的色彩，如〈苦戀歌〉、〈孤戀花〉、〈望你早歸〉等。

民國時期

1948 年政府成立「國語推行委員會」，全面禁止閩南語。僅存由日本曲改編的臺灣歌謠，如〈孤女的願望〉、〈悲情的城市〉等。

1973 年，校園開始吹起國語民歌風潮，閩南語歌謠也再度興起，創作了〈心事誰人知〉、〈阿爸的飯包〉等。

近現代

1980 年後，受西方音樂與多元文化影響，商業操作的流行歌逐漸取代歌謠。但過往的經典作品，仍在世代臺灣人之間不斷被傳唱。

UNIT 11-6
臺灣歌謠名作

臺灣歌謠發展至今已有百年歷史，從早期發源於民間的自然歌謠，到日治時期以來幾度興衰的創作歌謠，至今都有許多經典作品仍留存在現代人的記憶裡，並從中可以品味出社會變遷下臺灣人民的生活與心聲。以下挑選幾首各階段代表性的經典歌謠，略加介紹如下：

思想起

發源於恆春的自然民謠，又有「自想起」、「思鄉起」、「思想枝」等名，相傳是清末漢人移民臺灣時思鄉的曲調。歌詞結構為七言四句，反覆吟唱，每段必以「思想起」開頭，二、三、四句以「噯唷喂」收句，句中並多夾雜「伊都」、「噯唷」等語助詞，使語氣纏綿婉轉，旋律哀怨而悠揚。流傳過程中，歌詞可隨演唱者心情自由發揮，或描繪四季變化，或抒發男女情懷，或表達傳宗接代的願望等，至今仍有許多版本傳唱。民國六十年代許常惠與史惟亮的「民歌採集運動」找到恆春民謠歌手陳達，以傳統的方式吟唱〈思想起〉，並用月琴伴奏，唱的便是唐山人過臺灣時，渡過黑水溝的驚惶與艱辛，在內涵上最貼近其「唐山謠」的本質。

一隻鳥仔哮救救

發源於嘉義的自然民謠，原屬口語化的唸謠。甲午戰後，臺灣被割讓給日本，劉永福率抗日義軍反抗接收，卻在諸羅山被擊敗潰散。自此這首歌曲調轉為哀傷悲悽，歌詞也固定為現在看到的樣貌。整首歌描寫一隻鳥兒因失去歸巢徹夜悲啼，以「覆巢之下無完卵」表達臺灣人民遭殖民統治的心聲。「哮到三更一半暝，找無巢」、「什麼人仔加阮弄破這個巢都呢？予阮掠著不放伊甘休」簡單的歌詞卻透露著被殖民者悲切之外的憤恨與無奈。

望春風

1933 年日治時期由李臨秋作詞，鄧雨賢作曲，內容描寫少女思春的情懷，以淺顯直白的歌詞，細膩地表達女子渴望情愛的心境。該曲發行後便大受歡迎，1941 年太平洋戰爭爆發後，則被日本政府改填為日本軍歌。戰後儘管受到國民黨政府的打壓，但仍在民間傳唱甚廣。至今被改編為客家版、國語版、英語版、日語版，流傳各地。

安平追想曲

1951 年音樂家許石以小步舞曲的調子譜成一首曲，由文人許丙丁推薦陳達儒填詞。據說陳達儒在酒樓聽聞安平金小姐的故事，並至當地尋訪，遂寫出了這首兩代女子異國戀愛的悲歌。故事背景為清同治年間，安平因開港通商，多有外國人往來。整首歌共有三段，首段敘述金小姐在安平海邊等待音訊全無的情郎；次段回想二十年來不曾謀面的父親，也是個荷蘭的船醫；末段悲嘆自己的身世外，也盼情郎不要如父親拋棄母親一般拋棄自己。該曲填詞後卻因政府推行國語運動，陳達儒只得以「新臺灣歌謠社」的名義發行歌本，藉由街頭賣唱推銷。然這首歌謠與背後的故事，直到今天仍被臺灣人津津樂道，並成為許多戲劇的題材。

臺灣自然歌謠的發源

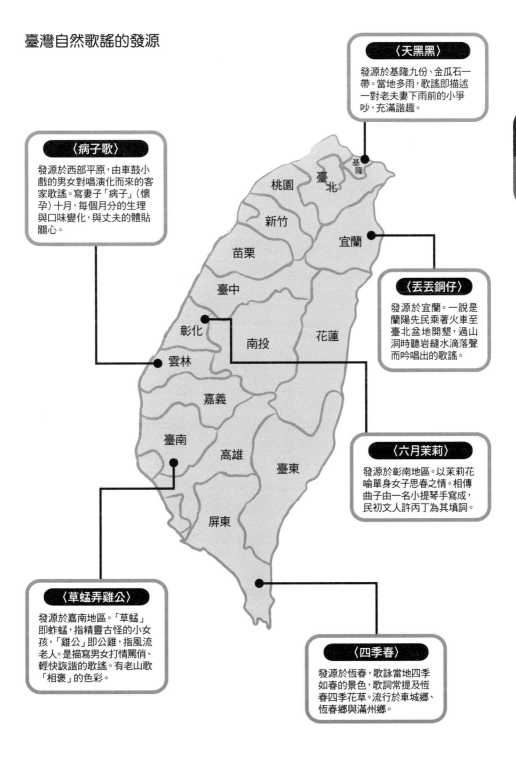

〈天黑黑〉

發源於基隆九份、金瓜石一帶。當地多雨，歌謠即描述一對老夫妻下雨前的小爭吵，充滿諧趣。

〈病子歌〉

發源於西部平原，由車鼓小戲的男女對唱演化而來的客家歌謠。寫妻子「病子」（懷孕）十月，每個月分的生理與口味變化，與丈夫的體貼關心。

〈丟丟銅仔〉

發源於宜蘭。一說是蘭陽先民乘著火車至臺北盆地開墾，過山洞時聽岩縫水滴落聲而吟唱出的歌謠。

〈六月茉莉〉

發源於彰南地區。以茉莉花喻單身女子思春之情。相傳曲子由一名小提琴手寫成，民初文人許丙丁為其填詞。

〈草蜢弄雞公〉

發源於嘉南地區。「草蜢」即蚱蜢，指精靈古怪的小女孩，「雞公」即公雞，指風流老人。是描寫男女打情罵俏、輕快詼諧的歌謠。有老山歌「相褒」的色彩。

〈四季春〉

發源於恆春，歌詠當地四季如春的景色，歌詞常提及恆春四季花草。流行於車城鄉、恆春鄉與滿州鄉。

第12章
短語綴屬

UNIT 12-1
俗　語

俗語又稱「熟語」，指的是廣泛流傳於某時、某地，約定俗成的慣用語，來自人們的口頭語言，或是源自歷史典故、文化背景或詩文名句等。一般有廣狹二義，廣義泛指通俗流行的語句，包括諺語、歇後語、慣用語、口頭成語、祕密語等；狹義則專指語言具有地區特點，較為俚俗而傳世不衰的俚語。本單元採後者定義，並以臺灣俗語為例，舉數種類型中較著名的俗語為例說明：

家庭俗語

臺灣傳統社會十分注重家庭生活與宗族關係，因此出現許多與父母、手足、孝親、教養有關的俗語。如談到子女對父母的孝道，「生的放一邊，養的功勞恰大天」，指養育之恩不遜於血緣之親；「在生一粒豆，恰贏死後拜豬頭」，指子女行孝應及時，在父母生前奉養一顆豆子，都比父母死後以豬頭祭拜還有意義；「飼子不論飯，飼父母就算頓」則指出了子女奉養父母的孝心遠遠比不上父母養育子女的苦心。勸人手足相親的俗語，如「打虎掠賊親兄弟」、「兄弟若同心，黑鐵變黃金」等；關於教育問題，則如「寵豬舉灶，寵子不孝」，奉勸不可寵溺孩子；「小漢偷挽瓠，大漢偷牽牛」形容小時若縱容孩子行小惡，長大恐會鑄成大錯。

婚姻俗語

古代終身大事都由父母做主，但少年男女對於愛情仍有嚮往，因此出現女子在元宵夜「偷挽蔥，嫁好尪；偷挽菜，嫁好婿」的俗語。想要自擇意中人的女孩兒最怕「媒人嘴，乎累累」，被貪財的媒婆說給不適的人家；眼光過高的女孩，則會被長輩告誡：「三揀、四揀，揀到一個賣龍眼」。一般親事講求門當戶對，因此俗語說：「龍交龍，鳳交鳳，隱龜交恫憨，三八交叮咚」，家世與性格相配，夫妻才能相處長久。但女子也被要求「嫁雞隨雞飛，嫁狗隨狗走，嫁給乞丐揹茭芷斗」，要能一切順隨夫家。而男子娶妻則有俗語「一個某，恰好三個天公祖」、「驚某大丈夫，打某豬狗牛」、「聽某嘴，大富貴」等，都是在勸人夫妻和諧。

命運俗語

古代人相信「命運天注定」，因此出現許多勸人接受命運安排的俗語，如「萬般皆是命，半點不由人」、「恨命莫怨天」等。有時也會用一些有趣的俗語表達運氣壞到極致的情境，如「洗面礙到鼻」、「走賊又碰到虎」、「種瓠仔生菜瓜」，指洗臉都會撞到鼻子、剛被搶劫又遇到老虎，甚至種了瓠瓜卻長出絲瓜來。但中國人有樂觀的天性，因此也有俗語說「三年一運，好歹照輪」，人生的運勢總是起伏交織，否極泰來；「一枝草，一點露」就算小草也有露水的滋潤，指天無絕人之路；「人沒千日好，花無百日紅」則指沒有人永遠都在順境或高峰，就如花朵也不會永遠盛開。因此「大好，大歹；沒好，沒歹，恰實在」，意即人生有大起就會有大落，還是沒好沒壞，平靜過日子比較實在。由此也可看出中國傳統觀念下的中庸之道。

行業俗語

讀書

★「秀才餓死不賣冊」
　讀書人生活上遇到任
　何窘境，都不忘根本。

★「公學讀六冬，不識一
　窟屎礐板」
　讀書六年卻什麼都不
　懂，形容書白讀了。

★「秀才遇到兵，有理說
　不清」
　讀書人最怕遇到不講
　理的人。

務農

★「百般武藝，不如
　鋤頭落地」
　任何技藝都不如種
　田踏實。

★「一粒米，百粒汗」
　流百粒汗才能種出
　一粒米，形容種田
　辛苦。

★「得失土
　地公，飼
　無雞」
　得罪土地
　公，連雞
　都養不活。

行業、求職

「三句不離本行」
言談多與自己所做的職業有關。

「第一賣冰，第二做醫生，第三開查某間」
最賺錢的前三名行業是賣冰、醫生和開妓院。

「醫生驚治咳，總鋪驚吃晝，土水師驚抓漏」
每個行業都有最困難的部分要克服。

「緊走沒好步，緊找沒好頭路」
急著找工作往往會找不到最適合的。

從商

★「買賣不成仁義在」
　雖然生意不成交，但彼
　此情意仍在。

★「殺頭生意有人做，了
　錢生意沒人做」
　商人會為了賺錢鋌而
　走險，但沒人會做賠錢
　生意。

★「俗物沒好貨」
　便宜的東西品質通常
　不佳。

演戲

★「作戲悾，看戲憨」
　演戲的人是瘋子，
　看戲的人是傻子。

★「戲棚腳，站久人的」
　以前戲臺下總是人滿為患，看得夠久才
　占得到位子。

★「曲館邊的豬母，勿會吹簫也會打拍」
　在戲館邊的母豬耳濡目染，不會吹簫也
　會打拍。

UNIT 12-2 諺 語

是指民間流傳富含知識、經驗或哲理的警句。有時可被包含在廣義的「俗語」中，而稱「俗諺」、「俚諺」。而與狹義的俗語難以完全分野卻各有側重，兩者最大區別在於：俗語強調其通俗與廣泛性，諺語則強調其富有的智慧哲理。形式上，諺語藝術性較高，具有結構精練、對偶整齊、音韻和諧、寓意深刻等特點。以下將諺語稍作分類，並舉例介紹：

事理諺

指總結事物發展規律而對人生哲理所下的警句，具有規誡、諷頌與作為行事準則的意義。或彰顯人生運勢之必然性，如「吉人自有天相」、「生死有命，富貴在天」乃勸慰人順隨命運的安排；「大難不死，必有後福」、「塞翁失馬，焉知非福」則彰顯命運往往否極泰來、樂極生悲；或強調真理的重要，如「是非自有公論，曲直自在人心」、「有理走遍天下，無理寸步難行」；或說明做任何事應打穩基礎、顧好根本，如「萬丈樓高平地起」、「留得青山在，不怕沒柴燒」等。

社交諺

指以人際關係、社交生活或人情世態為主題的諺語。如「在家靠父母，出外靠朋友」、「風大就涼，人多就強」表示結交朋友的重要；「有緣千里來相會，無緣對面不相逢」、「人生何處不相逢」則提醒該珍惜人海之中相遇的緣分。但朋友並不盡然真心相交，如「情知不是伴，事急且相隨」就點出世道中多少人結交為友是另有目的；「酒逢知己千杯少，話不投機半句多」也說明人與人之間的相處有相知相惜與話不投機的差別；「吃人的嘴軟，拿人的手短」更強調受人恩惠必當欠下人情。「牆倒眾人推，樹倒猢猻散」則生動地比喻了一個人高高在上時常為人群簇擁，一旦失勢，原本朋友相稱的人也可能翻臉無情的現實人性。

時政諺

指對歷史、政治或社會作出總結、諷刺或批判的諺語。如歷史上朝代更替，通常由新朝的史官替前朝寫史，而滲入了新朝當政者的政治意識，因此說「成者為王，敗者為寇」。剛上任的官員往往積極推行政策，故有「新官上任三把火」之說。「國正天心順，官清民自安」指出國泰民安的基本原則，是上位者光明磊落，為官者清廉自持。但握有權力的人常是「十個梅子九個酸，十個官兒九個貪」、「只准州官放火，不許百姓點燈」，可看出官場黑暗。「大魚吃小魚，小魚吃蝦米」則說明社會上弱肉強食的情況。

自然諺

指人們觀察自然現象，總結為生活經驗的諺語。有時是從自然現象判斷天候，如「日落西北滿天紅，不是下雨就颳風」、「風大夜無露，陰天夜無霜」、「一霧三晴，重霧三日必大風」等；有時是根據氣候變換對生活作出一些提醒，如「三月三，脫了寒衣換單衫」、「穀雨前，好種棉；穀雨後，好種豆」等；有時則會從自然規律延伸出人生道理，如「狂風不竟日，暴雨不終朝」，以狂風暴雨不會持續整日或整個上午，比喻逆境總會過去。

與動物相關的諺語

諺語在字面意思之外,常常有寄託的寓意。因此常以人們所熟悉的動物形象與習性為喻,來借指人世百態。以下列舉幾種與動物相關的諺語:

★「伴君如伴虎」
隨侍君王如伴猛虎,隨時有性命之憂。

★「虎老雄心在,人窮志不窮」
英雄即使到了暮年仍有雄心。

★「路遙知馬力,日久見人心」
路遠才知馬的實力,相處久了才知人的真心。

★「馬到懸崖收韁晚,船到江心補漏遲」
喻禍已釀成,再要悔改已太遲。

★「養老鼠咬布袋」
喻自己人損害了自家的利益。

★「瞎貓碰上死老鼠」
比喻一時僥倖。

★「山中無老虎,猴子稱大王」
喻無出色人才,次要的便躍居領袖。

★「心猿既放,意馬難收」
形容心思轉移便難以收回,如放開的猿猴、失韁的野馬。

★「狗嘴裡吐不出象牙」
喻粗俗如狗的人嘴裡說不出好話。

★「狗咬狗,一嘴毛」
帶有把柄的人彼此惡鬥,互傷對方。

★「掛羊頭賣狗肉」
招牌上掛羊頭,實際上賣狗肉,喻表裡不一。

★「人為財死,鳥為食亡」
為了追求物質(金錢或食物),連生命都可不要。

★「夫妻本是同林鳥,大難來時各自飛」
喻夫妻情分禁不起現實逆境考驗。

UNIT 12-3
歇後語

圖解俗文學

歇後語分為文人歇後語與民間歇後語兩種。文人歇後語是將文人熟讀的經書或慣用的語彙截取一部分，以代表另一部分的修辭法。如《詩經‧擊鼓》：「死生契闊」，後人便用「契闊」代表死生。而民間歇後語則以口語為材料，分前後兩個部分。前半是比喻，後半是說明，是運用事物特性為喻，從而表達旨趣的修辭方式，也稱為「譬解語」、「引注語」或「俏皮話」。以下按照不同的修辭的方式，將民間歇後語略分為六類舉例說明：

諧音類

利用同音字點出其寓意，如「外甥打燈籠——照舊（舅）」、「蔥拌豆腐——一清（青）二白」、「老太太打呵欠——一望無涯（牙）」、「和尚打傘——無法（髮）無天」、「狐狸吵架——一派胡（狐）言」、「賣布不帶尺——存心不良（量）」、「猴子學走路——假惺惺（猩猩）」等。

喻事類

以事物為比方，如「孔夫子唱戲——出口成章」、「泥菩薩過江——自身難保」、「丈母娘看女婿——越看越有趣」、「大姑娘坐花轎——頭一遭」、「打扮進棺材——死要面子」、「肉包子打狗——有去無回」、「吃麻油唱曲子——油腔滑調」、「竹籃打水——一場空」、「狗咬呂洞賓——不識好人心」、「騎驢看唱本——走著瞧」、「黑白無常敘交情——鬼話連篇」、「買鹹魚放生——不知死活」、「看三國掉眼淚——替古人擔憂」、「瞎子唱花臉——眼不見為淨」、「石板上摔烏

龜——硬碰硬」等。

喻物類

以物體為比方，如「鐵公雞——一毛不拔」、「老太太的裹腳布——又臭又長」、「泡軟的豆子——不乾脆」、「浸了水的爆竹——一聲不響」、「偷來的鑼鼓——敲不得」、「紙糊的窗子——一點就破」、「小偷的錢包——不義之財」等。

典故類

以歷史或文學典故為喻，如「姜太公釣魚——願者上鉤」、「呂布戲貂蟬——英雄難過美人關」、「司馬昭之心——路人皆知」、「劉備借荊州——一借不還」、「周瑜打黃蓋——一個願打一個願挨」、「曹操吃雞肋——食之無味，棄之可惜」、「蔣幹過江——成事不足，敗事有餘」、「王佐斷臂——留一手」、「項莊舞劍——意在沛公」、「楊五郎當和尚——半路出家」、「劉姥姥進大觀園——眼花撩亂」等。

析字類

將文字拆解為比方，如「心字頭上一把刀——忍了吧」、「七字加兩點——抖出彎來了」、「王奶奶與玉奶奶——差一點」、「自大加一點——臭」、「王字少一橫——有點土」等。

狀聲類

以狀聲詞作為比方之後的說明，如「狗攆鴨子——呱呱叫」、「老太婆撒尿——滴滴答答」、「高山滾鼓——不通不通」、「到莊鋪倒核桃——喀拉喀拉沒完」等。

閩南語「孽誚話」

臺灣本土亦有許多歇後語，閩南語稱為「孽切仔俗語」、「刻滑話」、「孽誚話」、「剝揭話」等。閩南語歇後語充滿方言諧音的趣味，喻體的的取材更可看出濃厚的鄉土色彩：

行業

★「生意人挑大肥──賣屎」
生意人挑肥去賣，取「不行」諧音。

★「接骨師父──鬥（接）腳手」
接骨師父幫人接手接腳，諧音「幫忙」。

★「美容師──乎恁好看」
「乎恁好看」雙關「給你好看」。

親族

★「囝仔跌倒──媽媽呼呼」
「呼呼」即揉一揉，諧音「馬馬虎虎」。

★「阿嬤生查某子──生姑」
阿嬤生的女兒為姑姑，諧音「發霉」。

★「阿兄住樓上──哥哥在上」
「哥哥」諧音「高高」，指瞧不起人。

動植物

★「六月芥菜──假有心」
芥菜有六月、十二月兩個產季，六月所產無菜心；喻人虛情假意。

★「七月半鴨──不知死活」
七月半鴨子常作為中元普渡祭品；喻人懵懂，不知死期將至。

★「老鼠沒洗澡──有鼠味」
「有鼠味」諧音「有趣味」。

飲食

★「老人吃紅蟳──管無效」
「管」指蟹腳，老人無法啃食，因此「無效」（無用）。諧音「講沒用」（講不聽）。

★「關公啉燒酒──看袂出來」
關公的臉本來就是紅的，喝醉也看不出來。

宗教

★「大道公鬥媽祖婆──風甲（和）雨」
相傳大道公向媽祖求婚被拒，從此媽祖生日，大道公必降雨；大道公生日，媽祖則颳大風報復。

★「土地公毋驚風雨吹──老神在在」
土地公在風雨過後仍「在在」（穩穩地）；「老神在在」意指氣定神閒。

地理

★「北港廟的石壁──厚畫」
北港廟多壁畫，諧音「厚話」，即多話。

★「屏東厝頂──青仔欉」
早期屏東屋頂多用檳榔樹（青仔欉）為建材，「青仔欉」雙關意為盯著女子直看的色狼。

UNIT 12-4
謎　語

圖解俗文學

中國自先秦即有「廋詞」、「讔語」，以曲折的比喻來諷刺君王、表達事物，可視為謎語的起源。漢代有「射覆」、「離合」，為變化字型的文字遊戲，已類似今日的謎語；至宋代則出現了元宵燈謎，猜謎成為市井小民的娛樂活動。今日的民間謎語，分為謎面、謎目與謎底三部分。謎面是對謎底的描述比喻，具有隱語的性質，通常為二句或四句韻語，也有一句話作為謎面者；謎目是對謎底方向的暗示，如「猜一字」；謎底則是謎面的解答。明代以來設計了許多「謎格」，如捲簾格、徐妃格、秋千格等，即謎語的製作原理。若以現代的修辭法觀之，一則謎語可能不只一種修辭方式。以下略舉幾種不同猜射方式的謎語為例：

會意法

也稱「字義分析法」，由謎面的字義領會、推敲、聯想出謎底，使謎面與謎底透過別解含義相合。如以下二例：謎面為「有兒子便成老子」，謎目為「猜一中藥名」；因「木」加「子」便成了「李」，「李耳」即為老子，因此謎底為「木耳」。謎面為「先斬後奏」，猜一字；「斬」需用刀，「奏」則用口，會意出謎底為「召」。

比喻法、擬人法

謎面是將謎底比喻為特質相近的他物。如「青橄欖，兩頭尖，中間一個活神仙」，猜一器官；此以橄欖喻其形，活神仙喻其功能，謎底為「眼睛」；又如「一對小船，不在水面。陸上運人，晚上住店」，猜一用品；小船喻其外形，陸上運人、晚上住店喻其功能，謎底為

「鞋子」。此外擬人法也常與比喻法並用，如「一個黑姑娘，披件紗衣裳。住在大樹上，成天把歌唱」，猜一昆蟲；黑、紗衣裳喻其外形，唱歌喻習性，謎底為「蟬」。將蟬喻為唱歌的姑娘，則為擬人手法。

諧音法

以諧音製作謎語的方式很多，下舉二例：一是在謎面上以同音或音近字點出謎底的特質，如謎面為「竹子欄杆木頭牆，一窩小豬在內藏。五虎上前去抓豬，嚇得小豬亂碰牆」，猜一用品；謎底為「算盤」，「豬」為「珠」的諧音字。二是謎面所射為真正謎底的諧音字，如謎面為「傷心細問夫君病」，猜一成語；謎底為「杯盤狼藉」，取「悲盤郎疾」諧音。

描寫法

謎面具體描寫謎底的形狀、性質、聲色與功能，如「水皺眉，樹搖頭，花彎腰，雲逃走」，猜自然物；謎面描述了風起時的景況，故謎底為「風」。又如「小小游泳家，說話呱呱呱。小時沒有腳，長大沒尾巴」，猜一動物。謎面描寫了此物習性、叫聲與外形，謎底為「青蛙」。

增損離合法

多用在字謎，以漢字可以拆解結合的特點，將字型的偏旁、部首增減離合而造出的字謎。如謎面「半價出售」，是將「價」、「出」、「售」三字各取其半，組合為謎底「催」字。謎面「女真侵宋分南北」，則是將「女」字置入「宋」字中間，謎底為「案」字。

大家來猜燈謎

燈謎又有「商謎」、「詩謎」、「文虎」、「燈虎」之稱，是始自北宋而流傳至今的元宵節習俗──將謎語貼在燈上，由眾人搶答，猜中的人則可獲得獎品。猜燈謎的活動又稱為「射燈謎」，因此謎目有時也寫作「射某某」。燈謎在製作或解答上較民間謎語有更嚴格的規則，謎面也較簡短雅致，早期多出自四書五經，現在也常見一些民間常用的俗語、典故。以下列舉數則現代燈謎，請大家從「參考答案」欄位中選出正確的答案，體驗一下猜燈謎的樂趣！

老婆是別人的好
（射一成語）

曹操笑，劉備哭
（射一字）

半部春秋
（射一字）

降落傘
（射一古代人名）

衣錦還鄉
（射一古代人名）

明天見
（射一地名）

孔雀收屏
（射一古代人名）

禮義廉恥
（射一字）

太太有理
（射一古代人名）

只騙中年人
（射一成語）

玉璽尺寸若干
（射一地名）

解圍人至矣
（射一字）

王母娘娘
（射一地名）

齊唱
（射一成語）

遊山玩水
（射一成語）

參考答案

卓文君、翠、見仁見智、獨、印度、天母、老當益壯、偉、異口同聲、夫差、平步青雲、歸有光、童叟無欺、圖、關羽、素、白居易、日內瓦、忘、彰化、自討沒趣、秦、韓信、羿、羅、劉備、約旦、瓷、士林、餘音繞梁、張飛、欽

UNIT 12-5 對聯

圖解俗文學

對聯是漢語特殊的藝術形式，又有「楹聯」、「對子」、「聯句」等名稱，是指字數相等、斷句相同、詞性與詞類相對、平仄相反（一三五字不論，二四六字分明）的兩個對句，並講求用字精練優美，忌重字；內容上下銜接，忌合掌（上下句意義重複）；音韻仄起平落（上聯仄字收尾，下聯平字收尾），不需押韻。而對聯的寫、讀、貼都需直行，由右而左。唐代以前，已出現文人相互吟詠對句的文獻；律詩形成後，頸聯與頷聯的格式即要求為對偶句，可說是對聯之起源。而民間使用對聯，相傳源自五代西蜀孟昶在桃符上題聯句，但《敦煌遺書》中可見唐開元間民間已有春聯流傳。現今的對聯，則依其內容與用途可分為節令聯、喜慶聯、哀輓聯、行業聯、自勉聯、題贈聯等多種類型，以下舉例說明：

節令聯

人們在節令時張貼於門邊的對聯，最常見者為農曆春節時的春聯，如「吉祥如意賀新歲，迎春接福喜臨門」、「物換星移推臘去，風和日麗送春來」，多取吉祥之意；端午聯如「龍舟競渡不忘楚風餘韻；詩臺抒懷更憶聖哲先賢」，以端午習俗與紀念屈原的節日由來入聯；中秋聯如「天上一輪滿，人間萬里白」，多取月圓、團圓的意象入聯。

喜慶聯

在喜慶場合向他人祝賀的對聯，如壽聯「福如王母三千歲，壽比彭祖八百年」，若將歲數切於聯中，則稱「切齡壽聯」；若將壽星之名嵌於聯中，則稱「嵌名聯」。又如婚聯「鳳凰鳴瑞世，琴瑟譜新聲」、生育聯「海上蟠桃欣結子，月中仙桂喜生枝」等，賀人生男或生女也有不同的用語。

哀輓聯

於喪禮上哀悼死者的輓聯。輓長輩多表其厚德遺訓；輓平輩多表其相交深情；輓晚輩多表其痛惜憾恨。著名的哀輓聯如民初才女陸小曼輓其丈夫徐志摩：「多少前塵驚惡夢，五載哀歡，匆匆永訣，天道奚復論，欲死未能因母老；萬千別恨向誰言，一身愁病，渺渺離魂，人間應不久，遺文編就答君心」數十字的對聯不僅對仗工整，且深刻道出志摩早逝、婚姻短暫的悲痛，與欲死不能、願替丈夫完成遺願的深情。

行業聯

商家貼於店門口，凸顯所販商品；或人們為特定行業所作的對聯。如文教業「藝苑花開添錦繡，文壇春暖布陽和」；醫界「妙手兩肩擔道義，良醫三指續春秋」；旅店「相逢盡是他鄉客，夜宿時招異地人」；理髮店「雖是毫髮生意，卻是頂上工夫」；眼鏡行「日月雙懸新眼目，光輝四射錦乾坤」等。

自勉聯

貼於家中廳堂，用以自勉、抒志的對聯。如「有志肝膽壯，無私天地寬」作為自我修身的惕勵；「休將白眼觀天下，惟留丹心報國家」自陳報國之志；「迎送遠近通達道，進退遲速遊逍遙」則是走遍四海的商儒之家，表達對人生進退之道的體悟，全以同偏旁之字為聯更顯其巧思。

趣味妙聯

除了酬對與喜慶場合常看到的對聯，自古也流傳許多形式特殊，或帶有諧趣意義的對聯。以下介紹幾個與對聯相關的小故事：

拆字聯

「閒看門中月」
「思耕心上田」

清代有個小神童史致儼，九歲時參加鄉試，考官將「閒」字拆為「門」和「月」作成上聯要他對，史致儼則將「思」拆為「心」與「田」作下聯。

隱字聯

「一二三四五六七」
「孝悌忠信禮義廉」

清代王半朝排行第八，為人狡詐霸道。他建造了功德牌坊並請蒲松齡為其題跋；蒲松齡在牌坊上題「三朝元老」，又作此兩句：上聯隱含「忘（王）八」，下聯隱含「無恥」，與前句合觀便是「三朝元老，王八無恥」。

千古絕對

上聯「煙鎖池塘柳」

此聯來歷眾說紛紜。其妙在五個字分別是五行（火、金、水、土、木）的偏旁，因此下聯除了詞性，部首也需相對，堪稱「天下第一難」。古今對出的下聯有：

下聯「炮鎮城海樓」
「桃燃錦江堤」
「烽銷極塞鴻」
「燈銷深圳橋」

能不能看出哪個才是最工整的下聯呢？

方位聯

「南通州，北通州，南北通州通南北。」
「東當鋪，西當鋪，東西當鋪當東西。」

乾隆皇帝出巡來到江蘇通州，想到北京也有個通州，便出了上聯，要大臣們對下聯。臣子們將全國地名想了一遍沒能答出，倒是紀曉嵐由當鋪引發靈感，作出了工整的下聯。

燕尾聯＋縮腳聯

「國家將亡必有」
「老而不死之為」

民國六年，康有為支持張勳復辟，有人便作此聯贈康暗諷之。聯末嵌其名「有為」，屬「燕尾聯」；上聯語出《禮記》：「國之將亡，必有妖孽」，下聯語出《論語》：「老而不死是為賊」。上下聯暗含「妖孽」與「賊」，是為「縮腳聯」。

225

Memo

....

....

....

....

....

....

....

....

....

Memo

Memo

....
....
....
....
....
....
....
....
....
....

國家圖書館出版品預行編目資料

圖解俗文學／洪逸柔著. －－初版.－－臺北
市：五南，2016.06
　面；　公分
ISBN 978-957-11-8602-3（平裝）
1.中國文學史　2.俗文學
858.209　　　　　　　　105006458

1XDO

圖解俗文學

作　　者	洪逸柔（163.6）
發 行 人	楊榮川
總 編 輯	王翠華
主　　編	黃文瓊
責任編輯	吳雨潔
封面設計	劉好音
美術設計	劉好音

出 版 者 — 五南圖書出版股份有限公司

地　　址：106台北市大安區和平東路二段339號4樓

電　　話：(02)2705-5066　　傳　　真：(02)2706-6100

網　　址：http://www.wunan.com.tw

電子郵件：wunan@wunan.com.tw

劃撥帳號：01068953

戶　　名：五南圖書出版股份有限公司

法律顧問　林勝安律師事務所　林勝安律師

出版日期　2016年6月初版一刷

定　　價　新臺幣320元